瑾有獨鍾 3

風文創 613

半卷青箋 著

目錄

第五十七章

方瑾枝醒來時，已經是第二日早上。

她朝身側摸了摸，是空的，這才茫然地睜開眼起身。昨晚她連自己幾時回屋都不知，但陸無硯居然起得比她還早，真是難得。

方瑾枝垂首，盤腿在床上坐了好一會兒，待睏倦散去，才踩著鞋子下床，喊米寶兒、鹽寶兒進來伺候她梳洗。

米寶兒打開妝奩，挑選許久，捧來七、八支髮簪，苦惱地問：「三少奶奶要戴哪支呀？」每支都精緻至極，各有特色。

鹽寶兒搗嘴輕笑一聲，道：「挑了半天也是白挑，妳手裡那些，一支也用不著。」

「為什麼！」米寶兒不服氣。

鹽寶兒但笑不語，只從桌上的錦盒裡拿出方瑾枝昨日戴的白玉芍藥簪，小心翼翼地插在她髮間。

米寶兒愣了下，才敲敲自己的頭。「是我犯糊塗了。」

方瑾枝微微偏頭，瞧著銅鏡裡映出的白玉簪，問道：「無硯什麼時候起來的？」

鹽寶兒幫方瑾枝理好垂下來的頭髮，答道：「剛起身沒多久呢。剛剛宋辭來了，說三少爺讓他今天一早上門議事，入茶姊姊便來喊三少爺。眼下三少爺正和宋辭在頂樓說話。」

方瑾枝聞言，朝窗外瞅了一眼。昨兒夜裡下大雪，現在外面還是白茫茫一片，在哪兒說話不好，非要跑去頂樓，也不怕冷著。

「走吧，給三少爺送件衣裳。」方瑾枝站起來，又猶豫一瞬，坐下道：「算了，讓入茶去送。」朝事繁雜，也許陸無硯正在忙呢，這個時候過去，說不定要給他添亂。

今年的冬天雖然來得晚，卻一下子寒冷起來。陸陸續續下了幾日的雪，讓日子變得綿長而柔和，府裡長輩心疼孩子們，直接將請安免了。

不過，平靜之外，仍有喧鬧。

之前陸佳茵和秦錦峰吵架後，跑回娘家，按理說，要等秦錦峰來接她，秦錦峰還得向她道歉，對她父母保證日後會待她更好，這樣才有臺階跟他回秦家。

可是大雪讓秦錦峰完全有理由不上門，也讓陸家挑不出什麼錯。

但陸佳茵坐立不安，心裡不踏實！

下大雪雖使出行不便，難道秦錦峰就真不能過來了？她已經氣得回溫國公府，他竟還藉著這場大雪的名義不聞不問！他的心怎麼可以這麼狠，就不擔心她在溫國公府裡被別人欺負？怎麼說她都是出嫁的女兒，如今突然回娘家，他還不過來接，難道要陸家人瞧她的笑話不成？

陸佳茵狠狠地跺腳，火氣越來越大。虧她對秦錦峰一往情深，可他是怎麼對她的？簡直是個沒良心的！

陸佳茵獨自在屋裡走來走去，不由踱到窗邊，把窗戶推開，頓時有股冷風灌進來，吹到身上，讓她不得不打了個寒顫。

她不大高興地埋怨幾句，才伸長脖子朝外看。外面的雪幾乎已經停了，只有偶爾落下的雪粒，不知是還在下小雪粒，還是從別處颳來的雪珠？

剛剛懂天氣的下人退出去前，信誓旦旦地保證，明天會是個大晴天。

陸佳茵聽了，又是高興，又是擔心。如果明天放晴，那秦錦峰是不是會來接她回家？她有點想他了。

可是……

陸佳茵臉上甜蜜的笑一點點收起來。如果明天秦錦峰不來接呢？這幾日他沒上門，還可以用下雪的理由搪塞，但雪過天晴，他還是不來，她的臉面豈不是真的沒了？到時，方瑾枝那個小人得志的傢伙一定會笑話她！

陸佳茵又開始擔心，將窗戶關上，走回桌前，攤在椅子裡。

其實她沒跟姚氏說實話，只告訴姚氏，有人送女人給秦錦峰，她為他要抬貴妾的事情生氣，兩人拌嘴，才跑回溫國公府。

其實不僅拌嘴，她還打了秦錦峰，用瓷瓶敲破他的頭，剪碎他的官服。

至於貴妾，陸佳茵也沒講實話。嚴格來說，不能用「送」這個詞。那姑娘是秦錦峰上峰的庶女，是看秦錦峰年紀輕輕卻十分沈穩，他日必有大造化，才把女兒嫁給他為妾，若非想提拔他，才不會委屈自己女兒。

陸佳茵曾偷偷派人打聽過，那姑娘名叫姜晗梓，是個美人。

想到這裡，陸佳茵有點後悔。她是不是不應該賭氣跑回娘家？她不在的這幾日，秦錦峰這沒良心的會不會已經把人抬回去？

不行，秦錦峰是她的，她絕不允許別人從她手裡搶走他！也許……明天秦錦峰就會來接她了呢？她不能自亂陣腳。

陸佳茵安慰著自己，躺上床歇下。

陸佳茵等啊等，秦錦峰還是沒來接她。

姚氏察覺出不對勁了。小夫妻拌嘴，就算秦錦峰心裡還責怪陸佳茵，也不可能不看在溫國公府的面子，上門接陸佳茵回家。

她想了又想，又把陸佳茵喊過來問，陸佳茵這才哭哭啼啼地道出一切，不僅說她打了秦錦峰、剪碎他的官服、那個貴妾的事，還推搡秦雨楠，頂撞婆婆。

姚氏越聽越心涼。

「收拾東西，自己回去！」她甩開陸佳茵的手。「不想被休，就滾回秦家認錯！」

陸佳茵嚇得跪在地上，大哭失聲，擔驚受怕好幾日，還把希望寄託在娘家，但看眼前情景，她不得不慌了。

姚氏見狀，無奈搖頭，命丫鬟把哭得上氣不接下氣的陸佳茵扶進房，她則在廳裡走來走去，苦思對策。雖然知道么女從小被驕縱著長大，性子莽撞，人也不夠聰明，可是怎麼也沒想到會弄到這種地步！

最後，姚氏沒辦法，找到許氏面前，求她出主意。

許氏聽完，非常生氣，剛打算派得力的嬤嬤去秦家傳話，下人便進屋稟報，說秦家的馬車到了。

許氏點頭，瞪姚氏一眼，吩咐道：「還不快回去讓佳茵打扮打扮，換身好衣裳見人。」

「是！」姚氏忙應下退出去。總算鬆了口氣。

秦家的馬車在陸家僕人的招呼下停妥。秦雨楠下車，由身邊的嬤嬤領著往前走，穿過迴廊時，遇見方瑾枝。

在方瑾枝的印象裡，秦雨楠還是那個坐在椅子上、唯有腳尖能碰到地面的小姑娘，喜歡甜甜地笑，還喜歡甜甜的果子。如今她已出落得更加娉婷，少了稚氣，多幾分小姑娘的嬌美，要不了幾年，肯定是個大美人。

兩廂打過招呼，秦雨楠自稱來接嫂子回家，寒暄幾句，便先去姚氏的院子。

方瑾枝則往垂鞘院走，覺得秦家這個做法實在有些古怪，頭一回見到讓小姑子來接賭氣跑回娘家的嫂子，隱約猜到，陸佳茵應該是闖禍了。

回到垂鞘院後，方瑾枝派伶俐的夭夭去打聽消息。

夭夭很快就回來了，稟道：「老夫人與三奶奶本以為是六姑爺親自來接六姑娘回秦家，還換了好衣裳，可是沒想到來接六姑娘的，竟然是她的小姑子秦姑娘。老夫人與三奶奶的臉色當場就有些不好看，但立刻掩飾，親暱地拉著秦姑娘說話。

「這時，六姑娘從偏屋裡衝出來，她和老夫人、三奶奶一樣，都以為秦錦峰會親自上門。看見只有小姑子來時，六姑娘發了好大的脾氣，大吵大嚷，還趕秦姑娘走……」

方瑾枝正在喝罐煨山雞絲燕窩，聞言不由想笑，被湯汁嗆到，連連咳嗽起來。

「小心點。」陸無硯忙輕拍她的後背，又從入茶手裡接過溫水，餵方瑾枝喝下。「這麼大個人了，喝湯時還不知道注意些。」陸無硯的語氣裡帶著濃濃的心疼和寵溺。

「因為真的很好笑啊……」方瑾枝的眉眼間仍舊滿是笑意，轉過頭望向夭夭，追問道：「那後來呢？」

夭夭回答：「因為六姑娘吵得很凶，秦姑娘紅了眼睛，起身就要回家。老夫人與三奶奶自然是攔下，又拉著她說了好一會兒的話，等秦家姑娘的情緒收了收，才親自將人送出去。」

方瑾枝聞言，忽然蹙眉，覺得秦雨楠好像不是很簡單，起碼沒有表面看上去的單純。不過，深門大院裡，又有幾個姑娘像陸佳茵那麼蠢？

這麼想著，她倒是釋然了。

夭夭察言觀色，繼續稟報：「等秦家姑娘走後，聽說老夫人大發脾氣，罰六姑娘跪在祠堂裡抄《女誡》、《女訓》、《女則》，現在應該還在呢。」

「嗯。」方瑾枝應聲，便不再問陸佳茵的事情。

年關將至，方瑾枝要開始張羅過年了。

第二日，天氣不錯，方瑾枝便在闔遠堂裡與幾位夫人並奶奶商量年節的事。第一次主持除夕家宴，她不敢莽撞，請來府裡的長輩相詢。

雖然方瑾枝含著謙虛求教的心思，但其他幾房的人卻沒敢多嘴，問到她們時，才會說說情況，提意見時更是小心謹慎。

方瑾枝不喜熱鬧，不過聽了其他人的意見，也覺得如今府裡孩子多，可以辦得熱鬧些。議定後，方瑾枝又請二房的大少奶奶薛氏幫襯著。眾人有些意外，薛氏更是不懂，本想推辭，見方瑾枝並非客套，也無試探之意，才笑著答應。

待家務商量得差不多，大家沒立刻離開，說說閒話，說著說著，就扯到陸佳藝身上。陸佳藝正值說親的年紀，也是府裡唯一未出嫁的女兒。

眾人問陳氏，可有挑中的良婿？陳氏笑著搖頭，說是捨不得女兒，不想讓陸佳藝那麼早成親。

但大家心知肚明，陳氏這是左挑右選，想幫么女尋門好親事呢。

幾個女眷正說著話，下人稟告，秦錦峰來了。

方瑾枝抬眼，看看許氏和姚氏的臉色，都是鬆了一口氣的模樣。

方瑾枝心裡搖頭。就算這次秦錦峰把陸佳茵接回去，要不了多久，又會鬧起來。

秦錦峰進屋，方瑾枝瞥他一眼。這幾年，他的變化不小，變得更挺拔。當年見到時，他還是意氣風發的少年郎，後來跪在院門外的樣子，也讓她印象深刻。

如今再遇，秦錦峰已是大遼的年輕狀元，氣質更加沈穩，卻少了些當年的意氣風發。

秦錦峰規矩地向許氏和姚氏行禮，要接陸佳茵回家。

這事本就是陸家理虧，許氏婆媳不好多說，只勸了幾句夫妻和睦之類的話，便讓丫鬟領著秦錦峰，去陸佳茵以前住的閨房找她。

第五十八章

秦錦峰立在房外，深吸一口氣，才推門進去。

陸佳茵早已得了消息，匆匆換好衣服，描了眉眼，有些緊張地坐在妝檯前等秦錦峰。

秦錦峰緩步走到陸佳茵身後，無波無瀾地說：「鬧夠了，就回家吧。」

聽見這話，陸佳茵立刻不高興了，猛地站起，大聲質問秦錦峰。「怎麼是我鬧？你說，還要不要抬那個妾進門？」

秦錦峰不回答，靜靜看著陸佳茵。

他又是這個樣子！

陸佳茵覺得心裡窩著一團火。秦錦峰總是用這種冷漠目光看著她！她是他明媒正娶的妻子啊……心裡越想越委屈，眼圈瞬間紅了。

秦錦峰眼中的厭惡一閃而過。

雖然那抹厭惡很快就被他掩飾，但陸佳茵還是看見了，頓時更加委屈，憤怒地哭喊：「秦錦峰，你到底有沒有把我當成你的妻子?!」

「妳還要不要回家？」秦錦峰有些無奈地問。

「哪有這樣請人回去的，你根本沒認錯！」陸佳茵氣得拂袖，妝檯上的瓶罐灑落一地。

守在外面的小丫鬟聽見屋內又要鬧起來，忙小跑著去找姚氏。

「秦錦峰，你說話啊，是不是還要納那個小妾？」陸佳茵衝上去，拉扯他的衣襟。

秦錦峰終於被她鬧煩了，一把推開她。他並沒有使出太多力氣，但畢竟是個男人，而陸佳茵又沒站穩，就勢朝後跌坐在地上。

陸佳茵不可思議地望著秦錦峰，不停哭喊：「你打我?!夫妻一場，你居然對我動手，你還是不是男人！」

「夫妻一場？」秦錦峰忽然笑了。

他這一笑，讓陸佳茵愣住。秦錦峰對她總是很冷漠，幾乎從未對她笑過。雖然秦錦峰此時的笑帶著諷刺，仍使她感到意外。

秦錦峰向前兩步，在陸佳茵面前蹲下，慢慢收起笑，目光森森，緩緩道：「妳以為我願意娶妳？如果不是妳設計，用妳姊姊的名義騙我，我會赴約？」

「我……」陸佳茵雙肩輕顫，說不出話來。

她喜歡秦錦峰，從第一次見到時就喜歡他。那日，她和府裡其他姊妹一起躲在偏屋，隔著圍屏悄悄偷看他，只一眼，她心裡就有了他。那時秦雨楠摔了，秦錦峰衝進偏屋，不小心撞著她的肩，讓她微微疼了下，那種疼痛很快蔓延到心裡，宛若蟲咬。

可是，他將是她的姊夫……

她不甘心，她想要！反正陸佳蒲疼她，什麼好東西都願意給，這次不過要個男人而已。

但陸佳茵沒想到，發生這件事情後，陸佳蒲竟跟她斷了姊妹情誼。她曾託人送信進宮，卻石沈大海，才明白，姊姊是真的不要她了……

秦錦峰有什麼資格指責她！

「我那麼做，都是因為喜歡你！我從沒做過對不起你的事，你為什麼對我這麼狠心？」陸佳茵哭著質問。

秦錦峰氣急反笑。「妳沒做過對不起我的事？妳逼得我和未婚妻緣盡，又逼我娶了不喜歡的人，這還不算？」

「不喜歡的人……」陸佳茵喃喃重複一遍，驚恐地摀著耳朵，使勁搖頭。「你撒謊！我不相信你不喜歡我！你騙人！」

秦錦峰冷冷地說：「妳以為我為什麼會娶妳？不覺得自己可笑嗎？如果不是因為秦、陸兩家的世代交情，如果不是因為情勢所迫，我會娶妳？」

秦錦峰頓了下，繼續道：「雖然是妳設計，但妳的名聲的確因我而毀。我把妳娶進門，給妳名分，只要妳安安分分，我都能容忍。可是妳呢？近兩年，妳都做了些什麼事？」

那些事，秦錦峰不願再提，也不想再看哭鬧的陸佳茵，站起身，有些疲憊地說：「今日來接妳，是看在溫國公府的面子，倘若妳再胡鬧，我只能送一紙休書。」說罷，抬腿往外走。

陸佳茵猛地反應過來，狼狽地爬起，追上秦錦峰，張開雙臂擋在他身前。

「你還沒告訴我要不要納妾！」

秦錦峰聞言，頓時覺得無力。剛剛對陸佳茵說的話，簡直對牛彈琴，她根本沒聽進去！遂不耐煩地推開她。

陸佳茵踉蹌兩步，望著秦錦峰的背影，大聲喊：「秦錦峰，你不就是為了你的狗屁仕途嗎？為了發達，連結髮妻子都不顧！」

秦錦峰往前走的腳步一頓，轉過身，冷漠地望著陸佳茵。

「我告訴妳，如果我今日娶的是妳姊姊，若她不喜歡，即使給我丞相之位，我也不要。而妳……」

秦錦峰眼中的鄙夷更甚。「若是妳再鬧下去，我就讓妳知道，什麼才叫拋棄髮妻！」言罷，懶得再看她一眼，大步往外走去。

「啊——」陸佳茵聲嘶力竭地大喊，像發瘋一樣，摔碎了滿屋的瓷器。

另一邊，聽到小丫鬟稟報的姚氏急忙趕來，又讓陸無砌和陸子均攔下秦錦峰，拉著他到書房裡吃茶。

姚氏心驚膽戰地走進陸佳茵的閨房，看見碎了滿地的瓷器，心裡涼了半截。秦家好不容易請人來接陸佳茵，難不成她連服軟都不會？

「這到底是怎麼了？人家來接妳，為什麼又鬧起來？」姚氏心裡又急又氣。難道非要鬧到和離才算數？

陸佳茵本就滿肚子委屈，姚氏一來就訓斥她，再也忍不住，哇的哭出來。

「快別哭了，在外頭都能聽見妳哭鬧，像什麼樣子！」姚氏忍不住又叨唸幾句。

「連您也說我！我知道了，你們都不喜歡我，都討厭我。」陸佳茵跌坐在地，雙手摀著臉，不停地哭，淚水很快浸濕她的指縫。

畢竟是捧在手心裡疼大的孩子，姚氏哪裡忍心看她哭成這樣，忙走上去，把她拉起來。「有什麼話不能好好說的，非要又哭又鬧，還坐在地上，這地上多涼啊……」

「娘！」陸佳茵撲進姚氏懷裡。「他從來都不喜歡我，他恨我！」

「別胡說，一夜夫妻百日恩，你們是拜過堂的結髮夫妻，不過拌嘴罷了，他哪能真的恨妳？不要胡思亂想……」姚氏把陸佳茵牽到床榻坐下，不停寬慰她。

不過，姚氏嘴上這麼說，自己心裡卻是沒譜。當初，她看得出來秦錦峰對陸佳蒲有情意，難不成都過了這麼久，秦錦峰心裡還記掛陸佳蒲，恨著陸佳茵？

於是，姚氏又勸陸佳茵好一會兒，苦口婆心地說：「不要再使性子，把眼淚擦乾淨，換身衣服，府裡會留秦錦峰用晚膳，然後妳和他回秦家。夫妻一場，收收性子，偶爾服軟，男人就喜歡妻子這樣。」

陸佳茵聽了，仍舊滿心不喜，卻還是點了頭。

姚氏知道，她畢竟是母親，隔了一輩，有很多話女兒恐怕不會對她說，便讓身邊的嬤嬤去請陸佳藝來陪陪陸佳茵。

嬤嬤去找陸佳藝時，陸佳藝正在替她父親繡腹圍，聽嬤嬤說明來意，本來不想去，府裡姑娘都對陸佳茵搶親姊姊的婚事之舉十分不齒。

可是陸佳藝又想了想，她畢竟已到要議親的年紀，有個善解人意、姊妹和睦的名聲也是好的，遂收起不情願，笑吟吟地跟嬤嬤過去。

一眾姊妹裡，陸佳茵心氣甚高，不願讓姊妹看見她過得不好。見著陸佳藝，忙收了眼淚，歡喜地把人迎進屋，親暱地與她說話，裝作什麼事都沒發生。

陸佳藝看著她的表情，頓時覺得可笑。姚氏希望她來寬慰陸佳茵，可是看看陸佳茵這副模樣，哪裡還需要寬慰。

裝就裝。既然陸佳茵裝作沒事人，那她奉陪。

陸佳茵談天說地，陸佳藝就陪著她談天說地；陸佳茵大說特說秦家的富貴日子，秦錦峰如何如何對她好，陸佳藝便連聲附和，笑著聽她編謊。

但一直被陸佳藝奉承著，陸佳茵忽然沒什麼興趣演下去了，乾脆拉住她的手，笑道：「走吧，咱們出去轉轉，說不定還能看見孩子們堆的雪人。」

陸佳藝聞言，搖頭拒絕。「雖然外面日頭正足，可等會兒後天色就晚了，恐怕要冷。我來看望六姊時，沒穿斗篷呢。」

「怕什麼，穿六姊的！」陸佳茵不由分說，硬取來自己的粉色斗篷，替她穿上。

陸佳藝臉上的表情一僵，有些尷尬地說：「不用了，妹妹哪裡好意思穿六姊的，如此六姊可要受凍了……」

「沒事，我不冷。」陸佳茵幫陸佳藝戴好兜帽，扯著她的手往外走。

陸佳藝不好掙開她的手，暗暗在心中叫苦不迭，只得陪著陸佳茵去了後花園。

姊妹倆走進園子，陸佳茵才略帶了幾分嬌羞，對陸佳藝道：「妳身上的這件斗篷呀，是妳姊夫送給我的。他那個人啊，雖然總是冷著臉，卻最是疼人的……」

陸佳藝陪著笑臉附和。「姊夫自然是疼姊姊的。」卻不怎麼相信陸佳茵說的話。若秦錦峰真對她好，那她便不用孤零零地跑回娘家了。

再者，陸佳茵不提這事還好，一提又讓陸佳藝想起，她當初是怎麼背著親姊姊勾搭姊夫的，想想就噁心。

這時，陸佳茵還在吹噓秦錦峰平時對她多好，陸佳藝恨不得堵上自己的耳朵。

好一會兒後，陸佳茵終於停下吹噓，有些意外地望著鯉池旁邊的人。「咦，那個不是方瑾枝嗎？她在幹麼，餵魚還是抓魚？」聲音裡不由帶上幾分陰陽怪氣。「真是閒得慌。」

剛才陸佳茵吹噓的事，陸佳藝都可以奉承她，但關係到方瑾枝，選擇但笑不語，不想多言。隔牆有耳，誰知道她今日在這裡說句話，他日會不會傳到方瑾枝耳中？如今的方瑾枝，可是得罪不起的。

見陸佳藝沒吭聲，恍若沒聽見，陸佳茵又冷笑一聲，陰陽怪氣地說：「七妹瞧瞧，方瑾枝還是如小時候一樣，喜歡扮可憐。我回來多少天了，日日見她戴著那支簪子，就是哭窮，想讓別人接濟呢！我母親看她可憐，還送了套價值連城的紅瑪瑙擺件。」

陸佳藝聞言，實在聽不下去了，抬頭看陸佳茵一眼。「三嫂平時有沒有扮窮裝可憐，七妹不知，可那支簪子是她十五歲生辰時，三哥親手雕給她的，所以三嫂才一直戴著。」

「什麼?!」陸佳茵不可思議地看看陸佳藝，又轉過頭望遠處的方瑾枝。她不相信！

瞧見陸佳茵這副表情，陸佳藝隱隱有種想笑的衝動，一本正經地說：「是啊，三哥暗中請師傅教他手藝，又花重金挑選好多玉石，試了許久，才做好這一支呢。」眼中還故意流露出羨慕神色。

不過，這些話半真半假，有大半是陸佳藝胡說的。

她和府裡其他人一樣，都對方瑾枝髮間那支並不精緻的玉簪十分好奇，悄悄打聽後，才知道那是陸無硯親手雕的，是方瑾枝及笄時的禮物。至於做玉簪的細節，就是她瞎編的了。

聽了陸佳藝的話，陸佳茵的臉色果然變得十分難看，甚至泛起幾分猙獰，再瞥立在鯉池邊餵魚的方瑾枝一眼，雙目中迸射嫉妒的怒火。

憑什麼！她到底哪裡比方瑾枝差勁？為何她得不到丈夫寵愛，夫妻不睦，而方瑾枝卻能被陸無硯捧在手心裡?!

陸佳茵想著，竟氣咻咻地朝方瑾枝走去。

「六姊，咱們不逛了嗎？」陸佳藝在陸佳茵背後喊。

陸佳茵恍若渾然沒聽見般，腳步不停，朝方瑾枝走去。

陸佳藝無奈，跟上陸佳茵。

平時方瑾枝淺笑嫣然，瞧著雖嬌氣又柔弱，卻不是軟柿子。陸佳茵怒氣沖沖地去找方瑾枝的麻煩，自討苦吃。

另一邊，陸佳茵和陸佳藝尚未走近，捧著魚食的入茶便微微上前一步，小聲對方瑾枝說：「三少奶奶，六姑娘和七姑娘過來了。」

方瑾枝抬眼看看前方走來的兩道人影，輕聲應了，繼續餵池裡的鯉魚。

最近突然變冷，鯉池裡的溫泉要比往昔涼了。之前因為大雪，方瑾枝沒能過來照看這些鯉魚，今日終於有閒暇，過來餵餵魚，跟它們說說話。

「表妹好興致，居然不怕冷地過來餵魚。」陸佳茵走近鯉池，悠悠道。

方瑾枝恍若沒聽見一樣，繼續餵魚。

陸佳茵見狀，立刻皺眉。方瑾枝是什麼意思？當她不存在不成？

陸佳藝卻笑著走過去，親暱地說：「三嫂又來餵魚。這池裡的魚兒一定都認識妳啦。」

「天冷，我怕下人們不盡心，餓著它們。」方瑾枝也對陸佳藝微笑。「七妹身上這斗篷，似乎……不怎麼配裡面的衣服。」知道這件斗篷是陸佳茵的。

陸佳藝對方瑾枝露出十分默契的淺笑。「是六姊怕妹妹冷著，才把自己的斗篷借給妹妹穿呢。」

「原來六妹也過來了。」方瑾枝這才抬眼看陸佳茵。

此時此刻，陸佳茵如何還不明白？方瑾枝分明是對稱呼不滿意，才假裝沒看見她，遂陰陽怪氣地說：「妳貴人事忙，當然注意不到我。」

話落，她的目光又落在方瑾枝髮間的白玉芍藥簪上。之前只注意到這支玉簪雕工拙劣，如今仔細一看，才發覺這支簪子的用料乃上品中的上品。

因此，對於剛剛陸佳藝說的話，她已經信了大半，卻仍舊不死心地問：「聽說這簪子是三哥親手雕給妳的？」

方瑾枝將葵口白玉碗裡裝著的最後一點魚食倒進鯉池裡，然後把空碗交給身後的入茶。她的目光在陸佳茵臉上輕輕掃過一瞬，又落在陸佳藝臉上，笑著說：「時辰不早，我要先回去，妳也別太晚了。」

妳，不是妳們。

陸佳藝自然聽懂方瑾枝對陸佳茵的忽視，甜甜笑道：「知道了。路上結冰地滑，三嫂回去時也要當心些。」

方瑾枝點頭，轉身帶入茶離開。

「方瑾枝，妳給我站住！我問妳話，妳還沒回答我呢！」

陸佳茵氣沖沖地想追上去，但陸佳藝站在前面擋著，遂沒多想，揮手推開她。

此時正值寒冬臘月，地上布滿冰雪，鯉池邊又潮濕，早已結了一層冰。

砰！池裡水花四濺，伴隨陸佳藝的驚呼。

陸佳茵不是故意的，卻將陸佳藝推進了鯉池。

第五十九章

意外發生得太快，誰都沒來得及反應過來。

方瑾枝背對著她們，正要離開，並未看清陸佳藝是怎麼掉進水裡的，但左右是因為陸佳茵的關係，忙吩咐身邊的入茶。「快去喊人幫忙！」

陸佳藝不識水性，這會兒工夫，已經嗆了一肚子水。

「奴婢會游……」入茶話音剛落，還沒來得及下水，便見青色身影一閃而過，直接跳入池中，攬住陸佳藝的腰身，把她抱起來。

等到陸佳藝被救上來，方瑾枝才看清，跳下水的人是秦錦峰。

陸佳藝渾身濕透，黑髮黏在蒼白的臉頰上，顯得可憐兮兮。

方瑾枝急忙脫下身上的斗篷，裹在陸佳藝身上。一是給她禦寒，二是替她遮擋濕漉漉的身子，畢竟秦錦峰在這裡。

「佳藝?!」

秦錦峰愣了一下，回頭看飄在鯉池裡的撒花攢枝粉色斗篷，又看呆立在一旁的陸佳茵，心裡有些懊惱。

是他衝動了，他以為掉進水裡的人是陸佳茵。當初秦雨楠為讓他們夫妻交好，故意讓人做了那件粉色斗篷，以秦錦峰的名義送給陸佳茵。陸佳茵不明就裡，真以為是秦錦峰的心意，高興得不得了，恨不得整日穿著。

是以，秦錦峰路過時，遠遠看見落在池裡的人穿著這件粉色斗篷，才會以為是陸佳茵。他雖然厭惡陸佳茵，可她畢竟是他的妻子，不能見死不救，可是沒想到……

「多謝姊夫救命之恩。」陸佳藝轉過身，背對秦錦峰，聲音裡帶著一絲尷尬。

方瑾枝略一尋思。今兒這事不能傳出去，否則對陸佳藝的名聲不好，急忙道：「太冷了，咱們先回去吧。」

「等一下！」陸佳茵突然尖叫。

方瑾枝心裡生出極不好的預感。

「陸佳藝，妳該不會是故意的吧？」陸佳茵警惕地盯著陸佳藝。「妳想做什麼？用這樣的手段讓姊夫對妳負責嗎？」

陸佳藝震驚地望著陸佳茵，眼眶霎時紅了，委屈地說：「六姊，妳別忘了，是妳推我下水的！」話裡帶著濃濃的顫音。

不管怎麼說，陸佳藝畢竟只是個十幾歲的小姑娘，剛剛掉進鯉池受驚，又濕著身子被秦錦峰救上來，已然壞了名聲，此時再被陸佳茵這般指責，心裡霎時繃不住，眼淚一顆一顆地落下。

「陸佳茵，妳瘋了嗎?!」秦錦峰壓低聲音喝道。

陸佳茵生氣地看著他，大聲質問：「你在做什麼？為了她指責我？我知道了，你是故意的，是不是早就看上她，想對她負責？」

說著，她憤怒地逼近陸佳藝，怒道：「好啊！平日裡看妳挺單純善良，沒想到是個不要臉的東西！我可是妳姊姊，秦錦峰是妳姊夫！」

啪！方瑾枝將陸佳藝護在身後，一巴掌狠狠甩在陸佳茵臉上。這巴掌使出全力，讓她的手掌一陣陣發麻疼痛。

「方瑾枝，妳算什麼東西，居然敢打我?!」陸佳茵怒不可遏，目光狠毒，恨不得將方瑾枝大卸八塊。

方瑾枝深吸一口氣，繼而冷笑。「陸佳茵，妳難道不覺得自己剛剛說的話很耳熟嗎？妳可記得也有人對妳說過同樣的話？」

陸佳茵愣住了。

「妳知道他的身分嗎？他是我的未婚夫，離婚期不到三個月。」陸佳蒲虛弱的質問聲忽然在陸佳茵耳邊炸響，宛若驚雷。

瞬間，陸佳茵蔫了。這是報應嗎……

方瑾枝環視四周，並無他人，遂拉拉披在陸佳藝身上的斗篷，低聲道：「七妹是自己不小心掉進鯉池裡的，恰好被我看見，讓入茶救了妳。」

陸佳藝有些茫然地望著方瑾枝。

方瑾枝握緊她的手，又重複一遍。「是入茶救了妳。」

陸佳藝回過神，眼中的迷茫一點點淡去，對方瑾枝感激地點頭。

方瑾枝輕拍她的手，又給入茶使個眼色，讓入茶護著她先離開。

等陸佳藝走遠了，方瑾枝才抬眼，冷冷地看著陸佳茵。

「妳不要臉，七妹還要，秦家四郎也要，整個溫國公府都要！如果妳還有一丁點腦子，就把今天的事情吞進肚子裡。妳不希望真被休棄，由七妹取而代之吧？」

「我……」陸佳茵呆呆望著方瑾枝，思緒像漿糊一樣黏成一團，好像聽懂了方瑾枝的話，又好像沒聽懂。

最後，腦子裡不斷重複飄著那一句：妳不希望真被休棄，由七妹取而代之吧？

漸漸地，陸佳茵的腳底開始生出寒意，很快爬上她的四肢，讓她恍如置身冰窟。

不！她才不會被休棄！更不會被別人取而代之！

方瑾枝見陸佳茵這個樣子，不想再和她多說，轉頭看向秦錦峰。「七妹她……」

「三嫂不必多說。」秦錦峰打斷方瑾枝的話。「我過來時，七妹已經被三嫂身邊的人救上來，送回院子。」

方瑾枝聞言，對秦錦峰點點頭，暗中鬆了口氣。

「我先告辭了。」秦錦峰微微頷首回禮，又看陸佳茵一眼，轉身離開。

陸佳茵在原地呆愣一會兒，才小跑著追上秦錦峰。

方瑾枝望著秦錦峰和陸佳茵一前一後離開的背影，心裡生出不踏實的感覺，總覺得這件事不會這麼輕易解決。

陸佳茵怎麼鬧都隨她，但別牽扯到陸佳藝。無論怎麼說，今兒的事都對陸佳藝的名聲有礙，萬萬不可傳出去。

剛剛，她是故意氣陸佳茵的，哪會希望陸佳藝真取而代之嫁給秦錦峰做繼室，那是害了陸佳藝。

方瑾枝蹙眉，想著可以完美解決此事的法子，心事重重地走回垂鞘院。

今日，陸無硯並沒有出府。

方瑾枝回到垂鞘院時，從開著的門看見陸無硯懶洋洋地盤腿坐在雪白的兔絨毯上，身前放著一只冰裂紋的圓口白瓷瓶。

方瑾枝眼睛一亮，匆匆進屋，在門口踢掉鞋子，踩著暖融融的兔絨毯，小跑到陸無硯身邊，跪坐下來，伸出雙臂攔住他的肩，在他臉頰上使勁親了三下。

啵！啵！啵！聲音一聲比一聲響亮。

垂眼望著白瓷瓶的陸無硯有些詫異地轉過頭，盯著方瑾枝的眼睛，打量片刻。

「遇到什麼難題了？」

「我家無硯可棒極了，就沒有解決不了的事兒！」方瑾枝立刻彎起一對月牙眼，挽著他的胳膊輕輕搖晃。

陸無硯失笑。「有話直說。」

方瑾枝把剛剛在鯉池邊發生的事說給他聽。

陸無硯耐心聽她講完，問道：「所以呢？」

「所以？」方瑾枝蹙眉。「我還沒想到法子，只是很擔心這件事留下隱患……」

陸無硯有點不耐煩，道：「多大點事，弄死她不就行了。」

雖然陸無硯只是開口說，但方瑾枝知道，他是真的這麼想。

方瑾枝呆愣許久，她從沒想過要陸佳茵的命，訥訥地說：「還不至於要她的性命吧。再說了，她還是你堂妹……」好像白問了。

陸無硯應了聲，目光又回到他身前的白瓷瓶上。

方瑾枝這才注意到這只瓷瓶，頓時睜大眼睛，望著瓶裡毛茸茸的小東西。

「這是什麼?!」

「貓啊，怎麼連貓都不認識了。」

那是一隻雪白的小奶貓，不知怎的落在白瓷瓶裡。這瓷瓶並不大，但對小奶貓來說，卻像個牢籠。

小奶貓的小前爪搭在瓶口，使勁想往外爬，可是牠太小了，小小前爪沒什麼力氣，而且瓶身實在太光滑，根本爬不出來。

方瑾枝偏過頭看陸無硯一眼，陸無硯正饒有趣味地瞧著小奶貓，不由問：「是你把牠抓進去的？」

「我哪有那麼閒，根本不知牠從哪裡來，又怎麼跳進高腳桌上的瓷瓶裡，就抱下瓷瓶，瞧瞧牠什麼時候能爬出去？」

說這話時，陸無硯的目光一直落在小奶貓雪白的頭上。

小奶貓的動作一頓，仰起頭，用碧綠的眼睛看了陸無硯一下。

「你坐在這兒一本正經地瞧著小奶貓爬瓶子逃生，這還不閒？」

方瑾枝轉過頭，陪陸無硯瞧著小奶貓，竟是越瞧越覺得有趣。

小奶貓一次次將小前爪搭在瓶口，扭著小身子想爬上來，卻一次次地失敗。

一會兒後，那雙小小前爪終於搭上瓶口，牠弓起身子，一點點往外鑽。

陸無硯瞧著，忽然伸手，彈了下牠的小爪子。

小奶貓吃痛，忙收回前爪，又掉回瓶裡。

「你別欺負牠了成不成。」方瑾枝瞪陸無硯一眼，輕輕將白瓷瓶推倒。

小奶貓蹭的鑽出來，踩了方瑾枝尚未來得及收回的手，朝外跑去。

方瑾枝驚呼一聲，急忙收回自己的手。

陸無硯蹙眉，把她的手捧到眼前，見手背上紅一片，幸好沒有被抓破。

「好心沒好報了吧。」陸無硯輕輕吹吹她的傷處，又揉了揉。「疼不疼？」

「啊？」方瑾枝這才回過神來。

陸無硯順著方瑾枝的目光看去，發現小奶貓躲在門外，朝屋裡望，見陸無硯略冷的目光射來，便跑走了。

「那麼小的貓，瞧著像是出生沒多久，踩一下，哪裡就疼了。」方瑾枝把手抽回來，然後正視陸無硯。

「無硯，我想早點讓七妹的婚事定下來，你知不知道有哪些適合的人家？」

剛剛看著小奶貓發呆時，她已經想通了，與其擔心陸佳茵瞎鬧騰，還不如先替陸佳藝說一門好親事。陸佳藝待她不錯，陳氏應該也會同意這個兩全其美的方法。

陸無硯聞言皺眉，覺得這些事麻煩又不重要，隨意地說：「去找入茶，讓她叫宋辭來問。」

「好！」

方瑾枝開心地點頭，然後轉身蹬蹬蹬地往樓上跑。「我回屋換衣服，等會兒我們去堆雪人！」解決一個大問題，終於有心情玩雪了。

陸無硯望著方瑾枝踩著木梯而上的小腳丫，忽然覺得她有點像剛剛那隻小奶貓。怪可愛的。

第二日下午，陸無硯在屋裡看書，目光無意間落在高腳桌上的冰裂紋圓口花瓶，又想起那隻小奶貓。

他走到美人榻前，掀開搭在榻上的薄毯，下面並無小奶貓的蹤影。

陸無硯又看高腳桌一眼，小奶貓也沒在那裡。

算了。

陸無硯提腳上樓，推開寢屋的門，繞過護著架子床的圍屏，走向床邊。

第一眼，他瞧見方瑾枝面朝外側酣睡的側臉，第二眼就看見小奶貓正縮著身子，窩在方瑾枝的繡花鞋上，白白的一小團。

陸無硯悄聲上前，把小奶貓拎起來。

小奶貓一驚，立刻伸出一對利爪，還沒來得及抓人，小小爪子已經被陸無硯箝制住，片刻掙扎後，才看清抓牠的人是陸無硯。

於是，碧綠貓眼中的警戒一點點淡去，逐漸變成溫順。小奶貓慢慢耷拉下小腦袋，靠在陸無硯的手背上，甚至用舌頭舔他的手。

牠的舌頭濕漉漉的，陸無硯有點嫌棄，正想把牠扔出去，卻看見那雙乾乾淨淨的碧綠色眼睛，猶豫了一瞬。在這瞬間，小奶貓又舔舔他的手背，甚至發出輕微的喵嗚聲。

陸無硯的嘴角不由染上幾分笑意，可是沒過多久，忽然想到方瑾枝還在睡，這叫聲可別吵了她。

陸無硯抬眼去看方瑾枝，卻驚訝地發現方瑾枝已經醒來，正十分生氣地瞪著他。

「怎麼……」

話還沒說完，方瑾枝就抓起床上的枕頭，朝他的臉砸去。

陸無硯慌忙接住，便聽見方瑾枝氣呼呼的聲音——

「不許那樣看牠！」

喵嗚……

陸無硯的手一鬆，趴在他手上的小奶貓立刻跳下去，趴在方瑾枝的繡花鞋上，朝陸無硯委屈地叫喚兩聲。

陸無硯垂眸，淡淡地瞥牠一眼。

小奶貓縮縮脖子，又歪著小腦袋看向坐在床上的方瑾枝，尋思一會兒，忽然竄出屋子，一眨眼就消失不見了。

「妳和一隻貓生氣？」

陸無硯走過去，將枕頭墊在方瑾枝身後，坐在床邊望著她。

方瑾枝哼唧一聲，偏過頭不看陸無硯。

她也覺得自己這樣挺沒道理，可陸無硯以前只有在望著她時，才會有那種溫柔的目光，看向其他人都是冷漠而疏離的，這還是第一次瞧見陸無硯用這樣溫柔的目光看別人——

不，別的東西，哪怕只是一隻貓！

陸無硯垂眸，低低地笑，笑聲由低漸高，最後有些壓抑不住，雙肩微微抖動。

「不許笑了！」方瑾枝有些生氣，推陸無硯的胸口。

陸無硯擒住她的手腕，笑道：「我只是開心。」

方瑾枝掙脫兩下，也沒抽出自己的手，索性任由陸無硯抓著，低著頭小聲嘟囔：「這有什麼好開心的？」

「妳知道原因。」陸無硯把方瑾枝柔嫩的小手捧在掌心，放在唇邊輾轉輕吻，帶著一點點欣喜和滿足。

其實，他有一點意外。

他一直以為，在他和方瑾枝之間，無論前世還是今生，他都是用情較深的那個，甚至，他根本不介意方瑾枝對他的喜歡到底有幾分。

他喜歡她，想把她圈在身邊，想徹底擁有她，便已足夠。

如今，他發現方瑾枝對他的喜歡遠超出想像，讓他太驚喜了。

一會兒後，米寶兒來稟，說葉蕭過來，有事找方瑾枝。

方瑾枝低頭垂眼。葉蕭來找她，肯定是因為靜憶。

方瑾枝想得到，陸無硯自然也猜到了。不過，方瑾枝和她生母之間的事，還是應該由方瑾枝自己作主，他不會干預。

「幫我推了吧，我不想見。」方瑾枝沈了臉，面朝內側地躺下，用被子蒙住頭。

陸無硯怕她悶著，替她拉下被子，才轉身出去見葉蕭。

聽著陸無硯出去的腳步聲，方瑾枝合著眼，心裡一時安靜，一時焦灼，也不知自己在焦灼什麼？明明早就決定不去想，不再和那些人有牽連。

可是……

方瑾枝把身子縮成一團，埋在被子裡。

那些事情，不是不去想就不存在的。

她也好想有母親，在她遇到困難時為她著想、給她依靠。

可是她沒有。

方瑾枝翻個身，雙手摀住頭，好像這樣就不會想起一樣。

許久，她摀頭的手慢慢向下挪，掐在脖子上。當初，她的生母就是這樣掐她的嗎？

房外傳來腳步聲，方瑾枝聽出是陸無硯，收起情緒，靜靜躺在床榻上，不想讓他擔心。

陸無硯進房，走到床邊，瞧方瑾枝一會兒，才緩緩坐下，握起她的手，放在掌心摩挲。

「瑾枝，她快病死了。」

陸無硯感覺到掌心裡那隻小手輕輕顫了下，嘆息一聲。「瑾枝，不要因為我的兩世影響妳的決定。前世的慘劇，我會設法避免，妳不必因為我說過的事而割捨一切。」

方瑾枝咬著嘴唇，不吭聲。

「真不去看看她？把她當成這些年照拂妳的靜憶師太就好。」陸無硯仔細瞧著方瑾枝臉上的表情，小心翼翼地說。

此時此刻，他猜不透方瑾枝是真的不在意，還是因為當年的事或他跟她說過的前世而心存芥蒂？但上輩子他經歷過至親辭世，明白那種萬劫不復的痛苦。

陸無硯心裡有一絲擔憂。如果靜憶就這麼病死，日後方瑾枝會不會痛苦？

方瑾枝想了好久，才道：「讓鹽寶兒請府裡的大夫過去瞧瞧，再送些補品吧。」

「好。」陸無硯點點頭，明白方瑾枝的意思，按照她說的去吩咐了。

第六十章

幾日後，賴在娘家的陸佳茵，終於跟著秦錦峰回去。

這次，陸佳茵跑回娘家，是希望娘家人可以幫她作主，秦家看在陸家的面子上，以後會對她好一些。

可是她怎麼都沒想到，母親並沒有幫她，連敲打秦錦峰幾句也無！

至於父親，陸佳茵本來就沒指望。陸申松根本不管後宅，連兒女親事都不過問，更別說是婚後跑回娘家的小事。

更可恨的是，姜晗梓還是要進門，縱使她哭過、鬧過，甚至往娘家跑，還是沒能阻止！

雖然是妾，但因為其父的緣故，秦家沒怠慢姜晗梓，排場雖然小些，可是在禮數之內，已經做到了萬分重視。

今夜，秦錦峰就要睡在另一個女人身邊。

陸佳茵咬碎一口銀牙。

「夫人，時辰不早，您還是早些歇息吧。」丫鬟阿夏立在一旁，一邊觀察陸佳茵的臉色，一邊小心翼翼地勸。

「要妳多嘴！」陸佳茵正窩了一肚子火，苦無地方發洩，恰巧阿夏這時開口，火氣便一下子冒出來。

「是……是奴婢多嘴了，求夫人恕罪。」阿夏急忙跪下求情。

阿春和阿夏是陸佳茵出嫁時，姚氏挑給她的陪嫁丫鬟，平日裡沒少受陸佳茵責罵，早就習慣了。

「誰要妳在這裡礙眼，故意看我笑話是不是?!」

陸佳茵氣得拂袖，掃過桌面，茶壺和茶杯摔到地上，碎了一地，剛燒開的茶水因此濺到阿夏的手背上，立刻紅起一大片。

阿夏疼得皺眉，卻不敢叫疼，連動都不敢動。

阿春在門外聽見動靜，匆匆掀開簾子進來，瞧瞧屋裡的零亂，立刻明白發生了什麼事。

「妳們兩個是死人啊，不知道收拾收拾嗎！」陸佳茵指著滿地碎片怒道。

阿春和阿夏應是，急忙拿掃把、抹布，將地上的碎片和茶湯收拾乾淨，才悄悄退出去。

一出門，阿夏立刻掉了眼淚。

阿春見狀，急忙拉著阿夏走進淨室，用冷水浸濕帕子，敷在她燙紅的手背上，關心地問：「是不是疼了？除了手，還有哪兒燙著？」

阿夏吸吸鼻子，坐在小杌子上，掀開裙子，膝蓋和小腿上竟也紅了一大片。因為有裙子隔著，燙得倒是沒有手背那般嚴重，但一大片紅腫，瞧著也是挺嚇人的。

阿春啊呀一聲，忙又拿了塊棉帕，放在冷水裡浸濕，要幫她敷傷口。

「別哭了。都是做奴婢的，這點委屈……只能受著。」

阿春擰了帕子，蹲在阿夏面前，仔細給她冷敷。

敷著敷著，阿夏有些心不在焉了，阿春叫她兩次，都沒有聽見，只好伸手搖搖她。

「什麼？」阿夏終於回過神來。

「咱們兩個不能都離開，我得去夫人身邊伺候。若是夫人不喊，妳便早些回去歇著，有什麼事，我幫妳照應。」

阿春說完，將挽起的袖子放下，把濕棉帕交給阿夏，起身匆匆回了陸佳茵的房間。

才離開一會兒，陸佳茵房裡的瓷瓶又被摔碎三只，妝檯上的首飾也散落一地。

阿春硬著頭皮走過去，不敢勸了，只能屏著氣，恨不得陸佳茵看不見她，放輕步子走到妝檯前，將地上的首飾一件一件撿起來。

陸佳茵又舉起一只瓷瓶，阿春做好準備等著她摔，可陸佳茵卻是不動，半天沒有摔下。

「阿春，妳去橘灣院一趟。」陸佳茵慢慢放下手裡的瓷瓶。

阿春呆住。橘灣院是姜晗梓住的小院，這時，秦錦峰與她應該正在洞房花燭吧……

陸佳茵把手中的瓷瓶遞給她。「把這個送給咱們的姜姨娘。」

阿春接下，冰涼的瓷瓶卻讓她覺得像燙手山芋。

「瞧瞧，這瓷瓶上的雙鵲纏枝紋多吉利，姜姨娘一定喜歡得很！」陸佳茵的語氣越來越重，說到最後，已是咬牙切齒。

阿春抱著瓷瓶走出屋，立在門口掙扎許久，直到陸佳茵猛地推開窗戶瞪她，才小碎步地往橘灣院去。

阿春走到橘灣院，見院內還沒熄燈，鬆了口氣。

橘灣院裡的丫鬟們看見阿春過來，急忙笑嘻嘻地迎上去。

「奴婢桃子、杏子見過這位姊姊。姊姊有什麼吩咐？」

她們都是跟著姜晗梓過來的，不認識阿春，只是瞧著阿春身上的穿戴，知道是府裡的一等丫鬟。

阿春簡直不知該怎麼開口，但又不能忤逆陸佳茵的意思，只好硬著頭皮說：「我是四夫人身邊的丫鬟，四夫人讓我把這瓷瓶送給姜姨娘……」明明不關她的事，還是覺得說出這種話，連自己都臉紅。

桃子和杏子望著阿春懷裡抱著的瓷瓶，也呆愣了。

阿春見狀，忙又接話：「雙鵲纏枝是恩愛寓意，也代表四夫人的祝福。」講完忍不住咬自己的舌頭，這話說了還不如不說呢。

還是桃子先反應過來，笑吟吟地接過阿春懷裡的瓷瓶。「奴婢替姜姨娘謝過四夫人，姜姨娘定會喜歡這份禮物的。」

杏子也回過神，拉著阿春的手。「既然姊姊來了，跟妹妹到偏房吃果子吧！」

阿春尷尬得不行，連忙推辭，匆匆離開橘灣院。

半路上，阿春遇見正往橘灣院走的阿夏。

「妳這是……」阿春頓覺不妙，目光落在阿夏臂彎裡的食盒上。

阿夏衝著阿春無奈地搖搖頭，去了橘灣院。

果然，等到阿春回去沒多久，陸佳茵又吩咐她送去一支金步搖。

一趟又一趟，陸佳茵總共讓阿春和阿夏送了七次東西。

橘灣院裡，桃子一次次稟報陸佳茵又送了什麼東西過來。

秦錦峰沈著臉，坐在黃梨木圈椅裡，手放在身側的小几上，掌心裡握著茶盞。茶早就涼了，他卻未曾喝一口。

姜晗梓沐浴完，換上一身薄薄的淺紅寢衣。本就是柳眉鳳目、雪肌玉膚的美人，又是剛出浴，更為她的嬌豔添了幾分動人。

現在正是十二月下旬，天氣寒冷，雖然屋裡有炭火，但她只穿寢衣，還是有些涼的。

姜晗梓吩咐桃子把陸佳茵送來的東西收好，抬眸看看秦錦峰，緩步走到他面前。

「您的茶涼了，妾給您換一壺吧。」

秦錦峰沒動。

姜晗梓等了一會兒，彎下腰，從秦錦峰手裡拿過茶盞，放在茶托上，遞給一旁的桃子。

桃子接了，急忙退下，去換熱茶。

此時，姜晗梓背對著秦錦峰，一時之間，竟是不想轉過身去。

轉過身之後，是什麼呢？他是她的夫君，可她不是他的妻。她知道，自己是來做妾的。因為她的母親是妾，縱使她再怎麼得父親喜歡，也被他當成拉攏下屬的工具。

所以，在她大婚這日，姑娘家一生中最美好的日子，被她夫君明媒正娶的妻如此欺凌羞辱，連因委屈而哭鬧的資格都沒有。

縱使再怎麼不願意面對，姜晗梓還是收起眼裡所有的落寞和痛楚，換上女兒家的嬌羞，轉過身，盈盈走向秦錦峰。

「夫人心裡想必是不舒服的，您……要不要去看看她？」姜晗梓聲音低柔，又帶著一丁點掩飾過後的酸楚。

秦錦峰已經快被陸佳茵逼瘋，從沒想到自己會被一個女人弄得焦頭爛額，一直在想到底該怎麼對待陸佳茵，有沒有可能休了她？

聽見姜晗梓的聲音，他才回過神來，打量起身前的女子。

姜晗梓無疑是個美人，薄薄寢衣完全遮不住飽滿胸脯和纖細腰身，此時她低眉順眼，帶著點嬌羞，和欲語還休的委屈。

秦錦峰家風頗嚴，自幼苦讀詩書，年紀輕輕奪得狀元，根本無心男女之情。他母親不是沒給他準備過通房丫頭，都被他影響讀書為由趕走，是以在成婚之前，連個通房也無。

至於成婚後……秦錦峰看見陸佳茵，就會想起陸佳蒲那張溫柔淺笑的臉，沒辦法碰她。

陸佳茵不是沒主動過，無論是秦錦峰沐浴時鑽進淨室，或脫光了鑽進他的被窩裡，此類種種，她做盡了，還是沒用。

秦夫人也勸秦錦峰。「你們已經成親，難道一輩子這樣疏遠著？就算不喜歡她，總要為秦家香火考慮。」

但秦錦峰就是邁不過心裡那道坎，而且看見陸佳茵討好的笑臉，便覺反感，甚至噁心。他讀聖賢書長大，十分不齒陸佳茵的言行，無論是她當初設計搶走親姊姊的婚事，還是平日的點滴小事，他都看不上眼。

這一年多來，秦錦峰極後悔娶了她，不由重重嘆口氣。

「四爺，您這是怎麼了？」

姜晗梓一直在觀察秦錦峰的表情，見他沈默許久又嘆氣，有些不安。如今，她是秦錦峰的妾，日後的生活或死活都得仰仗這個男人，縱使心裡有太多不甘，仍擔心嫁來的第一日就惹他厭煩。

秦錦峰這才回神，望著眼前輕咬嘴唇的姜晗梓，不由放柔了聲音，道：「夫人她……」

他的話沒說完，院子裡忽然響起一陣雞鳴。

杏子抱著一隻公雞，跌跌撞撞地進屋。「四夫人送來的……」

那隻雞張牙舞爪，叫個不停。

姜晗梓微張小嘴，呆了一會兒，才結結巴巴地說：「既然是夫人送的，那……那就養在院子裡吧。」

這時，桃子端著重新沏好的熱茶進屋，輕輕放在秦錦峰身邊的小几上。

秦錦峰猛地拂袖，整套茶具傾翻在地，摔個粉粹。

「把那個瘋子送來的東西，一件不少地送回去！」

秦錦峰是文人，又生得溫潤如玉，縱使沈著臉，也帶著讀書人的儒雅，此時突然發怒暴喝，氣勢著實讓人嚇了一大跳。

桃子和杏子一愣，急忙喊來候在外面的小丫鬟，一起把陸佳茵送的東西收好送回去。

等丫鬟們離開後，秦錦峰才恍惚想起，屋子裡還有一個人。

他轉頭去看姜晗梓，才發現她低著頭，無聲哭了很久，喜燭微暖的光芒映出楚楚可憐的眉眼。

秦錦峰心裡生出幾許憐惜，卻不知怎麼開口？

無論如何，如今陸佳茵還是他的妻子，他不想做寵妾滅妻的事，不能在姜晗梓嫁過來的第一日，大肆說正妻的惡行。剛剛氣急之下，在她面前說陸佳茵是瘋子，已是不應該了。

他想了想，從梨花木圈椅起身，走到姜晗梓面前。

「莫要哭了。」他猶豫一瞬，還是握住姜晗梓的手，在她的手背上安撫似的拍了拍。

不承想，姜晗梓忽然皺起眉頭，表情痛苦。

秦錦峰錯愕，低頭去看，卻見姜晗梓的手背上紅一片。

難道是剛剛那壺熱茶？他立刻擼起她的袖子，果然，白雪小臂也紅了。

「疼也不知道說一聲？」秦錦峰的聲音裡帶著責備，還有一絲愧疚。

姜晗梓低頭，咬著嘴唇，沒有吭聲。小臂上火辣辣地疼，心裡又委屈，眼淚便一顆一顆落下。她知道自己不應該哭，可委屈堆積得太多，眼淚就止不住了。

秦錦峰扶她到床沿坐下，又喊桃子進來幫她搽藥。

今晚的氣氛著實詭異，雖說妾室被正妻拿捏是再正常不過的事，但像陸佳茵這麼打人臉的，實屬罕見。

桃子也感受到了，匆匆幫姜晗梓塗抹好藥脂後，便退出去。

屋裡只剩下秦錦峰和姜晗梓。

姜晗梓已經收住淚，看看秦錦峰，才發覺自己坐著，而他站著，慌忙起身，有些無措地說：「都是妾的錯……」

「不關妳的事，不用把錯處往自己身上攬。」秦錦峰說著，有些疲憊。

姜晗梓低聲道：「時辰不早了，妾服侍您休息吧。」

等了等，沒等到秦錦峰的回答，她便上前兩步，低頭去解他的衣帶，為他寬衣。

秦錦峰有一點抗拒，但看見姜晗梓小臂上的紅印，心又軟下來。

這時，母親的話又在他耳邊響起。他總不能一輩子不碰女人，不留子嗣。

兩人上床，放下厚重床幔。姜晗梓躺在外側，和秦錦峰之間隔著一段距離。

姜晗梓的手輕輕攥住褥子。今日著實算不上順利，而且秦錦峰根本沒打算碰她。

做為妾室，她明白這代表什麼，慌亂起來，甚至恐懼今夜後再見不到秦錦峰，會失去他的照拂，在正妻的折磨下，過完下半生……

姜晗梓心裡糾結，秦錦峰也煩得很，不由轉過頭，看向靜靜躺在身側的姜晗梓。

他知道她受了委屈。

「夫人……不大好相處。」他面對姜晗梓，開口道：「想自保，離她遠一點。」

姜晗梓有些驚訝，沒想到秦錦峰會這麼說，溫順地點頭應下。

「有些事，妳能忍就忍，忍不了……」秦錦峰閉眼。他太了解陸佳茵了，竟想不出護住姜晗梓的法子。沈默好一會兒，才說：「就來找我。」

姜晗梓答應，心裡輕顫一下。雖然能感受到秦錦峰並不喜歡她，但這話的意思，是打算護著她了。

秦錦峰說完，探手伸進姜晗梓的被子，攬住她的腰身，把人拉進自己懷裡。

姜晗梓有些緊張。他的懷抱是陌生的，卻也帶著男子特有的灼熱。

這時，外面忽然響起一陣雜亂的腳步聲和驚呼，伴著喊四夫人的叫嚷。

姜晗梓微微蹙了眉。

有嬤嬤慌慌張張趕到門外，忐忑地稟報：「四少爺，四夫人自縊了！」

姜晗梓聽見，猛地起身，巴掌大的小臉嚇得慘白。

「快、快去看看夫人！」她慌慌張張地想下床，手腕忽然被握住。

秦錦峰的力氣有些大，握得她生疼，還沒反應過來，就被拉回他懷裡，壓在身下。

在姜晗梓的驚呼聲裡，秦錦峰撕了她的寢衣，將白皙的長腿扛在肩上，雙手握住她纖細的腰身，一陣頂撞。

架子床響起搖晃的吱呀聲，伴著喘息和嬌呼……

候在門外的嬤嬤聽見動靜，變了臉色，曉得輕重，急忙吩咐吵鬧的下人安靜下來；又讓桃子和杏子守門，不管有什麼天大的事，都不許陸佳茵的人再過來鬧了。

幾日後，早朝散了，秦錦峰和其他官員立在大殿兩側，恭敬送楚懷川離去。

如今楚懷川正調理身子，不常上朝，但初一、十五還是會來。

陸佳蒲溫柔地立在殿外，望著朝她走來的楚懷川。

過了很久，秦錦峰才把目光從陸佳蒲的嫣然淺笑上移開，落在她的腰腹，大腹便便，快要生產了。

「朕說過，不用次次來等我下朝。妳身子不便，別累著。」

楚懷川說著，揮退攙著陸佳蒲的小宮女，親自扶她，和她一同往回走。

「妾身不累，更何況太醫說過，勤走動是好的。」陸佳蒲偏過頭，溫柔地看楚懷川，又收回目光，凝視自己的肚腹。

產期日近，如今她走路時，已經看不見自己的腳。

楚懷川側頭，看陸佳蒲暖意融融地望著自己高挺的腹部。這樣溫柔淺笑的陸佳蒲，是他怎麼都看不夠的。

「罷了，妳若喜歡，便依妳；要是累了，別逞強。」楚懷川說著，目光隨陸佳蒲落在她的肚子上。

「妾身曉得了。」陸佳蒲挽住楚懷川的臂彎，倚著他，抬頭眺望湛藍天空，心情跟著明媚起來。原本懷著傷痛，絕望入宮，在對楚懷川動心後，又過了那麼久等待死別的苦日子，如今楚懷川的身體日漸好起來，他們的孩子馬上要出生，陸佳蒲是前所未有的滿足。

不過，陸佳蒲腹中胎兒大了，身子不方便，走不了多久就累，楚懷川便陪著她時走時歇，許久後才回去。

第六十一章

楚懷川帶著陸佳蒲回宮不久，小太監匆匆進來，稟報左相榮丹緬求見。

楚懷川聞言，收起臉上的笑意，蹙起眉。他已從楚映司與陸無硯口中得知，榮丹緬勾結楚行仄。這已是死罪，但榮丹緬在朝中的勢力盤根錯節，且證據不足，暫時還動不了他。

左相求見，陸佳蒲只能讓小宮女扶她躲到屏風後面。不過，她對朝事不聞不問，從來不參與，聽不聽見無甚區別，楚懷川便不迴避她了。

榮丹緬進來，向楚懷川行跪拜之禮，誇讚他的臉色漸好，乃大遼天大的喜事。

榮丹緬奉承起來時，能滔滔不絕地說上一個時辰。

楚懷川聽著有趣，沒打斷他，一邊聽，一邊拿著黑白棋子，在棋盤上擺隻老虎出來。

榮丹緬說了小半個時辰，口乾舌燥，見楚懷川還沒打算讓他住嘴，遂抬手擦擦額上的汗，越說越慢。奉承人也是很累的啊！

「喲，是朕的不是了。愛卿說話太中聽，說得朕全身通暢，病都要好了大半啊！」

「能得陛下龍顏大悅，是微臣的榮幸……」榮丹緬急忙道。

楚懷川不耐煩地指責小太監：「不長眼的東西，還不幫左相大人拖椅子、擺茶水！」

小太監彎腰告罪，急忙過去伺候榮丹緬。

榮丹緬一口氣喝下一盞茶，口中的乾澀才好受些。他放下手中的象牙茶杯，斟酌言語，剛要開口，楚懷川卻猛地打了兩個哈欠，把他的話噎回去。

陸佳蒲透過屏風，偷偷看楚懷川一眼，知道他是故意的，才安心繼續讀手裡的醫書。她並非才女，但因楚懷川身體不好的緣故，加上懷孕，如今倒是時常翻醫書來看。

楚懷川不耐煩地扔掉手裡棋子，抱怨道：「煩！」

榮丹緬諂笑著，又關切幾句。

楚懷川便撩起眼皮看他。「愛卿已經來了近一個時辰，你我君臣談笑風生小半日，甚是愉悅。愛卿若無其他事，就退下吧！」說著，撥亂棋盤上的老虎，手中握著黑子，思考再擺出什麼圖案來？

榮丹緬聞言，嚥了口唾沫，覺得楚懷川睜眼說瞎話的本事越來越厲害了，什麼叫「你我君臣談笑風生小半日」？明明是他奉承了小半個時辰，卻什麼都沒來得及說啊！

其實不用榮丹緬開口，楚懷川也知道他要說什麼，不過是老生常談——宮中后位空懸，不是長久之計，想把他的女兒送進宮。嘖，真是想得美。

這下，榮丹緬只得站起來，笑著說：「陛下，小女十分仰慕陛下才學，曾拿陛下的詩詞臨摹，今日斗膽讓微臣將手跡呈上，想得陛下的指點。」

楚懷川瞥他一眼，開始在棋盤上擺一條龍。

榮丹緬從袖中掏出一卷簪花小箋，打開來，恭敬地呈給楚懷川。箋紙上描繪著水仙花紋，飄著淡淡清香。

楚懷川撩起眼皮，隨意瞟了一眼。「醜。」

榮丹緬一愣，急忙去看簪花小箋上的字，是臨摹楚懷川的筆跡，有著七、八分相似，而剩下的兩、三分，則是女兒家寫字的秀麗。他女兒是皇城中有名的才女，琴棋書畫樣樣精通，更寫得一手好字，這簪花小箋上的字跡著實漂亮異常，斷然不能稱之為醜。

「陛下，小女的手跡雖然稚嫩了些，但……」榮丹緬的言語還是恭敬，心裡卻有了幾分對楚懷川的不滿。

楚懷川哈哈大笑兩聲。「朕沒說愛卿千金的字醜啊！」

榮丹緬剛舒了一口氣，卻又聽見楚懷川笑道：「朕是說你女兒醜！」

榮丹緬一滯，好半天沒反應過來，臉上一道紅、一道白，十分難看。

「咳咳……」楚懷川輕咳幾聲，放下手中的棋子，走到榮丹緬面前，把手搭在他的肩膀上。「愛卿莫要見怪，就當……就當是朕說錯話吧！」

縱使榮丹緬心裡再憤怒，聽了這話，也只能更加諂媚地恭維楚懷川，又說了幾句，便將寶貝女兒的手跡放在袖中，匆匆告退。

一離開大殿，他就憤憤摔了袖子，瞇起眼，眼中帶著幾分怒意，又摻雜幾許厭惡。不過是個傀儡皇帝罷了，哼！

待榮丹緬走遠，陸佳蒲才從屏風後繞出來，扶著腰走到楚懷川面前，臉上帶著笑意。

「陛下，您又故意氣人。」

楚懷川失笑。如今陸佳蒲也能看出他的情緒何時是真、何時是假。

想當初他在別人面前裝傻充愣，或扯出舊疾復發來打發別人時，陸佳蒲都會被嚇著，偏偏又不好跟她解釋。幸虧日子久了，陸佳蒲聰慧，漸漸能摸出真假，卻也沒能完全摸透。

陸佳蒲抬眼，靜靜望著楚懷川。帝王心最是難以揣摩，即使是傀儡皇帝……

陸佳蒲不再多想，淺淺笑著，在楚懷川身邊坐下，安靜地看他用手中的黑白棋子在棋盤裡擺出龍的身形。

楚懷川手中握著一枚棋子，許久未落下，抬眼環顧大殿，目光落在立在門口的小太監身上，略帶玩味地開口。「小周子，你怎麼還沒去報信吶？」

小周子大驚，急忙跪地，顫聲道：「陛下，奴才的忠心，日月可鑑！」

楚懷川不甚在意地笑笑，沈默一會兒，才說：「昨兒進的雪緞錦不錯，挑幾疋顏色豔麗的，給長公主送去。」

「是。」小周子摸不透楚懷川的意思，匆忙領命去了。

唯一的奴才走了，整個大殿顯得更加冷清。

陸佳蒲站起來，在空了的茶杯裡，注上一盞熱茶。

楚懷川忙扶她坐回去，皺著眉說：「不用妳做這些。」

「不礙事的。」陸佳蒲瞧著楚懷川的臉色，知道他心裡有事，遂道：「陛下，這個小周子既然是給大臣送信的，那……」

「不。」楚懷川打斷陸佳蒲，若有所思地望著眼前棋局，沈默一會兒，才說：「他是皇姊的人。」

陸佳蒲怔住，有些錯愕地說：「這其中是不是有什麼誤會？長公主她……」

瞧著楚懷川皺起的眉心，陸佳蒲的話沒再說下去。

「很奇怪嗎？」楚懷川忽然笑了。「自朕即位後，皇姊就派入醫監視朕的一舉一動。」

陸佳蒲微微張開小嘴，實在有些驚訝。她不懂朝政，也沒打算過問。

楚懷川放下最後一顆棋子，目光深深。

「佳蒲，妳覺得如今朝中形勢如何？」這是楚懷川第一次問陸佳蒲關於朝政的事。

陸佳蒲沒想到楚懷川會問這個，想了想，才說：「如今朝中暗潮湧動，多數大臣不滿長公主攝政，有人希望長公主還政陛下，也有人對陛下荒廢朝政不滿，暗中盼望另立新君……」

陸佳蒲一邊觀察楚懷川的臉色，一邊小心翼翼地說。這些話不是她想出來的，而是朝中與民間都這樣傳。

聽完陸佳蒲的話，楚懷川笑了，緩緩道：「現在朝堂看似十分動盪，卻最是安穩。」

陸佳蒲不解地望著他。

「擁護楚氏皇朝正統的老臣、圖謀改朝換代的人，還有擁護皇姊的一黨，形成三足鼎立之勢，互相抗衡，形成表面最為動盪，實則安穩的朝堂。」

陸佳蒲蹙著眉，想了好一會兒，不解地搖搖頭。

「妾身不明白，一個朝堂為何偏要倚靠三股勢力相互抗衡來形成安穩？為何不砍掉另外兩股勢力，成為皇權？」

陸佳蒲從不參與朝政，這番話說得磕磕絆絆，有些用詞也不大適合，可楚懷川明白她的意思。

楚懷川笑著點點陸佳蒲蹙著的眉頭，言語之間已有了幾分輕鬆。

「因為誰都沒有徹底剿滅另外兩股勢力之能。大家不想做蟬和螳螂，等著做黃雀呢。」

陸佳蒲好像懂了點，低著頭，細想楚懷川的話。

楚懷川收起臉上的笑，眉宇泛起幾分鬱色，緩緩道：「然而，這三股勢力之間的平衡就快被打破了。」

陸佳蒲剛有些明白楚懷川的話，聽他這麼說，又不懂了。

「妾身不解。剛才陛下說，如今的朝堂看似波濤洶湧，實則最為穩固……」

楚懷川的深深目光落在身前棋盤上，看著那隻用黑白棋子擺出來、張牙舞爪的龍。

「朝堂如棋局，每一子都至關重要，一子變，棋局變。而朕，便是那生變的一子！」

這話，陸佳蒲立刻就懂了。

之前，楚懷川靠藥吊著命，自幼被診出活不過弱冠之年；然而，劉明恕的出現，讓他的壽命得以延續。他是天子，他有變化，朝中之勢必跟著生變。

如今楚映司是護著他的，可是日後呢？陸佳蒲想到楚懷川剛剛說過，楚映司在他年幼時，即在他身邊安排了人……

她忽然覺得有些畏懼，臉色逐漸蒼白，有些緊張地攥住楚懷川繡著黑龍的龍袍袖子。

「陛下，那、那怎麼辦啊？」

「什麼怎麼辦？」楚懷川轉過頭，衝著陸佳蒲咧開嘴角，似乎又變回那個荒廢朝事、耽於玩樂的傀儡皇帝。

陸佳蒲的腦海中浮現楚映司一身繁複宮裝，昂首走過鋪著紅綢的宮路的模樣，小聲地問：「陛下既然已經知道長公主防備您，那您打算怎麼做呢？」

「什麼也不做啊！」楚懷川笑嘻嘻地彎下腰，把耳朵貼在陸佳蒲的腹部，輕輕拍拍，帶著點責備地說：「快點出來！等你出來，再封你母妃為后呢。」

陸佳蒲垂眸，凝視楚懷川臉上的笑容。此時他臉上的笑是真的，她的心裡卻更是迷茫。她真的不懂，不懂楚懷川是真看透一切，卻選擇什麼都不做，還是不願再跟她多說？

「安心，朕答應過，會一直護著妳的。」

楚懷川握住陸佳蒲微涼的手，在心裡嘆口氣。他不該對陸佳蒲說這些，明知她膽子小，何必提這些讓她擔驚受怕？

他直起上半身，在陸佳蒲的嘴角使勁親了下，帶著幾分不羈的笑意。

「沒什麼可擔心的，大不了是死。朕在陰間也是作威作福的皇帝，妳還是朕的皇后！」

陸佳蒲聽了，這才笑出來，靠在楚懷川的胸膛上，柔聲說：「妾身都聽陛下的……」

她的話還沒說完，笑容突然凝住，驚呼一聲，雙手顫抖地壓在高挺的腹部，臉上逐漸泛起痛苦神色。

「佳蒲！陸佳蒲！」楚懷川一下子慌了，大吼著喊人。

陸佳蒲要生了！

第六十二章

陸佳蒲產期已近，宮中早準備好產婆，聽聞傳喚，匆匆趕來。

許是因陸佳蒲在懷子時沒吃過苦，生產時卻遭了罪，不僅需要產婆，連太醫院的太醫也趕來。朝臣得了消息，甚至換上官服進宮。

如今楚懷川只有一個女兒，陸佳蒲這一胎格外重要！

楚懷川十分焦急，望望天邊升起的圓月，急忙吩咐人將劉明恕請來。

楚映司也到了，坐在楚懷川身側，勸慰他不要擔心。

劉明恕還沒來，產房裡忽然傳來一陣響亮的兒啼。

守在外面的文武百官立刻伸長脖子，等著產婆出來報喜。

在所有人的注目中，房門被推開，產婆笑逐顏開地出來，跪地報喜。「恭喜陛下！是位皇子，挑著時辰出來呢！」

時辰剛過子時，大遼下一代的皇長子於臘月十六這個吉利日子降生。

文武百官在短暫的停頓後，瞬間跪了一地，齊聲向楚懷川與大遼道喜。

楚映司望著楚懷川，緩緩舒出一口氣來。

楚懷川並沒有留心眾人的神色，只注意到產婆雙手上沾染的血跡。應付完文武百官，匆匆讓眾人退下，便迫不及待地衝進去看陸佳蒲。

房裡，陸佳蒲的身子被汗水浸濕了，正偏頭望著身側的襁褓，蒼白臉上是溫柔的笑意。

楚懷川走進來，坐在她床邊。「朕聽說，產後不能一直歪著脖子，以後會脖子痛的！」

陸佳蒲笑著道：「陛下怎會信那些話。」目光終於從孩子身上挪開，看向楚懷川，不過只一會兒，又偏過頭，望著身側熟睡的嬰孩。

瞧著陸佳蒲蒼白的臉色，楚懷川一陣陣心疼，又順著她的目光，看向自己的兒子。

小傢伙睡在襁褓裡，白白淨淨的，乖得不得了。

剛出生的嬰兒，五官沒長開，時常讓人覺得長得都一樣。可是楚懷川卻覺得，他兒子和陸佳蒲有著一樣溫柔淺笑的眉眼，縱使小傢伙還沒長眉毛，甚至閉著眼睛……

楚懷川終於傻笑出聲。

陸佳蒲產子的消息傳到溫國公府時，方瑾枝正站在木梯上，翻找書架高處的書看。

方瑾枝聽了夭夭的稟告，愣了好一會兒，把書塞回架裡，急忙從木梯上爬下來。

「三少奶奶，您慢一點！」夭夭扶著方瑾枝，怕她摔著了。

「沒事！」方瑾枝爬下來，鬆開夭夭的手，囑咐她收梯子，便提起裙角匆匆往樓下跑。

陸無硯不在寢屋，也不在正廳裡。這麼冷的天，又沒出門，那……只能在淨室了！

「無硯、無硯……」方瑾枝一邊喊著，一邊推開淨室的門。

淨室裡水氣氤氳，伴著小奶貓低低的喵嗚聲。

陸無硯正坐在水池圍屏外的長凳上，身前放了盛滿溫水的圓木盆，小奶貓被他摁在木盆裡洗澡。水漬濺在地面，也濺到陸無硯身上。

「咪嗚……」小奶貓掙扎，碧綠眼睛委屈地看著陸無硯。

方瑾枝立刻垮了臉。

「什麼事這麼急？」陸無硯繼續幫小奶貓洗澡，想快些把牠洗乾淨。

他知道方瑾枝不大喜歡他親近這隻小奶貓，本來不打算管，可是今日偏偏又在院子裡遇見，小奶貓不知怎的滾了一身泥，髒兮兮的，他看不過眼，就把牠拎到淨室清洗。

方瑾枝略略收起臉上的不悅，走到陸無硯身邊，說了陸佳蒲誕下皇子的事。

聽了方瑾枝的話，陸無硯沈默好一會兒。

他早知道陸佳蒲這胎是皇子。前世時，楚懷川早早離世，陸佳蒲沒把孩子生下，帶著腹中胎兒，追隨楚懷川去了。

今生，陸佳蒲能平安生下皇子，的確是喜事一樁，他替楚懷川高興。

可是，陸無硯也明白，如今楚懷川有了皇子，會在朝局引起某些變化，那些不軌之徒的計畫，恐怕要提前了。

方瑾枝不像陸佳蒲那般一心一意關注夫君，對政局完全不懂，倒是因為自小跟在陸無硯身邊，略知一二，先是為陸佳蒲高興，緊接著便開始思量朝中局勢。

她雖不如陸無硯那般對朝事了然於胸，卻也猜到大概，蹲在他身側，歪頭望著他，問道：「無硯，母親會有危險嗎？」

陸無硯沒想到方瑾枝第一個問的竟是楚映司。

「別擔心，不要太小看了母親。」

方瑾枝點頭。「我才不是小看母親，只是……」斟酌一下言語，接著說：「如果母親和陛下之間因為這樣那樣的緣由起了衝突，她心裡也不會好受吧。」

自古以來，為奪皇位而手足相殘之事實在不少，楚映司與楚懷川是親姊弟，加上這些年來的相處狀如母子，若是相殘，無論誰贏，都會讓彼此痛苦。

「妳擔心的事情，不會發生。」陸無硯十分肯定地說，眼神堅決。

方瑾枝聽了，微微放下心。

陸無硯和方瑾枝說話時，並未顧及木盆裡的小奶貓，小奶貓泡在水裡，十分難受，忍了許久，見陸無硯還是不理牠，又開始撲騰，想從盆子裡鑽出來，水因此濺到方瑾枝身上。

方瑾枝收回心神，望著小奶貓，惡狠狠地瞪牠一眼。

陸無硯輕咳一聲，本來想繼續幫小奶貓洗澡，卻有些尷尬地收回手。

沒了箝制，小奶貓高興至極，從木盆裡跳出來，站在盆邊，想使勁甩走身上的水珠，結果把陸無硯和方瑾枝弄濕了。

小奶貓停下動作，歪著頭，瞧瞧方瑾枝不大高興的臉色。過了一會兒，牠想明白了，眼神逐漸溫柔，輕輕一蹦，跳到方瑾枝膝上，蜷起小小的身子，輕輕蹭著她，像撒嬌一樣。

方瑾枝望著腿上的小奶貓，愣了好一會兒。牠這是在討好她？心裡似被人拿著一根柔軟羽毛輕輕劃了下。再看小奶貓的雪白軟毛濕漉漉地貼在身上，平時瞧著毛茸茸一團，此時卻顯得十分瘦小，不由伸出手，想要摸摸牠。

小奶貓伸出舌頭，舔了舔方瑾枝的手指。

方瑾枝頓時睜大眼睛。這種感覺實在太新奇了！

陸無硯靜靜觀察方瑾枝的神色，曉得這隻機靈得彷彿成精的小奶貓已經俘獲她的芳心，便笑著說：「還沒幫牠洗完呢。」

「喔！」方瑾枝應著，小心翼翼地捧起小奶貓，把牠放回木盆裡。

結果，前一刻小奶貓還跟方瑾枝撒嬌討好呢，這一刻入了水，又開始鬧騰。

方瑾枝沒想到牠的反應這麼大，有些驚訝。

幸好陸無硯早有準備，及時按住小奶貓，讓方瑾枝收手，道：「別看這小東西黏人時乖巧得很，鬧起脾氣來可凶了，別被牠抓傷。」

此時，小奶貓的表情哪還有剛剛的撒嬌、溫順？

方瑾枝看著不甘願的小奶貓，再把目光移到陸無硯身上，細細打量，像第一次認識他。

陸無硯沒抬頭。「不認識我了？」

方瑾枝彎著眼睛，笑意吟吟。就算兩人已經十分熟悉，她還是願意癡癡瞧著他，心裡就會感覺特別踏實。他的眉眼、他的輪廓，怎麼都看不夠。

陸無硯在小奶貓身上塗滿胰子，遞給方瑾枝。「抓著牠，別讓牠亂跑。」再去端清水。

「喔。」方瑾枝應著，小心翼翼地抓住小奶貓。

小奶貓實在不喜歡全身濕漉漉的感覺，不安分地動來動去，又用碧綠色眼睛可憐巴巴地望著方瑾枝。若是牠會說話，說不定要向方瑾枝撒嬌求饒。

方瑾枝伸指點點小奶貓皺巴巴的小臉。「求我沒用，我可鐵石心腸了。」

「咪嗚……」小奶貓歪過頭，舔方瑾枝的手。

方瑾枝皺眉。「別用這招，沒用！」

小奶貓似乎聽懂了，瞥方瑾枝一眼，又在她的手背上舔一口，才傲氣地別過頭。

方瑾枝癟嘴，笑話牠。「原來還是個有脾氣的。」

陸無硯已經換好清水，從方瑾枝手裡接過小奶貓，放進水裡。

「牠是跟妳玩呢。這是隻小母貓，要真跟妳鬧起脾氣來，才不是這樣。」

「你倒是了解貓的脾性。」方瑾枝看著他洗貓，忽然問：「無硯，你以前養過貓嗎？」

陸無硯聞言，幫小奶貓洗澡的手停頓一下。這一停，小奶貓看準機會，想就勢從木盆裡跳出來，可是剛踩到木盆邊，便被陸無硯拎住，重新放進水裡。

陸無硯拍牠的頭。「再鬧吃了你。」

「咪嗚……」小奶貓縮縮脖子，可憐巴巴地瞅著陸無硯。

陸無硯把牠身上的泡沫洗乾淨，才從木盆裡拎出來。

一出盆子，小奶貓正要甩身上的水漬，見陸無硯涼涼的目光瞟過來，便喵嗚兩聲，耷拉著小腦袋，不敢亂動了。

陸無硯這才拿起一旁的棉布幫小東西擦拭身上的水漬，再鬆開牠。

終於沒了箝制，小奶貓樂極，在乾淨的地上打了兩個滾，又跳上陸無硯和方瑾枝坐著的長凳，躺下來伸懶腰，在小腿上舔啊舔。
方瑾枝笑著說：「就知道舔來舔去的小傢伙。乾脆叫舔舔好啦！」
「舔舔。」陸無硯慢慢咀嚼這個名字，倒是覺得很好。
小奶貓的動作一頓，歪頭瞧著陸無硯和方瑾枝，拉長了音，帶著不情願地喵喵叫。
「不許抗議！」方瑾枝輕輕拽了下小奶貓的耳朵。
待陸無硯起身，方瑾枝便告訴他喬氏前幾日染了風寒，想趁著今天天氣不錯，去榮國公府看望。
陸無硯自然沒有阻止的道理，只是囑咐她多穿些。畢竟是冬日，他擔心她著涼。
方瑾枝滿口答應。
因為給舔舔洗澡的緣故，陸無硯被濺了一身水，自然要重新沐浴一番。
看著陸無硯走到浴池邊寬衣，方瑾枝急忙把舔舔抱出去，嘴裡還小聲念叨一句。
等她出了淨室，陸無硯才反應過來，方瑾枝說的是——小東西，你可不許偷看我家無硯洗澡。
陸無硯哭笑不得。
外面不如淨室裡暖和，舔舔又剛洗完澡，方瑾枝怕牠凍著，便隨手在高腳架上取了條厚實棉布包住牠。
出了淨室，方瑾枝看看趴在她懷裡閉眼睡覺的舔舔，突然想起，陸無硯還沒回答她有沒有養過貓呢。

方瑾枝從沒見過陸無硯養貓狗，回寢屋的路上碰見入茶，就隨口問問。

「沒有呢。三少爺只養過鴿子，從未養過小貓小狗。」入茶蹙眉想著，又加了一句。「至於奴婢來垂鞘院伺候之前，就不曉得了。」她是在陸無硯從荊國回來後，才進垂鞘院的。

方瑾枝隨口應了聲，不怎麼在意，就回去換衣服了。

回到寢屋，方瑾枝將舔舔放在美人榻上。小東西懶洋洋瞄她一眼，伸個懶腰，繼續睡。

方瑾枝讓米寶兒和鹽寶兒找衣服，伺候她梳洗更衣。收拾好後，便帶著鹽寶兒出門了。

主僕倆剛上車，方瑾枝忽覺有團白影在眼前一晃而過，等她反應過來，舔舔已經窩在她的懷裡，身上的毛乾了，又變成雪白一團。

方瑾枝愣了愣，有些好笑地揉揉牠的頭。沒想到小傢伙不黏陸無硯，反倒開始黏著她。心想小奶貓也不沈，就帶著了。

到了榮國公府，方瑾枝聽說喬氏早上喝過湯藥後又睡了，便不吵她，去找陸佳萱說話。

陸佳萱嫁到林家沒多久，和林家人還不熟稔，見方瑾枝過來瞧她，開心得很。

兩個人在屋裡聊了一會兒，就起身去喬氏的院子，看看她醒了沒有，好服侍她再喝藥。

第六十三章

姊妹倆走在路上，方瑾枝笑著說：「五表姊，沒想到，如今妳變成我二嫂了。」

陸佳萱也微笑點頭。「是呀，緣分這東西的確奇妙。」

兩人正說說笑笑，忽聽見一陣犬吠，回過神時，只見一隻黑色大狗朝她們面前狂奔。

「是今歌養的狗，怎麼跑出來了！」陸佳萱驚呼一聲，想拉著方瑾枝躲到路旁。

這隻大狼狗關在籠裡許久，一朝掙脫，野性畢露，看見路邊有人就衝過去。

但方瑾枝走在外側，所以大狼狗衝上前時，直接撲上離牠最近的她。

這隻大狼狗站起來快有她高了！方瑾枝驚慌，完全來不及反應，正猶豫逃跑還是打狗時，懷裡的舔舔尖利地叫了聲，蹭的一跳，撲在大狼狗的臉上。

見舔舔跳出去，方瑾枝十分擔心，畢竟牠還小啊。可是下一瞬，她便眼睜睜看著舔舔尖尖的爪子劃過大狼狗的臉，冒出一層血珠子。

大狼狗吃痛，猛地張大血盆大口，咬住舔舔。

方瑾枝大驚，一瞬之間沒看清楚，不知舔舔尖利的爪子抓了大狼狗哪裡，讓大狼狗一下子張開嘴，將牠吐出去。

家僕已經趕來了，護住方瑾枝和陸佳萱，擒了大狼狗。

「舔舔！」方瑾枝看著小奶貓滿身是血，心驚地過去蹲下，把牠抱到懷裡，細細查看。

剛剛大狼狗咬住舔舔半個身子，背、腹都有很深的傷口，鮮血不住地流。

方瑾枝忙用帕子壓住舔舔身上的傷口，手在發抖。

舔舔看看方瑾枝，眼中的凶狠一點點散去，委屈地咪嗚兩聲，將小腦袋搭在方瑾枝的手背上。

方瑾枝快心疼死了！抱著牠站起來，忽然覺得一陣暈眩，險些站不住。

「瑾枝！」陸佳萱一驚，急忙扶住她。

這處的動靜早驚動了剛睡醒的喬氏，聽說方瑾枝受驚，嚇了一跳，又憤怒地派人把林今歌喊回來。

姊妹倆帶著貓進了喬氏的院子，喬氏執意要替方瑾枝請大夫。

方瑾枝覺得自己沒事，更擔心舔舔身上的傷。小傢伙才這麼小，也不知大夫能不能治小貓的傷？但左右都是大夫，總會有些傷藥吧？這般想著，才同意讓喬氏請大夫。

大夫匆匆趕來，卻沒想到是給一隻貓看病。

幸好舔舔只是受了傷，大夫倒是能治，開了傷藥，幫舔舔抹好，又用白紗布包紮。

舔舔自始至終都抗拒大夫的靠近，喉嚨裡發出一陣陣悶吼。幸虧方瑾枝一直抱著牠，才沒鬧騰，任由大夫上藥包紮。

喬氏在一旁說：「什麼時候養了這隻小貓？今天幸好有牠，沒白養呢！」

聽了喬氏的話，方瑾枝有點心虛。這哪是她養的，起初，她明明那麼不喜歡牠……

大夫終於幫舔舔包紮完，方瑾枝鬆口氣，替牠順順雪白的毛，心疼地抱在懷裡。

「好了，貓沒什麼事了，妳也得讓大夫把把脈。」喬氏忙道。

方瑾枝笑著說：「母親，我沒事，身體好著呢，哪裡用得著診脈呀。」

喬氏不贊同地搖頭。「身體好，怎麼會突然頭暈呢？」

瞧喬氏不放心的樣子，方瑾枝知道喬氏是真的心疼她，不好辜負她的好意，便不再推辭，讓大夫把脈。

不想，大夫診了許久，而且眉頭逐漸皺起。

方瑾枝、喬氏和陸佳萱見狀，有些意外。喬氏請大夫來給方瑾枝把脈，不過是圖個安心，沒想到好像真的有事，心不由提起來。

又過許久，大夫仍舊皺著眉，一言不發。

陸佳萱急了，出聲追問：「大夫，究竟怎麼了？」

大夫這才收手，收起搭在方瑾枝脈上的紅繩，看著一屋子人十分擔心的模樣，急忙搖頭，道：「這位夫人的身體無礙。」

大家都鬆了口氣。

但方瑾枝卻蹙著眉。「真的？」如果她沒事，大夫為何診了這麼久？

大夫笑了笑。「這位夫人可能有喜了。」

方瑾枝頓時睜大眼睛，滿臉驚愕。有……有喜了?!

「大夫，什麼叫可能？」喬氏皺眉，大惑不解。

大夫忙解釋：「因為這位夫人的喜脈十分微弱，月份應該不足兩個月，又是以繩搭脈，是以老夫才不敢確定。再等上一段時日，夫人請大夫診脈，方可確定……」

「不不不，不會的。」方瑾枝篤定地搖頭。

滿臉喜色的喬氏聽了這話，笑意一滯，問道：「怎麼不會呢？大夫都說了是喜脈。」

方瑾枝咬唇，低下頭，沒有說話。

瞧她神情不對勁，喬氏收起笑，開口追問。方瑾枝考慮到懷孕不是小事，才把緣由說了。

前幾日，她剛來過月事。

方瑾枝細細思量，這次月事來得蹊蹺。她的月事一向不準，卻從不會體寒腹痛，這回卻疼了，而且來得匆匆，去得也匆匆。

懷孕可是大事，喬氏顧不得別的，讓大夫重新幫他診脈。

這一回，大夫沒再搭繩，直接把手指按在方瑾枝手腕上，過了許久才鬆開手，十分確定地說：「月份尚淺，但的的確確是喜脈。至於夫人說的月事，可能是胎兒不穩之兆。老夫對生產之事懂得不多，還請夫人擇名醫細診。」

喬氏點頭，派人送大夫出去，匆匆回來勸方瑾枝不要擔心，陸佳萱也安慰她。

兩人對方瑾枝說了很多，可是方瑾枝都沒聽見，一直在想大夫的話。

胎兒不穩之兆？這句話到底是什麼意思，是……滑胎嗎？

方瑾枝的心懸了起來。

是，她曾經任性地對陸無硯說過懼怕生產，恨不得一輩子不生小孩，可是此時此刻，真的得知自己肚裡有了一個小生命，而他又有危險時，哪裡顧得上對生產的恐懼，全部心思都在擔心他。

方瑾枝不由慢慢攥緊手裡的帕子。她想回家，她要找陸無硯！

這時，林今歌匆匆趕進來，滿臉焦急。「瑾枝怎麼了？被那隻狗嚇著了？」

喬氏伸手，一巴掌打在他臉上，大聲責罵：「你害了我的謠謠還不夠，又來害瑾枝！」

林今歌是已經成親的人，忽然挨了母親一巴掌，懵在那裡。

陸佳萱也驚住，想勸，但時機不對，又把話嚥回去，心疼地望著林今歌迅速紅腫起來的臉頰。

方瑾枝這才回過神來。

「母親，不怪二哥，二哥也想不到那隻狗會掙脫籠子衝出來呀。」方瑾枝忙拉著喬氏，扶她到一旁的交椅坐下，又對林今歌使眼色。「二哥，你先回去吧。」

林今歌的臉色也有些不好看，咬了咬牙，對喬氏說：「謠謠跟瑾枝是您的女兒，偏偏我是撿回來的！」說完，轉身大步離開。

陸佳萱見狀，忙對喬氏行了一禮，匆匆追出去。

喬氏打林今歌那巴掌是一時衝動，再聽他說這話，心裡也不是滋味，慢慢垮了肩，紅起眼睛。

多年來，這是林今歌第一回對她提起去世的么女，還以為兒子這輩子不會再提了……

看見喬氏如此，方瑾枝嘆氣。之前林今歌和陸佳萱成親時，排場完全不比長子和么子小，方瑾枝就明白，喬氏心裡依然在意林今歌，只是過不去心裡的關。

「母親，謠謠已經走了很多年。當初二哥年紀小，那件事是意外，二哥也不希望發生。瑾枝覺得，這些年，二哥心裡的痛苦不比您少……」她慢慢勸著喬氏。

喬氏失魂落魄地點點頭。「也許他也自責，只是他從來沒提過。但我一想到謠謠，心裡就疼。」握著手裡的帕子，拍拍自己的胸口。

「母親，二哥也難過。正如二哥剛剛說的，這些年您因為謠謠的事情，對他不理不睬，他已活在愧疚和痛苦中了。瑾枝不是您的親生女兒，您都對瑾枝這麼好，為什麼一定要對二哥冷漠，苛責他呢？」

喬氏沈默很久，才笑著抹眼淚。「哎，不說這個了。妳早些回去吧，把喜事告訴無硯，他一定高興！也要再請大夫好好診脈，切莫耽誤。」想起大夫的話，不禁有些擔心方瑾枝。

不用喬氏多說，方瑾枝也不會輕忽這件事。本來應該留下來多勸勸喬氏，但她心事重重，又擔憂身子，不敢多留，便匆匆帶著鹽寶兒回去。

主僕倆回到垂鞘院，偏偏陸無硯不在府中，方瑾枝跺腳，急忙讓入茶去請劉明恕。怕他鬧性子，囑咐入茶此乃生死攸關的大事，千萬把人勸來。

方瑾枝有些不安地斜倚在美人榻上，一邊等劉明恕來診脈，一邊等陸無硯回家。

陸無硯回府時，聽說方瑾枝從榮國公府回來後，就讓入茶去請劉明恕替她診脈。不找府裡的家醫，直接拜託劉明恕，看來事情有些棘手，不由擔心起來，忙加快步子，趕回院中。

他匆匆進閣樓時，劉明恕已經離開了。

「怎麼了，哪裡不舒服？」陸無硯推門入房，就聞到一股濃濃的湯藥味。

方瑾枝猶豫好一會兒，才抬起頭看向陸無硯，難過地說：「我肚裡有個小無硯，但是他可能活不下來……」

陸無硯愣了好一會兒，把這句話在嘴裡嚼十遍，才終於明白意思。

他伸手把方瑾枝拉到懷裡，又在她肩上輕拍兩下，柔聲說：「嗯，小無硯和他爹一樣愛鬧脾氣，等他出來，大無硯要好好教訓他，誰叫他不懂事，惹妳擔心。」說完，微微垂首，在方瑾枝的額角落下一吻。

不知怎的，方瑾枝懸了一日的心忽然落下來，臉頰上慢慢漾出幾許溫柔笑意，嘴角梨渦忽隱忽現，握住陸無硯微暖的手掌，輕輕放在她尚且扁平的小腹上。

她抿唇，倚靠在陸無硯懷裡，心中無聲地說：小無硯，你可得平平安安出來才好。

大遼有個習俗，身孕不足三個月前，不會對外張揚。

可是方瑾枝年幼時受過涼，導致月事一直不順，也影響到生育，因此胎象不穩。垂鞘院每日都請大夫來，濃郁的湯藥味也瞞不了，最後府中人人皆知方瑾枝有了身孕，卻極不穩，待在垂鞘院休養。女眷想去看望，卻被院裡下人擋回去。

為了安胎，那些原本應該由方瑾枝定奪的後宅事暫且壓下，交給入茶管著。如今方瑾枝也不方便張羅年節家宴及人情往來，便讓原本幫襯她的大少奶奶薛氏辛苦些，請她費心。至於方家的生意，方瑾枝吩咐吳嬤嬤，由她先打理。

此外，劉明恕給方瑾枝開了安胎方子，陸無硯仍舊不放心，還是請來精通生產的太醫替方瑾枝診脈開藥。

如此安排好，方瑾枝便專心待在垂鞘院養胎了。

另一邊，這日下了早朝後，秦錦峰沒有直接回府，而是受恩師曹祝源之邀，上門做客。

曹祝源已過花甲之年，去年冬天病重，秦錦峰衣不解帶地伺候，直到恩師身子硬朗起來，自己卻瘦了一大圈。

秦錦峰尊師重道，曹祝源也對這個學生十分滿意。

如今秦錦峰為官，觥籌之間，兩人又是談詩論詞，又是議論朝事，待撤席時，已然天黑，秦錦峰便留宿一宿。

席間，曹祝源提出秦錦峰只有一妻一妾，卻無子嗣，想為他添兩個妾室。

秦錦峰隱隱聽出他話中的意思，竟是連人都挑好了。但他本不是重女色之人，這兩年更是被陸佳茵攪得頭疼，完全不想再納妾。

他苦笑，有些無奈地道：「恩師好意，學生自然明白。只是，恩師也清楚學生家中情況，這兩年著實耳根不靜，有時甚至恨不得出家當和尚算了。」

曹祝源聞言，收了臉上的笑。「這是什麼話?!你讀了這麼多年的書是為什麼？不想著報效國家，居然要為這等俗事出家！」

「恩師教訓得是，是學生一時糊塗。」秦錦峰立刻肅色，恭敬起來。

曹祝源看著秦錦峰，眼中不禁流露出幾分惋惜。當年曾是意氣風發的狀元郎，如今竟被一個愚蠢悍婦拖累，眉宇間總帶著鬱色。

女子的名聲十分重要，對整個家族的聲譽也有影響。秦家乃書香門第，更加注重家風，是以，縱使陸佳茵把秦家攪得不成樣子，秦家也從沒在外面說她一句不好。

不過，以曹祝源和秦錦峰的關係，雖然他知道的不多，但聽聞陸佳茵頂撞婆母、苛待小姑，還對自己夫君動手，光這三條，就足以明白她的為人。

曹祝源嘆口氣，不再提納妾的事，把話岔開了。

秦錦峰在曹家留宿一夜，隔日清早，他就得了陸佳蒲於子時誕下皇子的喜訊，望著遠處層疊的山，一時有些惆悵。

讀聖賢書，有個知書達禮的妻，舉案齊眉、琴瑟和鳴，是他曾經嚮往的。如今……罷了，她已得天子盛寵，如今又誕下皇長子，不日將會登上后位，就祝她盛寵不衰，一世榮華吧。

秦錦峰理理衣袖，收起思緒，邁開步子回秦家。

孰料，一場危及人命的慘劇竟等著他。

秦錦峰能想到陸佳茵會苛待姜晗梓，但妻妾有別，縱使他再怎麼厭惡陸佳茵，只要她還是正妻，他就不會因為妾而責罵她。

可是秦錦峰怎樣也沒想到，陸佳茵會鬧出人命來。

杏子死了，是替姜晗梓死的。

秦錦峰大步跨進橘灣院時，就看見姜晗梓縮在床角發抖，桃子抱著她，不停地勸慰。

「我要回家、我要回家……」姜晗梓喃喃道，而後突然大哭出聲。「我回不了家了！」妻還可以和離，妾卻是沒有這等福氣。

秦錦峰走近，終於看清姜晗梓眼中的恐懼，還有她臉上的傷。

陸佳茵竟劃了她的臉。

見秦錦峰進來，桃子急忙起身，擦去眼淚，跪下向他行禮。她想幫自己的主子討公道，但知道自己沒資格開口，只能紅著眼睛。

姜晗梓也看見了秦錦峰，卻再無之前那樣溫順笑顏，眼中帶著懼意。

秦錦峰的目光凝在姜晗梓臉上，姜晗梓的左側臉頰有兩道傷痕，一長一短，打了一個叉，血跡淌下來，順著脖頸流進領子裡。

她身上的衣服濕漉漉的，但屋裡的炭火早就熄了。

秦錦峰吩咐桃子。「添炭火，給姨娘找身乾淨的衣服換好，再去請大夫來。」對於姜晗梓，他並沒有喜歡之情，但她畢竟是他的女人。

桃子聽了，急忙連聲應下。

姜晗梓嫁過來時，只帶了兩個丫鬟，如今僅剩桃子，秦錦峰便讓桃子去院外找嬤嬤幫忙。

一會兒後，嬤嬤來回話。「大夫已經請了，現在在六姑娘那裡，馬上就過來。」

「雨楠怎麼了？」秦錦峰將目光從姜晗梓身上移開。

嬤嬤早打聽清楚前因後果，卻欲言又止，當著姨娘和下人的面，一時不知怎麼開口？

秦錦峰回來時，聽下人說，陸佳茵抓了姜晗梓，讓奴才把她按在水裡，想溺死她，後來不知怎的，杏子卻死了。見到姜晗梓後，才知她的臉被劃傷，看來還有更多他不曉得的事。

屋子裡的炭火已經重新生起來，來幫忙的小丫鬟捧著乾淨衣服進了屋。

秦錦峰微微彎腰，拍拍姜晗梓的手，壓抑心裡的火氣，放柔聲音說：「換身衣服，先歇一歇，等會兒大夫就過來。」

姜晗梓看秦錦峰一眼，默默點頭。

秦錦峰便帶著嬤嬤出去。

有些話，的確不適合在這裡說。

第六十四章

秦錦峰帶著嬤嬤走到院外。

「說吧。」秦錦峰抬頭望著遠處。

嬤嬤回道：「昨日您出府後，姜姨娘就去六姑娘的院子裡待著，四夫人派人去喊姜姨娘，卻被六姑娘擋下。四夫人心裡有氣，昨天大發雷霆，打了身邊的兩個丫鬟，後來便消停，沒再去找姜姨娘。

「可是誰也沒想到，今兒一早，姜姨娘剛起床，四夫人派來的家僕就衝進屋裡，把姜姨娘拽出去……」

「家僕？」秦錦峰不可思議地看向嬤嬤，好像聽了一個天大的笑話。

「是。」徐嬤嬤看看秦錦峰的臉色，點點頭，有些不自在地說：「的確是您想的那樣。」

「陸佳茵瘋了嗎?!」秦錦峰震驚得無以言狀。

嬤嬤張張嘴，又把要說的話嚥下去。

「說！不必替她遮掩！」這話簡直是秦錦峰從牙縫裡擠出來的。

嬤嬤咬咬牙，道：「四夫人對姜姨娘說的原話是——既然妳那麼會伺候男人，就賞妳兩個。來，讓咱們欣賞欣賞妳那套下賤的狐媚功夫……」

這嬤嬤已經是做祖母的人，可要把陸佳茵的話說出來，還是覺得難以啟齒。

秦錦峰回頭看緊閉的窗戶，想起姜晗梓躲在床角瑟瑟發抖的樣子，這才明白她為何恐懼至此。

「後來是杏子機靈，跑去找六姑娘幫忙，六姑娘匆匆趕來，說了一大通話，才阻止四夫人。四夫人大抵也覺得這麼做……有些骯髒，就改變主意，讓人劃花姜姨娘的臉，又命兩個婆子把姜姨娘和杏子按進水裡。」

嬤嬤沒點明杏子遭殃的原因，但秦錦峰不想也明白，陸佳茵記恨，氣杏子去找秦雨楠來幫姜晗梓。

秦錦峰長長嘆口氣。「然後是雨楠把姜姨娘救出來的？」

嬤嬤道：「不是，是下人瞧著快鬧出人命，去請老夫人，老夫人趕來訓斥四夫人。」說著，小心翼翼地看秦錦峰的臉色。「六姑娘勸時，四夫人不僅沒聽，還推搡她。當時院子裡有好幾缸冷水，六姑娘摔倒時，涼水倒下，澆了一身，現在正發燒呢……」

聽完嬤嬤的話，秦錦峰緩緩閉上眼睛，肩膀微微垮下，滿身疲憊。

嬤嬤原以為秦錦峰聽了這些事情會大怒，不說陸佳茵怎麼對待姜晗梓，今兒這事可牽扯到秦雨楠了。秦錦峰對這個妹妹不是一般地好，恨不得把她捧到手裡疼。之前陸佳茵給秦雨楠臉色看，秦錦峰都會不悅，此時竟這般平靜，讓她有些意外。

這時，大夫趕來，見過秦錦峰，才被嬤嬤領進屋，幫姜晗梓瞧臉上的傷。

小妾被欺負是很尋常的事，大夫早已見怪不怪，但見秦錦峰在這裡，沒敢怠慢，仔細開了兩副方子，一副醫風寒、一副治臉上的傷口。

大夫寫完方子，收拾藥箱時，姜晗梓忍不住叫住他，有些緊張地問：「我臉上會留疤嗎？」

大夫委婉地說：「姨娘臉上的傷口雖然不深，但想不留下疤痕，還是比較困難……」想去除傷疤，需要價值不菲的藥材，可她只是姨娘……

「再開道方子吧，藥材隨意。」一直立在門口的秦錦峰終於出聲。

大夫聞言，又坐下來，細細寫了一道方子。

送走大夫後，姜晗梓才咬著嘴唇，對秦錦峰道謝，卻是很快別開眼，不想面對他。

秦錦峰走到床邊坐下，也不說話，沈默著。

姜晗梓見狀，咬了下嘴唇，小聲道：「杏子跟了我很多年，她還有個哥哥在莊子上，妾想派人叫她哥哥過來，見她最後一面。」

「嗯。」秦錦峰點頭。

過了一會兒，姜晗梓又小聲地說：「是妾連累六姑娘，六姑娘因此染了風寒，四爺還是去看看她吧。」

秦錦峰應了，扶著姜晗梓的肩，讓她躺下。「不要胡思亂想，先休息一會兒。」

姜晗梓勉強扯出一抹笑容，但笑時會扯到臉上傷口，隱隱發疼，忍不住輕輕蹙眉。

秦錦峰看見了，別開眼，站起身。「以後不會再發生這樣的事。」

姜晗梓不會相信男人的承諾，可是做為妾室，這種時候當然要微笑地望著他，笑裡還要帶著信任和欣喜。

秦錦峰替姜晗梓蓋好被子，又吩咐屋裡的丫鬟們好好伺候，才離開橘灣院。

秦錦峰出了院子，沒有直接去找陸佳茵，而是先去看望秦雨楠。

秦雨楠顯然是哭過了，眼睛又紅又腫，但看見秦錦峰，又忍不住哭了，拉著秦錦峰的袖子，委屈地吧嗒吧嗒掉淚。

「哥哥走時交代過，讓我照看姜姨娘，可是雨楠沒能護住她……」

秦雨楠又是委屈，又是自責。她是親眼看著杏子被淹死的，不但受驚，還因為淋了涼水染上風寒，小臉慘白一片。

看著妹妹慘白如紙的臉色，秦錦峰萬分心疼。

「這哪能怪妳。雨楠已經做得很好，是哥哥料想不周，反倒連累了妳。」

秦錦峰哄了秦雨楠好一會兒，才讓她破涕為笑。

秦雨楠笑夠了，眨巴眼睛，拉拉秦錦峰的袖子，問道：「哥哥，你打算怎麼對嫂子呀？」

秦錦峰不說話，只笑著摸摸她的頭，要她別多想，心裡卻是有了主意。

另一邊，陸佳茵獨自坐在寢屋裡，臉色慘白，雙手放在膝上，微微發顫。死人了。

當時她是懷著讓姜晗梓和杏子一起死的想法，但杏子真的死了，她卻害怕起來，眼前總是不經意浮現杏子死時睜大的眼，和濕漉漉的蒼白臉孔。

那年，她站在屏風後，第一次見到秦錦峰時就動了心。後來秦錦峰和陸佳蒲訂下婚事，時常來溫國公府，看起來那樣溫潤有禮，又滿腹詩書、才華橫溢，惹得她挪不開眼。

但，他的目光總是落在陸佳蒲身上。

陸佳茵嫉妒。從小到大，就沒有她得不到的東西。她想得到秦錦峰，故意用陸佳蒲的名義約他相見，又故意讓丫鬟撞見他們私會，一切都按照她的計畫發展。

陸佳茵還記得，陸佳蒲尋短見的第二日，秦錦峰去找她，身上的溫潤再不復見，只剩冰冷和嫌惡。

「妳我之間什麼都沒有，私會之事，不過是妳設計，兩家都不會把事情傳出去。我希望妳改變主意，棄了這門親事，他日出嫁，秦家自會備厚禮相贈。若妳執意拿兩家交情和所謂的名節要挾，我可以娶妳，但只能給名分，今生不會跨進妳房中半步。」

人冷，話更冷，每一句都戳在陸佳茵心裡。

拉弓沒有回頭箭，她已經做了那麼多，怎能放棄？餘生還長，她定要得到秦錦峰的心！

可是陸佳茵沒想到，成婚以後，秦錦峰竟然只來她的屋裡兩次。一次是他們大婚時，他走完過場，待其他人離開後便走了。

第二次，就是為了那個小妾！

陸佳茵心裡爬滿恨意，抬頭望向銅鏡中的自己。銅鏡中映出一張憔悴的面孔，眼中還有未消的惡毒，看起來十分醜陋。

陸佳茵抬手，顫巍巍地摸上自己的臉。她不應該是這樣，她是溫國公府裡尊貴的六姑娘，母親疼愛，嫡姊照拂，那些奴才沒有不阿諛諂媚的。待能說親時，就有媒婆上門，現在怎麼變得人人厭惡呢？

陸佳茵憤怒地推翻銅鏡，又把妝檯上所有的胭脂水粉和妝奩全拂到地上。

地上早已是一堆碎片，滿地狼藉。

「四夫人，四少爺來了。」阿夏悄悄進屋，小心翼翼地稟告，生怕再被陸佳茵打罵。

陸佳茵聞言，摔東西的動作一頓，忽然有些慌張地理理鬢髮，竟是不想秦錦峰看見這樣的她。

秦錦峰走進屋，阿夏識趣地退下。

秦錦峰看地上一眼，隨手扶起被踢倒的椅子，坐在上面。

「妳變成這樣……」秦錦峰的目光移向陸佳茵的後背。「我難辭其咎。」

陸佳茵聽見，慢慢轉過身，雙手壓在妝檯上，有些意外地看向秦錦峰。

「我這輩子做過最大的錯事，就是娶了妳。」秦錦峰平靜地道。

陸佳茵緊緊咬唇，似乎已經猜到他要說的話。

「還有不足半月就要過年，過完年，妳自己回娘家吧。」

「你是什麼意思?!」陸佳茵突然吼出聲。

秦錦峰臉色不變。「和離，是秦家給陸家最大的臉面。」

陸佳茵衝上前，抓住秦錦峰的衣襟，聲嘶力竭地喊：「我不會跟你和離！你是我的，只有我不要你的分，沒有你不要我的分！」

秦錦峰抬手，扳開陸佳茵抓住他衣襟的手指，輕輕一推。雖然沒有用力，但他到底是個男人，輕易就把沒站穩的陸佳茵推倒了。

「秦錦峰！虧你讀聖賢書，居然打女人、打妻子！」陸佳茵索性撒潑，不起來了，怒斥秦錦峰。

「讀書人？」秦錦峰的嘴角慢慢勾勒出嘲諷的冷笑。「若生在書香門第，身為讀書人就要事事隱忍，那我自今日起，不再做讀書人。」

陸佳茵怔住。她從沒見過這個樣子的秦錦峰，印象中那個意氣風發、不到弱冠之年就是聖上欽點的狀元郎，身影逐漸模糊。他嘴角嘲諷的冷笑，讓她覺得猶如冷蛇盤頸。

秦錦峰微微彎腰，拉著陸佳茵的衣襟，修長手指慢慢掐住她白皙的脖子。

陸佳茵驚恐地睜大眼睛。

「死在這裡與和離，妳自己選。」秦錦峰說得很慢，手指握緊，陸佳茵的臉立刻脹紅，眼中的驚恐更甚——他是真想殺了她！

意識到這一點後，陸佳茵終於艱難地無聲開口。「和……和離……」

秦錦峰慢慢收回手，起身離開，不再看她一眼。

陸佳茵癱在地上，摸著自己的脖子，不停發抖，第一次覺得死亡離她這麼近，堵得她快喘不過氣，但慢慢地，這感覺逐漸被仇恨和不甘壓倒……

方瑾枝靜養小半個月，眨眼就到了過年，胎象才慢慢穩下來。

垂鞘院內，方瑾枝倚在靠近火盆的藤椅裡，合上眼睛小憩，點點火光映照在白皙臉頰上。舔舔窩在她腳邊，縮成一團睡著。

陸無硯悄聲走近，舔舔睜開眼，懶洋洋地看他一下，又垂下頭繼續睡。

陸無硯站在方瑾枝身側，微微彎腰，拉好從她身上滑落的絨毯。

方瑾枝立即睜開眼睛，微笑著看向他。

「吵醒妳了？」

「沒有，一直沒睡著呢。這會兒暖和，便合起眼睛養養神。」

陸無硯拖過藤椅，拉到火盆前坐下。舔舔跳上他的腿，又用小腦袋蹭蹭他。

陸無硯瞧牠一眼，便隨牠去了。

遠處響起陣陣鞭炮聲，隱隱還能聽見小孩子的嬉笑。

之前準備過年時，方瑾枝已經考慮到府中孩子越來越多，想著把今年的除夕家宴辦得熱鬧些，沒想到自己肚子裡居然也有了一個小傢伙。

陸無硯怕風吹著方瑾枝，又怕鞭炮聲吵到她，便起身關窗，牽她坐到美人榻上。

方瑾枝枕在陸無硯的腿上，仰起頭問他。「除夕家宴，咱們真的不去嗎？」

「當然不去。」陸無硯彎下腰吻方瑾枝的額頭，笑著說：「今年不去的理由，可是我這麼多年裡最理直氣壯的一個。」

方瑾枝也笑起來。「那你可要好好謝謝小無硯。」

「嗯，勉強謝謝這不安生的小東西。」

陸無硯看看方瑾枝尚平的小腹，心裡忽覺有些奇妙，今年的除夕夜，竟是三個人了。

這般想著，他便脫口而出。「小東西來得比我想的早，沒想到今年守歲，多了他。」

「怎麼一口一個小東西呢？」方瑾枝皺眉，不愛聽了。哪有人這樣說自己的兒子？

她心裡一動，忽然問：「無硯，如果不是小無硯，而是女兒呢？」

陸無硯聞言，望著方瑾枝好看的眉眼，露出暖意溫柔的笑容。「那妳可要幫我生個和妳一模一樣的小姑娘，像個小仙女。」

言罷，他彎下腰親方瑾枝的眼睛，還不夠，又欠身輕吻方瑾枝的肚子，似乎她肚裡真是個美麗的小姑娘。

「女兒更好，像妳一樣漂亮乖巧，我定給她最好的一切，讓她成為最耀眼的公主……」

方瑾枝聽見，收起臉上的笑，使勁哼了一聲。

陸無硯滿臉錯愕。他……又說錯什麼了？

「咪嗚……」在地上窩成白團子的舔舔忽然叫起來，似乎有點幸災樂禍。

陸無硯看看舔舔，想起最近方瑾枝生氣的理由越來越莫名其妙，猜測是不是她肚子裡那小傢伙脾氣暴，才讓她的性子跟著變化？

但方瑾枝生氣的方式還是和小時候一樣，只嘟著嘴、鼓起兩腮看他，偏偏不說理由。

陸無硯只好把剛剛說的話仔細琢磨一遍，才恍然大悟，又是好笑，又是無奈地說：「我會把咱們女兒寵成第二耀眼的公主。我的瑾枝才是最耀眼、最奪目的公主。」

「這還差不多！」方瑾枝縮回鼓起的頰腮，垂著眼睛，抿著唇笑起來。

「都是快當母親的人了，還像個孩子似的。」

望著方瑾枝帶笑的容顏，陸無硯沈沈明眸裡溢滿溫柔。這樣真好，他恨不得她永遠像個無憂無慮的小女孩。

米寶兒端著湯藥進來，看著屋裡的溫馨，有些呆住。

陸無硯懶散地坐在美人榻上，方瑾枝枕著他的腿，兩人淺笑對視。榻下是縮成雪白一團的舔舔，不遠處是暖融融的炭盆，兩把尚未歸位的藤椅斜斜擺著，好像一幅畫。

米寶兒愣愣看了好一會兒，才端著湯藥走過去。

喝完湯藥，方瑾枝又伏在陸無硯的膝上。「無硯，今年父親不回來嗎？」都沒聽說陸申機回府的事，以為他又因駐守邊關而不歸家了。

「父親得參加宮宴。溫國公府離皇宮不近，來回奔波太匆忙，明後日才會從宮中回來。」

方瑾枝想了一會兒，才緩緩點頭。陸申機不容易，鎮守大遼邊境，日日身陷危險不說，若幸無戰事，長年駐外，也十分寂寞。

身為晚輩，方瑾枝不好說穿，心裡卻明白，比起回家，陸申機更希望進宮見楚映司吧。

既然陸申機回皇城，方瑾枝便想起封陽鴻，道：「義兄也隨父親一道回來了吧？我應當去拜見的。」

「不急，等妳腹中胎兒滿了三個月，胎象穩些，我再陪妳去。」陸無硯明白她的心思，勸著她。

方瑾枝點頭，又想起一事。「無硯，今兒怎麼是米寶兒端藥？入茶去哪裡了？」平常都是入茶來送的。

陸無硯道：「入茶去接人，等會兒就回來。」

方瑾枝有些驚訝地看著他。「接誰呀？」

話落，入茶就把方瑾平和方瑾安領進門。

方瑾枝看著兩個妹妹，別說多驚喜了。

「姊姊！」方瑾平和方瑾安走上前，拉住她的手。

方瑾枝看看妹妹們，又回頭看身後的陸無硯，眼中流露出感激，怎麼也沒想到陸無硯會將她們接過來。她已經很久沒見到兩個妹妹，心裡萬分惦記。

之前發生那樣的慘劇，方瑾枝不願再讓方瑾平跟方瑾安來溫國公府，原本打算等家宴結束後，趕去入樓和她們團聚。

可是如今她懷了身孕，而且胎象不穩，平日裡小心得連垂鞘院大門都不敢邁出半步，更別說趕去入樓見她們了。

方瑾枝一直很關心分開妹妹們的事。按照劉明恕的計畫，還要再等幾個月，才會幫方瑾平與方瑾安動刀。不過之前顧希胳膊上的舊傷反覆發作，險些要了他的小命，讓方瑾枝聽得心都揪起來，原本要為方瑾平和方瑾安動刀的日子，也不得不推遲。

現在能見到兩個妹妹，她開心極了。

「聽說姊姊懷了小寶寶！」方瑾平稀奇地望著方瑾枝仍是平坦的小腹。

方瑾安小心翼翼地伸手去摸，有些納悶。「什麼都摸不出來呀……」

「他還小呢，再過幾個月，肚子才會大起來。」

方瑾枝笑著，把兩個妹妹拉到一旁坐下，開開心心地說了大半日的話。

「對了，」說著，方瑾平和方瑾安對視一眼，從懷中掏出一封信。「這是靜思師太託我們交給姊姊的。」

不用多想，方瑾枝便曉得信裡寫的是關於靜憶的事，接過信拆開，平靜地一目十行讀完，然後摺好，隨意放在一旁，臉色十分平靜，眼中更是毫無波瀾。

當初以為靜憶和靜思是沒有血緣的陌生人時，方瑾枝可以把她們當成親人一樣對待，會親手做小東西相贈，年節時也想著和她們團聚，但真相大白，得知她們是她的親人後，反倒生疏了。

倒是方瑾平和方瑾安，無論之前還是現在，和方瑾枝的姊妹情，從未因此受到影響。見她這樣，方瑾平跟方瑾安不再多言，又拉著方瑾枝說起別的話。

姊妹之間，自然有許多趣事能提，屋裡和樂融融，好不溫馨。

方瑾枝拉著妹妹們說話時，陸無硯並沒有陪著，而是去書房，見早已候著的宋辭。

「荊國的人已經出發了？」

宋辭恭敬地回稟：「是。屬下得到消息，前日剛從荊國啟程。」

陸無硯沈思一會兒，吩咐道：「雖說是二月初二進宮，可我覺得會更早，讓出樓的人盯緊他們。」

「是！」宋辭領命而去。

另一邊，因為陸無硯這輩都成了家，今年溫國公府的家宴好不熱鬧，大大小小繞了一屋子人。

陸嘯和孫氏仍舊如去年一樣，只過來看看子孫們，就回屋歇下了。

進了房，陸嘯問孫氏。「今年無硯沒去閬遠堂？連面都沒露？」

孫氏笑著說：「無硯那性子你還不知道？加上瑾枝懷孕，自然拿這個當藉口推了。」

陸嘯沒接話，與孫氏上床躺下，沈默好一會兒，才道：「我記得護國公的爵位沒有傳給家中嫡長子，是不是有這回事？」

孫氏睏得很，迷迷糊糊地說：「護國公的長子不學無術，整日花天酒地，更是不孝。護國公看不下去，才上表於先帝，將爵位傳給二子……」話還沒說完，便沈沈睡去。

陸嘯聽著外面的熱鬧聲，卻怎麼都睡不著。

他的身體，他自己清楚，恐怕沒幾年可活了，不得不為陸家一眾老小好好考慮……

第六十五章

宮裡，今年的國宴比起往年排場要更大些。

這些年，楚懷川身體不好，國宴是能怎麼簡單怎麼來。可如今楚懷川的身體日益好轉，這是舉國之喜。再加上皇長子剛剛降生，更是喜事中的喜事，是以，今年國宴比往年更熱鬧、更喜慶。

這時，文武百官齊聚御花園，歌舞昇平，言笑晏晏。

楚懷川心情大好，坐在上首的龍椅，難得飲了兩杯酒。楚映司和陸申機坐在他的左邊，幾位親王則坐右側，其餘人按官職和身分入座。

楚映司微微側首，看向楚懷川。「陛下還是少飲酒為好。」

緊接著，幾位官員也接連勸諫楚懷川為龍體考慮，不可多飲。

楚懷川看看手中的象牙酒樽，緩緩放下，笑著道：「皇姊說得是，是朕一時忘形了。」又笑著對群臣說：「今日是除夕，朕不宜多飲，可眾愛卿不必拘束！」

楚映司聞言，不由多看楚懷川一眼。

陸佳蒲還在坐月子，連小皇子也沒有露面，楚懷川忽想起楚雅和，讓嬤嬤把她抱過來。

一會兒後，嬤嬤抱著楚雅和走進御花園。

「父皇！」楚雅和伸出小胳膊，要楚懷川抱。

楚懷川接過她，抱在膝上。

楚雅和見到父親的次數不多，更難得被他抱在懷裡，開心得不得了，眨巴著大眼睛，摟住楚懷川的脖子。

小孩子心思單純，往往能看清大人的心情。楚雅和看出楚懷川的愉悅，大著膽子，在他臉上親了一口。

楚懷川有些驚訝地看她一眼。

「雅和喜歡父皇！」楚雅和笑嘻嘻地說。

楚懷川對她露出幾分疼愛的笑容，抬眸看向遠處，眼色暗暗沈了幾分。

「雅和，妳還想要枝頭的紅梅嗎？」楚懷川低下頭，柔聲問膝上乖巧的女兒。

楚雅和年紀雖小，卻喜歡高處的東西，之前還因為嬤嬤不肯給她摘紅梅而哭泣。但嬤嬤並非違逆主子，膽敢不聽小公主的吩咐，是因那株紅梅乃宮中梅妃所栽，她不敢擅自動手。後來，楚懷川得知女兒喜歡，便下令將梅妃栽種的紅梅全送給她，讓她隨意挑選。梅妃不敢得罪宮中唯一的小公主，恨不得楚雅和多挑幾株。

聽楚懷川提到紅梅，楚雅和立刻睜大眼睛，欣喜地望著他。「雅和要最高的那枝！」

「好，父皇帶妳去摘。」楚懷川抱著楚雅和起身，又對群臣招呼一聲，父女倆才走向不遠處的梅林。

群臣無不誇讚陛下聖心，小公主天真可愛，而後繼續看著歌舞，暢飲作樂。當然，總有那麼幾個人會去注意楚懷川的一舉一動。

梅林並不大，梅樹也種得十分稀疏，在御花園的人能一眼看清裡頭動靜，那些大臣才沒有生疑。

楚映司放下手中酒樽，蹙眉看向楚懷川抱著楚雅和離開的身影，直到有臣子站起來向她敬酒，才收回目光。

不過，楚懷川根本沒想徹底避開耳目，反正也避不開，他的一舉一動都會傳到群臣耳中，根本沒有秘密可言。

他在梅林叢中挑來選去，摘了一枝紅梅遞給懷中的女兒，問她。「好看嗎？」

「好看！」楚雅和開心地拍著小手接過。這可是父皇親手幫她折的呢，肯定比別的梅枝更漂亮。

秦錦峰遠遠看見，從筵席裡起身，提起金絲楠木的鳥籠，在群臣的目光裡走進梅林。

大家看見秦錦峰的動作，都沒在意。楚懷川喜歡稀奇的玩意兒並不是秘密，不少臣子會挖空心思尋好玩的東西獻上。為人臣子之心，眾皆懂矣。

秦錦峰立在楚懷川身後，恭敬地說：「陛下，您讓微臣尋的鸚鵡找到了。」

楚懷川看看秦錦峰手中提著的鳥籠，籠裡有隻色彩豔麗的鸚鵡。

鸚鵡歪著頭，對楚懷川尖起嗓子，連聲說：「陛下萬歲！萬歲！萬歲！」

楚懷川還沒開口，懷裡的楚雅和便拍起手來，格格笑個不停。

楚懷川垂眸凝視懷中開心的女兒，眼中帶著幾分笑意。「雅和喜歡這隻鸚鵡嗎？」

楚雅和不知道什麼是鸚鵡，也分不清鸚鵡和其他小鳥有何區別，側著小腦袋想了一會兒，才說：「好看！會說話！鸚鵡會說話！」

「對，鸚鵡會說話。」楚懷川笑著揉揉她的頭。

「這綠頰錐尾鸚鵡竟真讓你尋到，愛卿有心了。」楚懷川連連點頭，笑著讓跟在身後的小太監收下。

小周子應是，急忙上前，接過秦錦峰遞來的鳥籠。

秦錦峰微微彎腰。「能為陛下效勞，是微臣之幸。」

楚懷川又看看枝上的紅梅，對秦錦峰說：「來來來，愛卿幫朕拽一下，雅和喜歡高處的梅枝。」

「臣領旨。」秦錦峰伸手去拉，讓那片梅枝都垂下。

楚懷川抱著楚雅和，讓她挑選她最喜歡的。

楚雅和開心地睜大眼睛，看了又看，才選了一枝開得最豔的。

「父皇，這枝開得最好！」楚雅和眨巴眼睛，十分認真地說。她認真的樣子十分可愛，若楚懷川不相信她，好像就要哭出來一樣。

「是，雅和說哪枝開得好，就是哪枝。」楚懷川折下楚雅和挑中的梅枝，遞給她，又讓跟在後面的嬤嬤接過楚雅和。

離開父皇的懷抱，楚雅和有些不捨得，但她很懂事，不敢纏著楚懷川，只能趴在嬤嬤肩上，睜大眼睛，可憐巴巴地望著他，任由嬤嬤抱著她走遠。

楚懷川對楚雅和寵溺地笑了下，便轉過頭，問秦錦峰關於這隻鸚鵡的事。

秦錦峰便把如何尋找這隻鸚鵡及飼養時該注意的事細細道來。

「愛卿真是給朕尋了個有趣的玩意兒！」楚懷川拍拍秦錦峰的肩，放下手時，微微側身，悄無聲息地將一張紙條遞給他。

秦錦峰不動聲色地迅速收入袖中，神不知鬼不覺。

接著，兩人神色自若地回到筵席。

宮宴結束後，陸申機跟著楚映司回到她的別院。

待下人散去，陸申機看向楚映司，道：「映司，妳今天有點不對勁。」

楚映司收起臉上端著的高貴笑意，有些疲憊地斜躺在臥榻上。「真看不出來，你也有心細的時候。」

陸申機哼聲，坐在楚映司身邊，替她脫了鞋，把她的腿放在自己腿上，輕輕捏著。

「累了？」

楚映司許久沒有說話。

陸申機一頓，有些不高興地拍拍楚映司的小腿。他是馳騁疆場的將軍，人也長得人高馬大，有赤手空拳斬狼劈虎的力氣，這巴掌縱使收了力道，也讓楚映司疼了一下。

楚映司踹陸申機一腳，蹙眉看他。「又犯什麼病？」

陸申機沒回嘴，把楚映司的腳拉回來放在膝上，輕輕幫她揉著被他拍過的地方，悶聲說：「我又沒使勁兒，怎麼就紅了？」

楚映司看著陸申機低頭替她揉小腿的樣子，心裡那團火氣慢慢消了。他是發起脾氣來，什麼道理都不講的陸申機，也是任性起來像個孩子一樣的陸申機，更是會笨拙地向人示好的陸申機。

但他學了半輩子，也沒學會怎麼才是對別人好。

其實，陸申機是個很強勢的人，只是為她努力學著放低身段，學著如何體貼溫柔。

至於那成果……楚映司忍不住笑了。不提也罷。

陸申機按好她的一條腿，又抓起另一條腿的腳踝，輕輕揉捏著。

「行了行了，我不累。」楚映司收回自己的腿，坐起來。再這麼被陸申機「關切」地按揉下去，這雙本來沒什麼事的腿真會被他捏腫。

他那雙手，比起給女人捏腳，還是更適合殺人。

「身不累，那就是心累。」陸申機忽然開口。

楚映司頗為意外地看他一眼。

陸申機頓時不耐煩了，瞪著楚映司，質問道：「楚映司，在妳眼裡，我陸申機除了打仗，是不是什麼都不會，什麼都看不出來？」

楚映司一本正經地點頭。

陸申機立刻起身，抬腳就要走。

「申機……」

聽見楚映司喊他，陸申機不由停住腳步，仍舊有些生氣地轉過身，悶悶不樂地坐在楚映司身邊，卻不看她。

楚映司偏著頭凝視他，見他始終繃著臉，便用手指挑起一綹髮絲，往他臉上戳了戳。

「別鬧了！」陸申機怕癢，忍不住笑出來，伸手抓住楚映司的手腕。

楚映司慢慢收起臉上的笑，緩緩倚在陸申機肩上，輕聲說：「申機，你還記得我們剛成親時，問過我今生最想過的是什麼樣的日子嗎？」

「當然記得。」陸申機點頭。「仗劍騎馬，當個女俠。」

楚映司合眼，把全身的重量靠在陸申機身上。「申機，待到天下太平時，我們行走江湖，當一對逍遙自在的武林俠士吧。懲奸除惡，劫富濟貧，大口吃肉、大口喝酒……」

陸申機不說話，明白她的心思。

縱使他再怎麼粗心，畢竟在朝堂混了半輩子，就算什麼都不看，單單是楚懷川的身體好起來，便明白朝堂終究要起波瀾。

每一個人，都有屬於各自的身不由己。

誰還沒有點自己的想法？

陸申機不願去猜想，他與楚映司當兒子一樣養大的楚懷川如今是何心思，但那些支持還政於天子的朝臣，必定有所籌謀。

事實上，那些老臣已經開始行動。今年，連偏安一隅的幾位親王也回皇城參加國宴，想在劍拔弩張的局勢中摻和一腳。

陸申機看著倚在他肩頭的楚映司，她合著眼，難得的溫順，卸下虛假偽裝，恬靜眉眼逐漸和她出嫁時的嬌態重疊。

一時之間，陸申機有些恍然。

他忘不了那個縱使高傲颯爽，卻會伏在他膝上天真撒嬌的楚映司。

一眨眼，已經過去二十六年。

人生又有多少個二十六年？一場皇室巨變，那個單純的小公主逐漸消失，變得更加耀眼，成為大遼的傳奇，一層又一層的偽裝掩藏她所有的天真嬌憨，變成另一個人。

他曾手握大遼所有兵權，權勢滔天時，無數心腹苦諫，甚至認真考慮過，奪了這天下，將她捧上后位，許她盛世獨寵，無盡榮華，免她一介女流獨自面對那麼多質疑和危險。

可是他沒有。

她若想做一心護國的輔帝公主，他便留在邊境，替她鎮守大遼的每一寸國土。

她若想成為一代女帝，他便手執刀劍，不惜雙手沾滿鮮血，也要替她斬殺擋路者，斬平前路荊棘。

如今，她說她累了。

陸申機抬手，用粗糙的指腹撫過楚映司的臉頰，凝視她如畫的眉眼。「若累了，我現在就帶妳走。」

楚映司微顫眼睫，睜開眼，望著陸申機，蹙眉搖頭。

「不，現在還不行。幾位親王個個心思難猜，左相榮丹緬更是未除；且荊國此次前來，明面上說訂下永世休戰的聯盟，但實際上定是陰謀。近日楚行仄失蹤，肯定又與荊國勾結，如果兩國交戰，大遼軍力恐是不足，若燕國和宿國再……」

「映司！」陸申機握住楚映司的手，打斷她絮絮的擔憂。

「封陽鴻跟隨我多年，我已將平生所學盡數傳授於他，可以完全取代我。朝中各派勢力雖然複雜，但老臣會護著懷川。」陸申機頓了頓。「懷川已經長大，自古以來，哪有帝王喜歡權不在手？難道妳要眼睜睜看著妳與他之間日漸疏離？」

楚映司的指尖顫了顫，慢慢握緊陸申機的手。

「映司，放手吧。」

楚映司抬眸，目光隨意落在一處，眼中虛無一片。

許久過後，她才輕聲說：「讓我再考慮考慮，怎麼也要等這次荊國來使離開以後……」

另一邊，落絮宮裡，陸佳蒲身後靠了幾個軟軟的枕頭，身上又蓋了很厚的棉被，正在給孩子餵奶。

宮中備了許多奶娘，但陸佳蒲還是堅持親自哺餵小皇子。

正值一年中最嚴寒時，她又在坐月子，炭火燒得很足，暖如春日。

她抬眸，溫柔望著坐在床邊的楚懷川，低聲道：「陛下，您還沒給皇兒取名字呢。」

「因為沒想好啊。」楚懷川低著頭，擺弄一只做成騰龍形狀的布偶——這是給小皇子準備的。

陸佳蒲眉眼中笑意更甚，說道：「可是妾身聽說，朝中百官給皇兒取了好多名字呢，陛下就沒有相中的？」

楚懷川立刻皺眉，不耐煩地說：「那群老東西起的名字難聽死了，什麼『昌盛』、『順年』、『泰安』、『平太』……都是什麼玩意兒！」

「妾身倒覺得這些名字都很好呀。不過，皇兒定也希望由您來取名的。」陸佳蒲用指腹溫柔地摸摸兒子嬌嫩的臉頰。

楚懷川聞言，忽然頑皮地轉轉黑亮眸子，湊到陸佳蒲眼前，道：「朕聽說，百姓家的孩子總習慣取個普通名字，叫『爛名字好養活』。要不，咱們給皇兒取名『狗蛋』吧？」

陸佳蒲仔細聽著，卻沒想到他竟說出這樣的話來，縱使性子溫柔賢淑，也氣得拿起身後軟綿綿的枕頭，砸到楚懷川懷裡，惹得楚懷川哈哈大笑——

「哈哈哈哈！陸佳蒲，原來妳也是有脾氣的啊！」

陸佳蒲咬唇，有些不情願地小聲認錯：「是妾身錯了，請陛下降罪。」

到底熟稔了，她已經不像剛入宮時，總是小心翼翼、戒慎恐懼，此時嘴裡說著降罪，身子卻未動，仍安安穩穩地坐在床上。

噠噠噠……

外面忽然響起一陣木棍輕輕敲擊地面的聲音，陸佳蒲懷裡的小皇子不由哼唧起來。

楚懷川皺眉。「誰在外面！」

噠噠聲立刻停下，下一刻變成輕快的腳步。楚雅和手裡握著小木劍，歡愉地跑進來。

「雅和給父皇、母妃請安。」楚雅和微彎膝蓋，像模像樣地行禮。

「雅和怎麼拿著這東西玩？」陸佳蒲招招手，把她叫到身邊。

楚雅和伸長脖頸看陸佳蒲懷裡的小皇子，抬起手裡的小木劍。「雅和要保護弟弟！」

陸佳蒲寵溺地揉揉她的頭。「是弟弟長大了，要保護雅和呢。」

楚懷川看著她們，慢慢收了臉上的笑意。「雅和，出去玩吧。」

楚雅和眨巴眼睛，小心翼翼地瞧楚懷川的臉色，才垮著臉往外走，讓嬤嬤抱她出去。

屋子裡安靜下來，方才的溫馨悄無聲息淡去許多。

陸佳蒲喊奶娘進來抱走小皇子，垂下眼，有些歉疚地說：「是妾身莽撞，擅作主張……」咬咬唇，自己那點小動作被楚懷川瞧出來了。

剛剛楚雅和說的那句話，是她教的。

楚懷川許久沒開口，陸佳蒲紅了眼眶，慢慢攥緊被子，有些後悔。或許她不該這麼做。

楚懷川嘆氣，有些無奈地幫她擦眼淚。「朕又沒說妳，哭什麼哭？」又忍不住埋怨一句。「不知道坐月子不能哭嗎？要是瞎了，朕才不管妳！」

陸佳蒲抓住楚懷川的手腕，捧起他的手掌，哭著說：「陛下，妾身怕啊……」

「怕怕怕，妳整天都在怕什麼啊！」楚懷川又忍不住敲她的頭。

雖然楚懷川不會對陸佳蒲多解釋，但如今他都宿在落絮宮，陸佳蒲日夜與他相處，多少知道一些。

於是，陸佳蒲鼓起好大的勇氣，才抬起頭望著楚懷川。

「陛下，妾身以為，這些年長公主忠心為國，您實在不該……」又咬唇，不知怎麼說。

「實在不應該什麼？」楚懷川笑了。「皇姊十六年如一日，派人監視朕的一舉一動，就是伴君如伴虎，就是為臣的自保之道。而朕如今防備她，便是忘恩負義、恩將仇報？」

陸佳蒲張嘴，一時間竟不知該怎麼反駁，想了又想，才磕磕巴巴地說：「可是……可是長公主從來沒有害過您呀！」

楚懷川張開手臂，坦然笑道：「那朕也可以光明磊落地說一句：『朕也從未害過她！』」

陸佳蒲茫然無措。她從來都看不懂他，尤其是這個樣子的楚懷川。

楚懷川抬手輕輕擦去她眼角的淚，放柔了聲音。「傻姑娘，害人之心不可有，防人之心不可無。這是幼時啟蒙，先生便會教的道理啊。」

陸佳蒲靠在他肩上。「陛下既然知道長公主監視您，又是那般敏銳，妾身擔心……」

原來她是擔心他。

楚懷川微涼的心慢慢被她的溫柔填滿。此生能遇見她，是上蒼賜予他最大的幸福。

「陸佳蒲，妳說過的話還算數嗎？不管生死，不管榮耀與卑苦，都願意跟在朕身邊。」

「當然，唯願餘生不分離，不論貴賤生死。」

楚懷川握住她的手，把她擁在懷裡。「那妳相信朕嗎？」

這一刻，陸佳蒲忽地釋然了，點點頭，溫柔卻堅定地說：「堅信不渝。」

第六十六章

日子一天天流逝，又過了小半個月，方瑾枝的胎象終於安穩下來，連湯藥都不用再喝，讓她與陸無硯同時鬆了口氣。

方瑾枝重新打理起家務。溫國公府的事，薛氏做得很好，無須她操心，便把吳嬤嬤喊來，問問方家的生意。

每年年底，方瑾枝都會去莊子發過年的糧果，今年因為有了身孕，把事情全推掉，這才沒去。

如今，馬上就是正月十五，方瑾枝想去莊子上看看。

陸無硯不答應。

方瑾枝生氣，手裡拿著雞腿，狠狠咬了一口，偏過頭，不看陸無硯。大抵是轉身的動作太大，雞腿不知怎的掉下來，落在茶白色褶裥裙上，留下一道油膩的褐色痕跡，滾到地上。

方瑾枝立刻皺眉，指指窩在一旁的舔舔。「把它吃了！」

舔舔抬頭看她，又瞥地上的雞腿，碧綠色的眸中劃過一抹嫌棄，十分有骨氣地別開眼。

方瑾枝握起小拳頭，凶道：「竟敢不聽主人的話！」

她話音剛落，手腕就被陸無硯握住。

方瑾枝立刻睜大眼睛，怒極地瞪著陸無硯。「好哇，我嚇唬嚇唬牠，你就緊張成這樣！

我還不如一隻貓！」

「我的小祖宗，妳這脾氣可越來越大了。」陸無硯笑著攤開她的掌心，用乾淨帕子仔細幫她擦拭手上的油漬。他是好意，大概握住她手腕的時候不對，才讓她誤會了。

「我脾氣才不大呢……」方瑾枝垂眸，有點心虛地小聲嘟囔。

「是是是，夫人的脾氣好得很，溫柔賢慧，實屬天下第一。」陸無硯拉著方瑾枝的手擦了半天，眉心不由蹙起，油漬可不是那麼容易擦乾淨。

方瑾枝握握手，又鬆開，皺著眉說：「油膩膩的……」

陸無硯瞧著方瑾枝身上被油漬弄髒的裙子，問道：「還吃不吃？」

「我還沒吃飽呢！」方瑾枝拿起桌上的銀箸，挾起一塊香軟的鴿子肉放入口中。真香！又一連吃了好幾口。

陸無硯看得皺眉，忙拿來小巧的白瓷葵口碗，盛了酒釀紅棗蛋花湯，餵她喝下。

「太油膩了，喝點湯。」

方瑾枝喝兩口，就嫌棄地搖頭。「這個不好喝，我要龍蓮蜂蜜羹！」

陸無硯又急忙幫她盛了一小碗，讓她喝了。

最近方瑾枝的胃口大得很，而陸無硯的食量本來就小，如今和她比起來，竟是每餐吃不到她的一半。

直到方瑾枝吃飽了去淨室洗手，陸無硯才拿著她的衣服追進去。

方瑾枝彎腰，剛要把沾滿油漬的手放進盛熱水的木盆裡時，陸無硯急忙阻止。

方瑾枝不解，卻見他親自試了水溫，才拉過她的手，仔仔細細地幫她洗乾淨。

方瑾枝歪頭看著陸無硯。「無硯，你上輩子是不是做丫鬟的？」

陸無硯抬眸，實在不想告訴她，上輩子她才是屁顛屁顛跟在他身後當丫鬟的那個，便笑了笑。

「伺候夫人，實乃無師自通。」

他取下架上的棉帕，仔細替方瑾枝擦乾雙手的水漬，才去解她的衣服。

方瑾枝看得出來，陸無硯忍受她裙上的油漬已經很久了，便捏著自己的眼角和唇角，對他扮個鬼臉。

陸無硯笑著搖頭，脫下方瑾枝的裙子，拿起準備好的新裙在她身前蹲下。「抬腳。」

方瑾枝垂眸，慢慢抬起白皙纖細的長腿，從他的大腿內側滑過。

陸無硯立刻抬頭看她。

方瑾枝假裝沒看見，光著的腳背繼續向上，輕輕踢一下。

陸無硯怕她跌倒，一直攙扶著，見她越來越過分，遂握住她的腳踝，眸色微變。「不許胡鬧了！」

方瑾枝不甚在意地蹲下，摟住陸無硯的脖子，在他的唇瓣上留下綿長的吻。

陸無硯握住她裙子的手指逐漸收攏，最終無奈地輕輕推開她，壓低聲音道：「這是不想讓我好過是不是？」聲音中帶著隱隱的壓抑。

她腹中胎兒不足三月，他不能碰她。

方瑾枝彎起一對月牙眼，淺笑著把小手探進陸無硯的衣襟，撫摸他的胸口。

「方瑾枝！」陸無硯深吸一口氣，咬牙切齒地說：「我讓妳去莊子還不行嗎！」

方瑾枝聞言，瞬間笑逐顏開，捧著陸無硯的臉，狠狠啄了一下。

「我家無硯最好啦！」套上裙子，乖乖讓陸無硯幫她穿衣繫帶。

其實，陸無硯也知道不該這麼束著她。方家的田莊離溫國公府並不遠，如今方瑾枝的胎象已穩，這段時日也的確悶壞了。

而且……她肚子裡的小傢伙再怎麼重要，也沒他娘重要啊。

正月十六是小皇子的滿月酒，方瑾枝要跟著陸無硯進宮，所以決定正月十四去莊子，留宿一晚，隔天早上趕回溫國公府。

陸無硯本來要陪著她去，但忽然得了一封密信，有要事得辦。

坐在妝檯前的方瑾枝，擇一支金步搖插於髮間，看著銅鏡中的陸無硯，笑著說：「你忙你的，我去就好，之前都是我帶人去的呀。」

陸無硯這才答應，看看窗外的天色，陰沈沈的，似乎要下雪，便吩咐入茶幫方瑾枝帶些厚衣服，又囑咐她好好保護主子。

方瑾枝出門時，不僅帶著入茶，還帶著米寶兒、鹽寶兒，連夭夭和灼灼也跟去了。

吳嬤嬤早在莊子上候著方瑾枝，見她到了，急忙把人迎進來。

農戶看到方瑾枝也十分歡喜。方家向來厚待他們，瞧見方瑾枝過來，便知道又要發東西了！而且他們早已知曉方瑾枝有孕的消息，真誠的恭賀聲更是不斷。

聽著他們祝福，又聽管事說這一年的豐收景象，方瑾枝心情大好。

傍晚，開始下雪了。

對於富貴人家，雨雪會阻礙出行，但對農家來說，卻是「瑞雪兆豐年」的好兆頭。

農戶十分高興，做了一道又一道農家小菜，送來給方瑾枝品嚐。最近方瑾枝吃得多，對農家菜也感到稀奇，嚐鮮後，竟是越吃越好吃！

入茶在一旁伺候，吩咐夭夭和灼灼將屋裡的炭火燒足，又拿暖手爐遞給方瑾枝，以免她冷著。

「三少奶奶，明兒一早還要早起呢，早些歇著吧。」入茶微笑著說。

方瑾枝揉揉肚子，有些無奈。「吃得太撐了……」忽然問：「入茶，妳會不會下棋？陪我下一局吧！」

她本是隨口一問，沒想到入茶真的會，還是高手，讓她頗為意外。畢竟，她的棋技是陸無硯手把手教出來的，在溫國公府裡，除了陸無硯，想在棋局上贏她可是十分不容易。

現在，她和入茶這盤棋，竟是不分勝負。

方瑾枝手中握著棋子，正猶豫如何下子時，不由看了對面的入茶一眼。

方瑾枝不大清楚入茶的年紀，只隱約記得已過二十，不得不承認，入茶的長相比起陸家幾個姑娘都要出挑。她好像沒有家人，也從不離開垂鞘院；漂亮、聰慧、有才學，懂很多東西，卻只是陸無硯身邊的侍女。

「三少奶奶怎麼不走了？」入茶抬眸，淺淺地笑。

方瑾枝這才收起心神，繼續下棋。

莊子外，雪越下越大，等到天黑時，變成了暴雪。

一隊人馬艱難地行走在雪中，有人扯著嗓子喊：「七爺，這風雪太大了，前面有田莊，先去避避吧！」

馬背上的人捂著嘴，費力咳嗽一陣，才慢慢止住，放下手，眯眼看看莊子，點點頭。

「走吧。」

他蒼老的面孔上布滿傷痕，幾乎掩去原本的容顏，正是楚映司的七堂兄楚行仄。

這時，吳嬤嬤已經歇下，外頭忽然有下人來扣門，說是一行商隊途經此地，遇上暴雪，懇請留宿一宿。

吳嬤嬤自然願意行這個方便，忙讓他將商隊請進莊子的客房。又想了想，今晚方瑾枝住在莊子裡，不可有半分大意，遂囑咐下人看緊這行商隊，不能讓他們隨意走動。

接著，她叫丫鬟去方瑾枝住的院子瞧瞧，知曉方瑾枝正和入茶下棋，還沒歇下，便披上短襖過去，稟報商隊留宿的事。

方瑾枝剛剛贏了入茶，心情大好，聽完吳嬤嬤的話，吩咐好好招待他們，看看客房裡有沒有缺東西，再送熱飯熱湯過去。

吳嬤嬤應是，退下去辦。

方瑾枝交代完，打個哈欠，讓米寶兒和鹽寶兒伺候著梳洗，便歇息了。

雖然外面風雪肆虐，但方瑾枝聽著呼嘯的風聲，倒是睡得很香，一夜無夢。

這場暴雪在天未亮時停歇。

方瑾枝睜眼醒來時，已經放晴，旭日東升，沒有一絲風。

她揉揉眼睛，翻個身，抱著枕頭又睡了一下。她已經習慣鑽到陸無硯懷裡睡，拉著他的衣襟，再把手搭在他腰上。但昨夜他不在，只好拿枕頭充當他了。

一會兒後，方瑾枝喊米寶兒和鹽寶兒進來伺候。今日得早些趕回溫國公府，不能貪睡。

用早膳時，方瑾枝想起昨夜借宿的商隊，便隨口問一句。

吳嬤嬤回稟：「他們正在收拾東西，等會兒就要走了。」

方瑾枝點點頭。「不是說領隊的人年紀不小嗎？我瞧著這天氣，夜裡說不定又要下雪，嬤嬤吩咐下人送些棉衣過去，讓他們帶著。嗯……也備些早膳，讓他們吃得暖和再上路。」

吳嬤嬤連聲答應，又誇方瑾枝心善，便出去吩咐。

方瑾枝用完早膳，剛想啟程，莊裡的農婦來邀她去看臘梅，口口聲聲說是她們費了心思栽種出來的。

方瑾枝住在溫國公府，何等名貴的梅樹沒見過？只是不好拂了她們的好意，就去了，正好細問今年收成比起往年來如何？昨兒從管事那裡得來的消息，未必和農戶說的一樣。

路上，方瑾枝恰巧遇見正要離開的楚行仄一行人。

楚行仄淡笑著向她道謝。「昨夜多謝夫人收留，不然老夫與手下的人恐怕要凍死了。」

方瑾枝搖頭。「舉手之勞罷了。」

她抬眸，猛地瞧見楚行仄的臉，驚了一下，不過很快就反應過來。雖然他鬢髮皆白，卻非年邁，而是因臉上的傷和滄桑氣質，乍看才恍若古稀老者。

楚行仄笑笑，微微低頭。「老夫容貌醜陋，嚇著夫人了。」

方瑾枝忙說：「沒有的事。」

方瑾枝看看楚行仄身後一行人，個個飽經風霜，眸中一黯，又扯出一抹笑容，道：「我的父親和兄長也時常領著車隊行商，你們一路趕來，必是十分辛苦。」

「尚好。」

楚行仄每說幾句，便忍不住掩著嘴輕咳。之前被關押至天牢後，舊疾未癒，加上新傷，遇到這種天氣，更是難熬。

方瑾枝點點頭。「因為家中經商的緣故，多少知曉行商的辛苦。日後伯伯可要多注意身體，莫在風雪天趕路，免得家人擔心。」

楚行仄聞言，有些悵然。「老夫的家人都已經不在啦。」

方瑾枝怔住。「抱歉……」

「無妨。」楚行仄淡淡一笑。「時辰不早，老夫就此別過，再次謝謝夫人收留之恩。」

有禮謙恭地微微頷首。

方瑾枝忙側過身，避開這一禮，又吩咐下人備些乾糧和水，讓商隊帶在路上用，甚至讓米寶兒回房取了件大氅，送給楚行仄禦寒。

楚行仄笑著披上，摸摸暖和的料子，連聲道謝後，帶著商隊離開。

方瑾枝立在原地，望著他逐漸走遠的身影，心中忽生出一種說不出的悵然，好一會兒後，才轉身進屋，吩咐丫鬟收拾東西，回溫國公府。

另一邊，楚行仄帶著假裝商隊的人馬剛出田莊，身後的屬下便過來，壓低聲音問：「七爺，留嗎？」

田莊的人已見到楚行仄，方瑾枝又與他攀談許久。雖然楚行仄為掩人耳目，自毀容顏，但斬草除根才是上策，不能留下這些人的性命。

楚行仄瞇起眼，腦中浮現方瑾枝關切的淺笑眉目，現在身上還穿著她給的大氅。他垂眸看看身上的大氅，是新的，還挺暖和。

一時間，楚行仄有些恍惚，回過神才慢慢合上眼。「廢話，當然不留。」

「等一下！」另一個屬下打馬過來。「七爺，屬下記得，這處田莊是方家的，剛剛遇見的夫人，應該是楚映司的兒媳，也是……宗恪的妹妹。」

楚行仄猛地睜開眼，其他人緊張地望向他。

在楚行仄面前，方宗恪這個名字，是禁忌。

「罷了，老夫已孑然一身，何忍再殺宗恪留在世上的家人。」楚行仄擺手。「走！」

見楚行仄心軟放過這田莊的人，有位屬下以為他心情大好，連忙上前，忍不住替蘇坎求情。「七爺，那蘇坎呢？要讓他回來嗎？」

日前，蘇坎陷害方宗恪的事被楚行仄發現，下令打殘，扔在半途。

「別跟本王提那個狗東西，讓他自生自滅！」楚行仄大怒。「如果不是他藉機陷害，宗恪怎麼會死？誰再敢幫他求情，就一起滾！」

楚行仄踩著尚未消融的積雪，拍馬疾行，心中憤怒至極。

自衛王府被滿門抄斬後，方宗恪不僅是他的下屬，也是他唯一的親人，但蘇坎為一己私慾，竟把他推到前面去送死，不可原諒！

眾人畏懼，再不敢多言了。

楚行仄一行人剛剛離開，溫國公府的馬車就到了莊子。

聽見從田莊離開的馬蹄聲，坐在車裡的陸無硯挑起車簾，只看見人馬漸遠的背影，沒瞧出什麼端倪。

他惦記著方瑾枝，遂放下簾子，吩咐車夫趕得快些。

雖然暴雪已經停了，但路上結了一層冰，想到方瑾枝坐車顛簸，陸無硯就不放心，忙把事情辦完，趕來莊子接她。

另一邊，方瑾枝已穿好斗篷，戴上兜帽，把自己包得嚴嚴實實。她向來不是粗心、莽撞的人，更不逞強，這樣惡劣的天氣，會儘量保護好自己。
她剛想上車，卻瞧見另一輛溫國府的馬車駛進莊子，停穩後，陸無硯從車上跳下來。
方瑾枝欣喜地睜大眼睛，朝他走去。「無硯，你怎麼過來啦！」
「別急，在那裡等我就好。」陸無硯看看地上的冰，快步趕到她身邊，把她小小的手攥進寬大掌心，小心翼翼地扶著她。
「事情處理完了，自然過來接妳。」
陸無硯攙方瑾枝上了她來時乘的馬車，又囑咐入茶趕車時慢一點。
回程路上，方瑾枝依偎在陸無硯懷裡，瞧見他眼下一片青色，知他昨夜忙著，恐怕沒睡好，遂伸開胳膊，抱住他的肩，笑道：「不用客氣，我的肩膀借你用！」
「那就多謝夫人了。」陸無硯說著，倚在方瑾枝肩上。
方瑾枝忽然覺得肩頭重極，想抬肩，卻一而再、再而三地向下沈。
她實在受不了，推開陸無硯，瞪著他，氣鼓鼓地說：「你故意的！」
陸無硯打個哈欠，茫然地問：「什麼？故意什麼？」
「我覺得我的肩膀必然沒有枕頭好，你還是去那邊躺下歇著吧！」
方瑾枝不理陸無硯，拿過一旁的軟枕扔到旁邊，讓他去睡，再不想逞強管他了。
「不行啊，夫人說了要借肩膀給我用，怎可失信？」陸無硯忍著笑，作勢又要向方瑾枝嬌小肩頭靠去。
方瑾枝伸出雙手抵在他的肩頭，蹙眉說：「你太胖了，會壓死我的！」

「胖？」陸無硯低頭看看自己的身子。「哪裡胖？」

「反正就是胖……」方瑾枝小聲嘟囔。

陸無硯聞言，扯開自己的衣襟，皺眉瞅著胸膛。明明沒有很胖啊。

瞧著他這動作，方瑾枝忍不住笑出來，起身去旁邊坐。

「不成，妳得把話說清楚！」陸無硯長臂一伸，輕易攬住方瑾枝的腰，把她拉到懷裡。

方瑾枝推他，有些無奈地說：「你明知我隨口說的，怎麼就當真了？簡直比姑娘家還要在意身形容貌。」

話落，方瑾枝等了半天，卻沒等到陸無硯的回應，不由抬頭看他。

陸無硯正低著頭，看著自己的腿，又捏了捏。

方瑾枝無言，拽拽他的手指，小聲地說：「你能看見的地方都不胖，行了吧？」

陸無硯仍舊揪著眉。「那到底哪裡胖了？」就算是被衣服遮擋的地方也不能胖啊！別人看不見，方瑾枝卻能看見，那他自己當然能看見，簡直不能忍。

方瑾枝聞言，臉上不由瞬間染上一抹緋紅，咬了下嘴唇，囁嚅道：「是別人看不見的地方，只有我能看見的地方……」又小聲抱怨一句。「每次都擠啊擠，怎麼不胖？」

陸無硯愣了好一會兒，忽然想通，頓時哈哈大笑，笑得前仰後合，對於方瑾枝能說出這樣的話來，萬分意外。

坐在外面趕車的入茶聽見陸無硯的大笑聲，也頗為驚訝。

方瑾枝紅了臉，急忙去摀陸無硯的嘴。「不許再笑了！有什麼好笑的？」

陸無硯笑了好久才停下來，略遺憾地看著方瑾枝。「可惜，好幾個月都不能擠一擠了。」說著，目光從方瑾枝的下身移到她淺粉色的唇瓣。

「你——」

方瑾枝又羞又氣，左瞧瞧右瞧瞧，拿起剛剛放在一旁的軟枕，砸到陸無硯臉上。

陸無硯畢竟一夜沒睡，著實有些睏了，鬧完方瑾枝後，便躺下小歇片刻。

方瑾枝坐在他旁邊，不再吵他，靜靜瞧著他睡著的樣子，眉眼間帶了幾分暖暖的笑意。

第六十七章

路上，馬車顛簸了一下。

原本睡著的陸無硯瞬間醒來，睜開眼睛，動作極快地把方瑾枝護在懷裡。

馬車外傳來入茶極為冷靜的聲音。「有埋伏。」

方瑾枝聽見一陣刀劍相碰之聲，又伴著低吟，有些擔心入茶，卻見陸無硯仍舊十分平靜，不禁急了，忙道：「入茶還在外面呢！」

陸無硯看她一眼，笑道：「妳以為，我為什麼讓入茶送妳來田莊？」

「啊？」方瑾枝沒反應過來。

陸無硯護著她靠近車門，將門推開一條縫。

方瑾枝的目光凝在入茶身上，驚愕地張大了嘴。

她知道入酒是楚映司的近衛，身手了得，有時陸無硯會讓入酒來護著她出入。但她怎麼也沒想到，入茶的功夫竟不在入酒之下，這麼多年了，從來沒顯露過。

不久，黑衣人盡數倒地。

入茶抬手，軟劍歸袖，縱身一躍，回到車上，握起韁繩，馬車又轆轆前行。

陸無硯關起車門，打個哈欠，重新躺下。

但方瑾枝還震驚著呢，忙挪到陸無硯身邊，推了推他，十分驚奇地說：「天吶，我居然不知道入茶是個絕世高手！她她她……她是什麼時候學的本事呀？」

方瑾枝記得，入茶在很小時就來了垂鞘院，在陸無硯身邊伺候。

「幼時母親幫我尋武藝師傅時，她是陪練。」

陸無硯說完，便睡著了，獨留方瑾枝坐在一旁，胡思亂想起來。

回到垂鞘院後，陸無硯沐浴梳洗，直接去寢屋補覺，直到傍晚才醒過來。

他一睜開眼，就看見方瑾枝坐在床邊，眨巴眼睛望著他。

這眼神，瞧著天真無邪，但仔細一看，又覺得暗裡含著些說不清、道不明的東西。

陸無硯隱隱察覺出一絲危險來。

「怎麼了？」

方瑾枝笑嘻嘻地湊近他。「你終於醒了呀。」

「睡足了，自然醒了。」陸無硯有點莫名其妙。

方瑾枝聞言，瞬間收起臉上笑容。「什麼陪練？分明就是你的小師妹！」

陸無硯剛睡醒，仍舊有些糊塗，眯眼看著有些氣呼呼的方瑾枝，好半天沒反應過來。

「什麼師妹？誰是誰的師妹？」陸無硯茫然，完全不懂方瑾枝為何會突然這麼說？

「你還跟我裝糊塗！」方瑾枝鼓起兩腮，小手掐在腰身兩側，竟是有了幾分刁蠻小悍婦的模樣。

她氣呼呼地說：「怪不得入茶過了二十歲也沒放出府，怪不得她留在垂鞘院那麼久。對別人，你百分挑剔；她做事，你就滿意！怪不得當初我向你借入烹去教導米寶兒和鹽寶兒時，你沒讓她去，卻認為入茶更適合，分明就是覺得入茶好！」

「這都多少年前的事情了……」聽方瑾枝連快十年前的事都搬出來，陸無硯無力扶額。

方瑾枝拉下陸無硯的手，讓他看著她，更是生氣。「時間久怎麼了？不管過去多少年，發生過的事就是發生過！什麼主僕，入茶根本是你的小師妹！一起練劍、一起長大。」

方瑾枝說著，低下頭，癟著嘴，好像眼前浮現陸無硯和入茶在竹林裡練劍的情景。

陸無硯哭笑不得，拉過方瑾枝，十分耐心地解釋：「好好好，我一件一件跟妳說清楚，成不成？」

見她點頭，陸無硯才無奈地說：「入茶性子冷，必要時可以立威；入烹性子柔和，不適合教人規矩。更何況，當時入烹是垂鞘院裡的廚子，她走了，我會餓死啊！」

方瑾枝想想，好像是這樣沒錯。陸無硯對吃向來挑剔，當時每日為他做飯的正是入烹。但她還是有點不高興，想了想，悶悶不樂地說：「竟為了一口私欲，就不肯把入烹借給我用。」

陸無硯沈默一會兒，硬著頭皮道：「夫人教訓得是。下次妳想要什麼，為夫絕不會有一絲一毫的顧慮。」

「這還差不多！」方瑾枝臉上露出一點笑容，卻又立刻收起。「可是你還沒跟我解釋師妹的事呢！」

「哪裡是什麼師妹。若照妳這麼說，入樓的人全都是我的師姊、師妹了。」

方瑾枝不解地看向陸無硯。

陸無硯道：「當初母親幫我找了不少武藝師傅，不僅教我，也在入樓女兒中挑人訓練，入茶、入酒都在其中。」

想起那時的經歷，陸無硯皺眉。「師傅會先教她們，待她們熟練，才接著教我，然後讓我和她們交手，或要我單獨對她們幾個，所以入樓女兒自然都是我的陪練啊。」

「原來是這樣。」方瑾枝勉強接受這個理由，又轉轉明亮眼珠，問道：「那你為什麼不許入茶出府嫁人？」

陸無硯攤手。「我沒不許啊。若她有挑中的人，或者妳幫她找到適合人家，就嫁吧。」

方瑾枝聞言，盯著陸無硯的眼睛看了好久好久。

陸無硯任由她打量，直到方瑾枝眼中的懷疑盡數散去，才笑著把她擁在懷裡，有些無奈，又有些寵溺地說：「妳啊……」

再無他話，也無需他話。

方瑾枝依偎在陸無硯懷裡，發了一會兒呆，把剛剛說的話回味一遍，忽然笑出來。

陸無硯想抬起她的頭，她卻用雙手捣住臉，不肯讓他看見。

「真是……太丟臉了！」她也覺得自己最近太任性，甚至胡攪蠻纏得惹人厭。但是……她忍不住！

「好啦。今日可是元宵佳節，收拾收拾，我帶妳去看花燈。」

陸無硯低下頭，拿開她的手，眉眼間只有寵溺笑意，哪有半分厭惡或不耐。

但方瑾枝的眉頭忽然皺起來，面色古怪地說：「無硯，我想吐……」

陸無硯忙喊人進來。

「來不及了……」方瑾枝低頭，吐在陸無硯身上。

陸無硯震驚，眼睜睜看著方瑾枝吐了他一身。

入茶和入熏匆匆趕來，見狀嚇了一跳，一個連忙去拿痰盂，一個準備清水和帕子。

陸無硯平靜地扶著方瑾枝，餵她喝水，幫她擦嘴。

方瑾枝長長吐了口氣，終於舒服一些，看看陸無硯白色衣襟上的污漬，有些心虛地小聲說：「咳咳，我還以為我不會像別的孕婦那樣吐呢，今天不知怎麼了……」

「無事，這是正常的。」陸無硯對方瑾枝溫柔地笑了笑，又吩咐入熏，以後要多注意，給方瑾枝煮些清淡吃食。

把一切都安排好，陸無硯才緩步出寢屋，朝淨室走去。然後，在淨室裡待到子時。

元宵佳節的花燈，就這麼錯過了。

方瑾枝趴在美人榻上，可憐巴巴地等著陸無硯出來。

舔舔窩在她身邊，小小身子縮成一團，正耷拉著小腦袋睡覺。

方瑾枝實在睏極，一連打了好幾個哈欠。

舔舔被吵醒，抬頭看看她，也跟著伸懶腰，軟軟的身子慢慢拉長。

「三少奶奶，已經很晚了，要不然您先歇著吧。」入茶走進來，在方瑾枝身前蹲下，柔聲勸道。

方瑾枝歪著頭打量她，忽然開口。「入茶，妳真想一輩子留在垂鞘院嗎？沒打算嫁人？」

入茶怔住，眼中閃過一絲驚慌，隨即掩飾過去。她知道最近方瑾枝許是因為懷孕的緣故，變得愛計較起來，連舔舔都遭殃，不喜歡牠太靠近陸無硯。

她越想越心驚，垂下眉眼，低聲道：「入茶自小就進入樓，後來更是有幸被挑中，來了垂鞘院。此生唯願留在三少爺和三少奶奶身邊伺候，並不想嫁人。」

入茶頓了頓，又說：「如果三少爺或三少奶奶需要奴婢嫁給誰，奴婢也願意遵從。」

方瑾枝皺眉。「我又沒趕妳走……」忽然湊近入茶，小聲問：「入烹因為喜歡無硯，才會被他嫁給別人，妳知道這件事嗎？」

入茶一愣，猶豫一瞬，才點點頭。「奴婢知道。」

「那妳喜歡無硯嗎？」方瑾枝歪著頭，竟是直接問出來。

入茶沒想到方瑾枝會這麼問，嚇得臉色煞白，立刻跪下。「奴婢不敢！」

「我跟妳開玩笑的，慌什麼呀。」方瑾枝虛扶一把，讓入茶起來，笑嘻嘻地說：「喜歡一個人，哪有什麼敢或不敢的？」

入茶實在不明白，今日方瑾枝為什麼突然和她說這些話，心裡十分慌亂。

這時陸無硯從淨室出來，走進廳裡，對她道：「下去吧。」

「是。」入茶規規矩矩地向陸無硯和方瑾枝行禮，悄聲退下。

陸無硯走到方瑾枝身邊。「我已經說過了，若妳不喜歡入茶，直接打發出去也行。」
「沒有不喜歡她。」方瑾枝癟嘴。「就是有一點嫉妒。」
「嗯？」
「她比我早認識你好多年呀！」方瑾枝睜大眼睛，一本正經地說。
陸無硯彎下腰，把方瑾枝抱起來往樓上走，一邊走，一邊說：「那妳豈不是應該嫉妒當年替我母親接生的產婆？她認識得更早。」
「是喔！」方瑾枝接了一句。「還是光著身子的你！」
此時此刻，陸無硯第一次真正體會到，什麼叫做無言以對。
因為過了子時，方瑾枝等陸無硯沐浴出來時，已經睏得不行，等陸無硯抱著她回到寢屋時，她已經睡著了。
陸無硯小心翼翼地把她放在床上，看著嘴角帶著笑意的她，鬆了口氣。
明日得早起進宮，他便也脫鞋上床，小心翼翼地把方瑾枝擁入懷中，一同沈沈睡去。
隔天，陸無硯帶著方瑾枝出發時，劉明恕一併同行。他們先把劉明恕送到宮門前，陸無硯和方瑾枝才去楚映司別院。
這次劉明恕進宮，是幫小皇子診脈的。因為楚懷川自幼身子不好，擔心小皇子會因此體弱，這才請劉明恕過來。
陸無硯帶著方瑾枝趕到別院時，剛剛過了用午膳的時辰。但知道他們要來，楚映司和陸申機都等著他們，還未用膳。

之前方瑾枝養胎時，幾乎吃遍安胎菜餚。所以，當她瞟見桌上的菜時，就知道楚映司費了心思。

用膳時，楚映司難得地沒如往常那樣飛快吃完，而是十分關心方瑾枝，還問她的口味，有沒有什麼忌口不吃的？

這回，因為要陪伴陸申機與楚映司，他們會在別院住到二月初。

用完膳，陸無硯把方瑾枝安頓好，瞧著她睡下，才回正廳找楚映司議事。

第六十八章

陸無硯一進來，陸申機便問：「聽說昨日你遇襲，可知道是什麼人做的？」

陸無硯想了下，道：「和以前的刺殺一樣，來者身手一般，也沒有陷害誰的意思，大概還是某些朝中老臣。」

這不是陸無硯第一次遇刺，朝中想殺死楚映司的人很多，殺不了楚映司，有時也會對他出手。

都是尋常事了，三人便沒在這件事上多說。

楚映司把楚懷川的事告訴陸無硯，提了想離開朝堂的打算。

聽完楚映司的話，陸無硯蹙眉，腦中不由浮現前世楚懷川臨死前憔悴瘦弱的樣子，痛苦地彎著腰，一口一口咳血。

「這世上覬覦皇位者很多，無數人覺得朕幸運，被推上這至高無雙的位置，可是又有誰知道，皇位於朕而言，不過是枷鎖、牢籠。朕，根本不想做這個皇帝……」

楚映司略悵然的聲音響起。「無硯，事已至此，我們不得不多考慮一些退路。」

陸無硯回神，緩緩搖頭，看向楚映司，斟酌言語道：「母親，其實您早為兒子準備好退路吧？比如封地，比如……十萬兵馬。」

楚映司眼中頓時閃過訝色，吃驚地問：「你是怎麼知道的？」

陸無硯苦笑。「兒子是怎麼知道的並不重要，重要的是，既然兒子知道，那懷川是不是也曉得了？」

楚映司無話，有些茫然地看向陸申機。

陸申機更茫然，他根本毫不知情。

「母親，兒子斗膽說幾句不敬的話。」陸無硯又嘆氣。「倘若您是一國之君，懷川手握兵權，又私拓封地，廣屯兵馬，甚至一直派人監視您的一舉一動，那麼，您會如何？」

楚映司愣怔許久，緩緩閉上眼。「本宮定會奪回皇權，斬草除根。」

陸無硯走到楚映司身後，一邊替她捏肩膀，一邊說：「川兒是您一手帶大的孩子，他在您身邊的時日比兒子要多，還流著楚家血，跟您一脈相承。他雖善於掩飾，但他的想法比兒子更像您。」

陸申機聽不下去，皺眉道：「無硯，你說的是什麼話？這些年你母親所做的一切是為什麼，難道你不清楚？她又不會害懷川！」

「那為什麼不說出來呢？」陸無硯停下捏肩的手。「母親，您與懷川一樣，想了很多，又默默做了許多，卻從不願意說。可人心最是難測，有時難免想岔，倒不如敞開心，把話說清楚。」

楚映司忽然笑了，有些意外地看向陸無硯。「真不敢相信，這些話是你說出來的。」

陸無硯失笑。「大概是家中夫人教得好。」

此話一出，楚映司的笑裡更添了幾分玩味。

陸申機不明就裡，但聽楚映司笑出聲，心裡默默鬆了口氣。

傍晚，楚映司、陸申機、陸無硯及方瑾枝進宮，參加小皇子的滿月禮。今日也是冊封他為太子的大典。

方瑾枝許久未見陸佳蒲，便先去落絮宮向她道賀。

陸佳蒲已聽說方瑾枝有孕，也替她高興，還說了些應該注意的事。

方瑾枝連連點頭，全部記下。

兩人接著說起小皇子。陸佳蒲的眉眼間泛起特別溫柔的笑意，把孩子抱給方瑾枝看。

方瑾枝第一次細看這麼小的孩子，覺得十分新奇。或許因為自己肚裡也有了一個小生命的緣故，更是喜歡襁褓裡的小傢伙。

「對了，小皇子叫什麼名字？」方瑾枝問道。

陸佳蒲一怔，才說：「享樂。」

方瑾枝有些納悶地問：「哪兩個字？」

陸佳蒲笑著點頭。「正是妳想的那個享樂。」

「怎麼取了這麼個名字？」方瑾枝更加疑惑。但畢竟是龍子，縱使她和陸佳蒲感情好，也不得不壓低了聲音問。

陸佳蒲苦笑。「陛下希望他人如其名，處處享樂，一生享樂。」

這時，奶娘進來，向陸佳蒲行禮。「娘娘，陛下派人傳話，要奴婢抱小殿下過去。」

陸佳蒲曉得，楚懷川是要讓劉明恕為孩子診脈，便替他裹好襁褓，讓奶娘抱走了。

殿裡，劉明恕幫楚享樂把過脈後，道：「陛下放心，小殿下的身體很好。」

楚懷川聞言，這才真的鬆口氣，上半身微微向後仰，靠上椅背。

他歇了一會兒，目光落在正收拾藥匣子的劉明恕身上，忽然道：「朕聽聞，戚國小公主不日將要嫁給宿國太子。」

劉明恕的手一頓，然後繼續整理東西。

「劉先生是癡情人。」楚懷川語氣悠悠。「朕最欣賞專情之人，欣賞到嫉妒。」

劉明恕淡淡道：「陛下與煦貴妃之間，早已是一段佳話，何須羨慕別人。」

楚懷川看他一眼，大咧咧地笑了，卻是有了算計……

冊立太子的儀式繁複，縱使皇子不過剛滿月，也未曾精簡半分。

禁衛軍領頭，率眾以鼓樂、儀仗迎送冊寶，一路行至東宮。

楚映司著禮服，伏地跪拜，替楚享樂接下冊寶。

說起來，替太子接下冊寶的事，由身為貴妃的太子生母來做更適合。但這些年楚映司掌權，朝野對她和楚懷川之間的關係已有很多非議，在冊封太子的日子，恐會生亂。

如今由楚映司抱著太子受封及祭天，除了表明態度，也是保護太子。若是真有人行刺，楚映司相信陸佳蒲無法招架。

楚映司微微側首，垂眸望著懷中的楚享樂。大遼的下任國君什麼都不懂，一隻小拳頭從襁褓裡探出來，好玩地抓住她衣襟處的流蘇。

楚映司頓時恍惚，好像懷中抱著的是楚懷川。

她起身，拖著曳地宮裝，抱穩楚享樂，一步步走向大殿。

楚懷川一身張牙舞爪的龍袍，負手立於龍椅側，目視紅綢盡頭，見楚映司抱著楚享樂緩步而來。

楚映司行到階前，贊禮官高呼一聲。「跪——」

她抱著楚享樂跪下，宣制官伏地高舉冊書，高聲宣唸。宣讀完，他恭敬地將冊書捧給楚懷川，楚懷川再鄭重將冊書交給楚映司，代楚享樂收下。

四目相對，楚懷川勾了下嘴角。

楚映司微怔，才把冊書交給身後太監。

自此，楚享樂成為太子。

文武百官伏地，高呼萬歲。

「辛苦皇姊了。」

禮成，楚懷川抬手扶起楚映司，陪著她走到大殿門口，才緩緩鬆手。

楚映司腳步微頓，回頭看他一眼。

楚懷川的目光始終沒離開楚映司，待她轉頭時，嘴角那抹笑又深了幾分。

楚映司彎唇，抱著楚享樂走出大殿，登上龍鸞，前往宗廟拜祭。

拜祭途中，百姓夾道而立，爭相瞧看未來的新君。

待楚映司送楚享樂回宮時，已是落日時分，宮燈燦亮，歌舞昇平。

楚映司小心翼翼地將累了一天、早已酣睡的楚享樂交給陸佳蒲。原本睡著的孩子剛到陸佳蒲懷中便睜開眼睛，小手從襁褓裡伸出來，想抓她鬢間的流光步搖。

「辛苦公主了。」陸佳蒲望向楚映司。

楚映司笑笑，伸手用指尖輕碰太子的手背。「沒什麼辛苦的，享樂比他父皇小時候乖巧多了。本宮瞧著，雖然享樂的眉眼像懷川，但不哭不鬧的性子卻是不像。」

聽楚映司談及楚懷川兒時的事，陸佳蒲有些意外。

楚映司解釋道：「小時候，懷川的身子雖弱，仍特別淘氣，從不會安安穩穩躺著，就算把包裹他的襁褓捆起來，也能不安分地掙開。」

陸佳蒲抬眸看楚映司，見她眉宇間泛出淡淡柔意，心裡一頓，笑著說：「陛下總是念著長公主的好，常說小時十分嫉妒尋常人家的父疼母愛，縱使知道您是他的長姊，也要賴皮地喊您母親。」

「是啊，川兒一向如此。」楚映司笑笑。「他自小性子便是如此，想要什麼，不會直接說出口，非要拐個常人想不到的彎。」

說著，楚映司臉上的笑一點一點收起，忽然想起昨日陸無硯勸她的話。

這時，陸佳蒲懷裡的楚享樂哼唧了兩聲。

陸佳蒲輕拍，哄著他。

楚映司收起心思。「忙了一天，享樂必是又累又餓，娘娘帶他去休息吧。」

陸佳蒲也擔心孩子餓著，聞言便點點頭，有些歉疚地說：「那佳蒲就不送娘娘了。」

若論身分，如今陸佳蒲並不在楚映司之下，只是她習慣了溫柔待人，寬厚謙和。

楚映司走出大殿，回身看了一眼。

陸佳蒲宅心仁厚，不驕不躁，有母儀天下之範。如今誕下太子，又得聖寵，若登后位，的確是好事一樁。

原本以為今日冊封太子之日，也會是陸佳蒲的封后大典。但沒想到，楚懷川不僅沒有封她為后，更壓下朝臣提議的摺子。

楚映司微微蹙眉。楚懷川不打算封陸佳蒲為后嗎？他在想什麼？

她一想完，立即失笑搖頭。又犯了老毛病，都是要離開的人，還管這些做什麼？抬頭環視皇宮，心中有了別意。

這時，小周子匆匆趕來，稟道：「長公主殿下，陛下請您過去。」

楚映司看他一眼，便隨他去了。

今日宮中設宴，慶祝太子滿月及冊封大典。楚映司以為楚懷川派人請她入席，但小周子竟領著她走向一條僻靜小路，不知通往哪處宮殿？

楚映司抬眼注視帶路的小周子——小周子是她的人。

「這是去哪裡？」她的聲音微微帶了幾分警惕。

小周子停下腳步，轉過身，恭敬地說：「陛下讓奴才帶您去禹仙宮。」

楚映司怔住，在小周子小聲提醒下，才繼續前行。

禹仙宮是楚懷川幼時居住的宮殿。

楚懷川出生時，母妃便難產去了。當時先帝年邁，太子和幾位皇子爭權，宮中不寧。他身子弱，又無母親庇護，被幾個奶娘養在如冷宮般的禹仙宮。

楚映司得知母妃難產的消息，匆匆趕進宮，卻沒來得及見到最後一面，只看到不停啼哭的楚懷川，小小一團，還因體弱而全身發青，不由想起自己夭折的長子。

她抱起楚懷川，幼弟小小的手攥住她的手指，放聲大哭，怎麼都不肯鬆開。

當下，楚映司便發誓，今生定要護住他。

那時楚映司已經出嫁，只能花重金託宮人費心。但畢竟是不受寵，又身患惡疾的無依皇子，日子自然不好過。

後來，楚懷川再次發病，差點喪命時，楚映司終於把他從禹仙宮抱出來，帶回陸家照顧，直到他的身體慢慢好轉。

楚懷川畢竟是皇子，沒有養在外頭的道理，於是過起幾個月住宮中、幾個月待在溫國公府的日子。

每次太監從溫國公府接楚懷川回宮時，他都抱著楚映司哇哇大哭，怎麼都不肯鬆手；而楚映司去宮中接他的日子，就是他最開心的時候。

爾後，大遼動盪不安，宮中皇子爭權，先是謀害當時的太子，接著自相殘殺，敵國伺機進犯。

先帝病來如山倒，彌留之際召見楚映司和陸申機，出乎所有人意料，將皇位傳給楚懷川，命他們夫妻輔佐。

其實先帝想得很明白，年幼體弱的楚懷川並非最適合的人選，但大遼必須先禦敵，而兵權正在楚映司和陸申機手中……

禹仙宮位置偏僻，路程不算短，等楚映司到時，腦中還是楚懷川小時候的模樣。

推開宮門，楚映司緩步走進去，目光掃過荒蕪的院子，落在坐在臺階上的楚懷川。

一道陰影罩在楚懷川頭上，他仰起脖子，笑著說：「皇姊，妳來了。」

楚映司微微恍惚，好像又回到舊時入宮接他的情景。

她不顧滿地塵土，直接坐在楚懷川身側，笑著說：「禹仙宮是你住過的宮殿，怎麼荒蕪成這個樣子？」

楚懷川想了下，才道：「今日朕突然想起這個地方，倒是可以重新修繕，留給享樂。」又笑笑。「算了，享樂比朕命好，能住那麼大的東宮。」

說著，他突然來了興致，十分認真地問：「皇姊，我和那小東西誰好看？誰可愛？」

楚映司嘴角揚起幾許輕鬆的笑意。「又胡鬧了，怎能那樣稱呼享樂。不過享樂的確比陛下小時候好看多了，那時陛下太瘦小，身上又青紫一片，像一球鹹菜。」

楚懷川卻一點一點收了眉眼中的笑。「朕有一事不懂，想要請教皇姊。」

楚映司轉頭看他。

「朕究竟做錯什麼，你們都來指責朕？」楚懷川表情落寞。「朕明明什麼都沒做……」

楚映司蹙眉，把手放在他搭在膝頭的手背上。「懷川，你是不是已經不信任姊姊了？」

「自朕幼時便派心腹監視的人是您，暗中擴建州城的人是您，囤十萬精兵留給無硯的人，是您。」楚懷川緩緩閉上眼睛。「現在您反過來問，朕是不是不信任您……」

楚映司的心微微揪了一下。他果然知道了。

「是，這些事情都是真的。」楚映司並沒有否認。

「是啊，無硯才是您的骨肉。這般想著，以前朕想法子與無硯爭寵，真是挺蠢的。」

楚懷川低低地笑，笑夠了，才抬頭凝視楚映司。

「若朕不信任皇姊，今日怎會將享樂交給您帶出宮？我們之間，到底是誰不信任誰？」

楚映司微微張嘴，一時不知該怎麼回答？看著楚懷川眸中壓抑的情緒，心竟微微一疼。

楚懷川抽回被楚映司壓著的手，慢慢起身，望向遠處高掛的宮燈，輕聲道：「這偌大的宮殿無一處安穩，處處是眼線，處處是危險，哪裡有半分家的樣子？」

他回頭，對仍坐在階上的楚映司微笑。「皇姊，這皇位、這皇宮，整座江山送您又如何？您有沒有想過，從您第一天開始防備朕時，朕也會難過？」

楚懷川說罷，迅速垂首，掩去眼角那滴淚。

「時辰不早了，皇姊回去歇息吧。」

話落，像躲避什麼一樣，他大步往外走去。

「川兒！」楚映司起身，喊住楚懷川。

她想解釋，但楚懷川只是腳步微頓，又繼續前行，沒有再聽了。

看著楚懷川走遠的背影，楚映司緩緩跌坐在階上。

她一手養大的孩子，是真的長大了。

楚映司忽然意識到她很失敗，她沒守好與陸申機的夫妻之情，沒有保護好自己的孩子，自以為把楚懷川照顧得很好，方法卻錯了。

她慢慢垂下頭，前所未有的挫敗和疲憊淹沒了她。

時辰已晚，楚映司回到席上，不少官員已經離宮。

見她臉色不對，陸申機忙放下酒樽迎過去。

與他同桌的武將已有醉意，笑道：「都和離了，陸將軍還這般關心長公主做什麼？」

陸申機狠狠瞪他一眼。

「怎麼了？」陸申機握住楚映司的手，發覺她的手冰涼一片，表情更是不對勁。

遠處尚未離席的官員也望過來。

「回去吧。」楚映司低頭，不想讓別人看見她眼底的疲憊。

陸申機最是明白，楚映司高傲慣了，不會喜歡別人看見她的憔悴，立刻側身，用自己的身體替她擋住那些打量目光，護著她離宮。

縱使如此，有心人還是發現了楚映司的神色有異，派下人暗暗去查，便知楚映司剛剛見過楚懷川。

諸人心中，各有思量……

第六十九章

長公主別院離皇宮並不遠，是以楚映司進宮時不坐馬車，而是乘轎。

轎子裡，楚映司合著眼，倚在陸申機的肩頭，什麼都不想說。

陸申機伸手攬住她的肩。

不一會兒，轎子停下，陸申機見楚映司沒動，出聲提醒。

「到了。」

楚映司依然沈默，又靜靜坐了一會兒，才起身出轎。

走進別院，楚映司先問陸無硯和方瑾枝歇下沒有？原來今日的冊封儀式結束後，陸無硯就帶方瑾枝回來，沒赴宮宴。如今方瑾枝懷孕，正嬌貴著，陸無硯不想讓她受累，更不想讓她碰外面的吃食。

得知兩人已經休息，楚映司才進房，讓下人燒熱水，準備沐浴。

今日楚映司穿的宮裝十分厚重，頭上也頂著極沈的鳳冠。侍女光幫她除去髮間首飾和脫衣，就要花費一些功夫。

陸申機見狀，屏退侍女，親自替楚映司卸去頭上的珠釵寶飾，如墨長髮傾瀉而下。

忽然間，他的目光一凝，手微微發抖，悄悄將藏在烏髮裡的那根白髮扯斷。

楚映司感覺到他的不對勁，笑了聲。「拔白頭髮時，別使那麼大力氣，怪疼的。」抬手揉揉被扯痛的地方。

陸申機猛地抱住她，雙臂慢慢收緊，恨不得將她嵌入自己懷裡，生出濃濃的心疼。

楚映司拍拍他的背。「快鬆手。這身宮裝夠憋人了，你再這麼箍著，我要喘不過氣來。」

陸申機這才放開她，有些尷尬。「突然有了白髮，不習慣……」印象裡的楚映司仍是明豔照人，髮間怎會染上霜色？

楚映司卻不甚在意地笑笑。「有什麼可奇怪的，我也不年輕了。」

「怎麼不年輕？永遠年輕！」陸申機皺眉，語氣裡有幾分執拗。

「好好好。」楚映司笑著回應他，低頭解身上的腹圍。

陸申機幫她脫下身上的宮裝，扶她走進溫暖的浴桶。

泡在熱水裡，楚映司頓時覺得舒服許多，疲憊也淡去不少。

陸申機立在浴桶外，微微彎著腰，雙手隨意搭在浴桶邊，看楚映司的心情好了些，才問：「怎麼了？是懷川的事？」

楚映司目光凝滯，才慢慢點頭，卻又搖頭。

陸申機一頭霧水。「到底怎麼了？」

楚映司嘆口氣，才道：「覺得自己有很多事沒做好，又無意間傷了身邊的人。」

陸申機聽了，一本正經地點頭。「沒錯。」

楚映司有些驚訝地看他一眼，蹙眉質問：「不會哄著我嗎？非要順著我的話說？」

陸申機立刻改口。「妳十全十美，每件事都做得好！」

楚映司的眉皺得更深。「陸申機，你撒謊的本事可不怎麼樣。」

陸申機站直了身子。「楚映司，妳到底想怎麼樣？順著說不行，逆著妳說也不行？」

楚映司拿起旁邊架上的棉布，扔到陸申機懷裡，沒好氣地吩咐。「擦背！」

陸申機嘟囔一聲，繞到浴桶後，浸濕手上的棉帕。

楚映司將身子往前傾，合眼趴在桶邊，任由陸申機幫她擦背。

陸申機擦完，又順著她腋下往前拭。

楚映司有些嫌棄地拍開他的手，轉過身問：「陸大將軍，本宮需要你解惑。」

「願為殿下效勞。」陸申機一邊解自己的衣服，一邊回應。

「你說，怎樣才是對一個人好？」

「啊？」陸申機的手頓住。「我對妳不好嗎？」

「還算不錯吧。」

楚映司蹙眉。陸申機的性子和她有相似之處，她弄不明白的事，問他也問不出所以然來。

想著，她嫌棄地睥他一眼。「你脫衣服怎麼那麼慢啊？」隨即從浴桶裡站起來，探手扯去他的衣服，直接把人拽進浴桶裡，覆身於上。

陸申機暗想，又被當成發洩對象了……

唉，伺候著吧。

第二天用早膳時，方瑾枝發覺，楚映司的目光不時落在她身上，讓她有些不自在。

她側過臉，對陸無硯使眼色，但陸無硯毫無反應，不禁暗暗苦惱。

難道是她多心了？也是，自從懷有身孕後，她的感覺好像總是敏銳了些。

這般想著，她便安心吃起飯來。

「嚐嚐這個，味道還好。」陸無硯挾起一塊梅花酥卷，遞到方瑾枝嘴邊。

方瑾枝彎起眼睛，情意濃濃地凝視陸無硯，歡喜地將梅花酥卷吃下，還不忘對他笑道：「好吃！」引得陸無硯對她揚起寵溺的笑。

一直瞧著兩人的楚映司不由露出幾分笑意。

看來她想得不錯，她和陸申機的性子強勢又一意孤行，極少替別人著想，陸無硯更是冷僻桀驁。若論知人心，又會討人歡心者，定是方瑾枝，連陸無硯那樣怪癖頗多的人，都被她收服。

用完早膳，楚映司把方瑾枝留下來。

「妳說，如何才是對一個人好，才能討一個人歡心？」楚映司直接問道。

方瑾枝被問懵了。楚映司為什麼要問這個？她想討誰歡心？難不成是陸申機?!

但她只是做兒媳的啊！這要怎麼回答？

不過一會兒工夫，方瑾枝心裡劃過千萬種思量，十分糾結。

見方瑾枝好半天沒出聲，楚映司皺著眉問：「有這麼難學嗎？」
方瑾枝暗驚。楚映司是真的想跟她學怎麼討人歡心，怎麼對人家好！
「也……也不難。」方瑾枝斟酌言語。「想討一個人歡心，就要對他好，就是……真心實意地為他考慮，想他所想。他喜歡什麼，便送給他；他討厭什麼，便替他避開。」
方瑾枝說完，抬起頭，小心翼翼地觀察楚映司的表情，見她蹙眉，好像在仔細思索她的話，又道：「只要真心待他，他總是會知道的。」
楚映司想了好一會兒，問道：「如果妳做了一件事，讓無硯生氣、難過，會怎麼辦？」
方瑾枝眨眨眼。「是做錯事嗎？很嚴重的錯？」
楚映司點頭。「算是吧。」
「道歉呀！」方瑾枝直接回答，又想了想。「然後再哄哄他。」
「怎麼哄？」
方瑾枝聞言，一時不知該怎麼回答？楚映司可是她婆婆，和她談這個，實在有點彆扭。但楚映司用期待的目光看著她，讓她不好意思搪塞過去。
方瑾枝不曉得昨天楚映司和楚懷川見面的事，以為楚映司和陸申機起爭執，才問她這個。兩人分分合合這麼多年，她也盼著他們和好。
於是，她小聲地說：「我會哭……」
「啊？」楚映司沒反應過來。
方瑾枝有點不好意思地解釋：「乾巴巴的道歉會顯得沒有誠意，如果我哭了，無硯就會捨不得，甚至會反省，是不是他過分了？」

方瑾枝心中忐忑，不知這麼跟楚映司說話對不對？但她覺得，楚映司性子太烈，她在陸申機面前，肯定從未服軟。

她頓了頓，試探著道：「不過，這方法也是挑人的。若是母親，恐怕光放柔聲音說話都管用……」

楚映司愣住，隨即哈哈大笑，這才明白，方瑾枝以為她想討好陸申機。

方瑾枝見狀，心中更疑惑了，還感到不安。

恰巧，這時陸無硯和陸申機進來，便問：「母親笑什麼？這麼開心。」

楚映司收起笑，隨意道：「無事，和瑾枝說說話而已。」

陸無硯也沒在意，走到方瑾枝身邊，柔聲說：「今日是鄉間的集市，想不想去看看？」

方瑾枝的眸子瞬間明亮起來，忙不迭點頭，向楚映司和陸申機行禮後，歡喜地挽著陸無硯的手，跟他一起出門。

楚映司坐在藤椅裡，看著方瑾枝嬌嬌軟軟的身子依偎著陸無硯，側身仰望他甜笑說話的樣子，慢慢回味她剛剛說過的話。

「今日不用入宮？」陸申機在旁邊的圈椅上坐了，一邊脫靴子，一邊問。

楚映司起身，走到他面前蹲下，動作極其緩慢又輕柔地幫他脫靴。

「今日不去了。」聲音帶著幾分不屬於她的柔意。

陸申機愣住，探手撫上楚映司的額頭。「妳發燒了？」

楚映司手裡拿著剛幫陸申機脫下的靴子，聞言呆了好半晌，才猛地把靴子扔到他腿上。

「是你才發燒快病死了吧！」

楚映司霍地站起來，轉身往外走，不理會表情茫然的陸申機。

陸申機急忙把靴子放到一旁，皺眉看向褲腿被弄髒的地方，拍拍上面的灰。

「哎呀，這衣服才剛換……」

說著，他抬頭看向楚映司，見她已經走遠，不由撓撓頭，小聲嘟囔：「這又是怎麼了？我今天沒惹她啊……」

第七十章

前幾日，方瑾枝就央著陸無硯帶她去逛集市。

她還記得兒時被養父扛在肩上逛集市的情景。雖然大半印象已經模糊，但她仍然記得噴香的肉包，還有軟糯米糕、好看的糖人、紅彤彤的糖葫蘆……

許是因為懷孕的緣故，方瑾枝特別想念集市裡的小吃。

「我要吃包子！」方瑾枝指著前方的包子鋪，咂了咂嘴。

陸無硯嘆口氣，一邊說著「這裡的東西不乾淨不能吃」，一邊還是走上前，幫她買了一屜小籠包。

外面賣的小籠包與溫國府裡做的不同，府裡的小籠包精緻，每顆都很小，用料更是講究；集市裡賣的小籠包卻有方瑾枝的拳頭大小，卻是皮厚餡少。

方瑾枝捧起包子，張嘴咬了很大一口，立即皺眉。「沒吃到餡……」

陸無硯取笑她。「不好吃就扔了。回府裡後，想吃什麼樣的包子沒有？」

「皮也好吃！」方瑾枝搖搖頭，繼續咬，蹙著的眉頭立即舒展，露出滿足的笑臉。「有了有了，我以為是素包子呢，原來還有肉！」雖然肉很少。

於是，她一邊吃著包子，一邊吐字不清地說：「好吃、好吃！」還舉起包子，遞到陸無硯嘴邊。

陸無硯嫌棄地別開臉。

「你不吃就算了，我自己吃！」

方瑾枝收手，一口一口咬著吃，吃到一半，抬手指指自己的兜帽。

「無硯、無硯！」

今日她穿了碧藍斗篷，兜帽邊緣是一層雪白絨毛。兜帽垂下來，遮著她的眼睛了。

她只是指了指，陸無硯便明白她的意思，忙幫她拉起兜帽，讓那雙明媚眼眸露出來。本來依照大遼的規矩，方瑾枝應該戴著帷帽遮容，但她覺得吃東西不方便，陸無硯就隨她了。

方瑾枝剛把手裡的包子吃完，就盯上遠處的熟肉鋪，嚷道：「無硯，我要吃叫花雞！」

看著露天擺著的熟肉，陸無硯只覺得腦仁一陣陣地疼。

「無硯……」方瑾枝嬌聲喚道。

「好好好！」陸無硯沒辦法，只好硬著頭皮帶方瑾枝過去。

小販將叫花雞外層的泥土敲破，捧給陸無硯。

陸無硯猶豫好一會兒，才伸手接了。

方瑾枝絲毫不覺得這些東西不乾淨，開心地扯下雞腿，聞了聞，笑著說：「真香！」

「妳喜歡吃就好。」陸無硯瞧著方瑾枝的嫣然笑意，心情也好起來，彎起嘴角。

但下一瞬，他卻看見方瑾枝揪起眉眼，浮起痛苦表情，急急將雞腿扔進陸無硯手裡的荷葉，轉身朝路邊跑去，隨即扶著膝，一陣乾嘔。

陸無硯見狀，哪還顧得上手裡的包子和叫花雞，全扔了，匆忙追上方瑾枝。

「又不舒服了？」陸無硯立在她身側，一下下地幫她拍背。

過了好一會兒，方瑾枝才舒服些，卻什麼都沒吐出來，直起身子時，臉色憔悴，看得陸無硯一陣心疼，恨不得把她肚裡那個不安生的小傢伙拽出來毒打一頓！

「還想吃什麼？我去幫妳買。」陸無硯放柔了聲音道。

方瑾枝抿唇，想了好一會兒，才說：「那就糖葫蘆吧！」

「好。」

陸無硯牽著她回到集市，替她買了一串最大、最紅的糖葫蘆。

方瑾枝剛咬下最上面那顆果子，就聽見遠處傳來一陣清脆的少女叫賣聲。

「賣紅豆糖！不甜不要錢！」少女的聲音又甜又響，引得無數人側目。

方瑾枝不由抬頭張望。陸無硯知道她喜歡吃紅豆糖，不等她說，便護著她走進人群。

小豆芽一邊吆喝著，一邊幫客人包紅豆糖。雖然她臉上有塊胎記，瞧著並不漂亮，卻完全不忸怩，叫賣聲比誰都響。難得的是，嗓音格外好聽，猶如黃鸝鳥一樣，更是引得大家願意過來買包紅豆糖，帶回去給孩子吃。

「原來是妳！」方瑾枝想了一會兒，走到攤位前，才憶起小豆芽來。若是普通的小姑娘，說不定她就忘了，但小豆芽臉頰上的蝴蝶胎記太過特別，讓她印象深刻。

正忙著包糖的小豆芽抬起頭，驚喜地望著方瑾枝。「漂亮姊姊！妳也來買紅豆糖嗎？」

方瑾枝笑著點頭，小豆芽忙把兩包包好的糖塞給她。「我這裡的紅豆糖，姊姊隨便吃，不收錢！唔，等我以後生意做大了，不管賣什麼東西，都不收姊姊的錢！」

「這怎麼行，哪能白吃妳的。」方瑾枝拿出碎銀塞給小豆芽。

小豆芽固執地搖頭，堅持不收。「要是沒有姊姊給我銀子，我早就餓死啦，怎麼能收姊姊的錢！」

別看小豆芽比方瑾枝還小幾歲，卻是從小在乞丐堆裡摸爬滾打長大，力氣可比方瑾枝大多了，輕易把碎銀塞回方瑾枝手裡。

方瑾枝想了想，沒再堅持，只拿起一包紅豆糖，另一包放回攤位。

「一包就夠了。」她笑著對小豆芽說：「以後遇到麻煩，可以去方家商號找我幫忙。」

小豆芽沒有推辭，點頭謝過，目送他們離開。

方瑾枝和陸無硯又在集市裡逛一會兒，方瑾枝便說要去千佛寺。千佛寺的香火極盛，以靈驗聞名，她想為還未出生的孩子乞求平安。

陸無硯明白她的心意，便帶她坐車上山了。

另一邊，陸無硯和方瑾枝剛走遠，一位面容醜陋的老者就踱到小豆芽的攤位前，正是已經自毀容貌的楚行仄。

楚行仄沒看見陸無硯和方瑾枝，也不是有閒情買糖，是因小豆芽的叫賣聲十分有精神，但凡經過的人，沒有不被她吸引目光的。

聽見聲音，楚行仄微微側目，下一瞬，目光就落在小豆芽臉頰的胎記上，不禁想起同樣因胎記而損及容貌的女兒。只是面前的小姑娘比楚月兮幸運，臉上的胎記小些，也沒有他這樣一個爹而累及性命。

想著楚月兮，楚行仄不覺走到攤位前。

「這位爺爺，您要買紅豆糖嗎？」小豆芽抬起頭，笑嘻嘻地看著楚行仄。

楚行仄回神，微微蹙眉。

「我的紅豆糖可甜啦，爺爺買回去給家裡的小孩子吃，不甜不要錢！」小紅豆笑嘻嘻地將那包方瑾枝擱下的紅豆糖塞到楚行仄手裡。

「我不需要這個。」楚行仄冷漠地把紅豆糖放回去。

「真的很好吃！爺爺怎麼皺著眉頭呢？難道是因為臉上的疤？沒關係，您看看我，這麼醜都不怕！」小豆芽又把紅豆糖塞給他。「如果爺爺家裡沒有小孩子，自己吃也行，吃了甜甜的東西，就會開心起來！這包糖送給爺爺吧！」

楚行仄看看手裡的糖，從袖中拿出一錠銀子放在攤位上，隨即抬腳離開。

看著銀子，小豆芽懵了，這是她第二次見到這麼多錢！

「爺爺，不用這麼多！」小豆芽急忙去追楚行仄。「我的糖，一包才賣兩枚銅錢！」

「拿去吧。」楚行仄要抽回被小豆芽攥住的袖子。

小豆芽執拗地不肯鬆手。「不行，我不能做奸商！要麼送給爺爺，要麼爺爺付我兩枚銅錢，不能多給！」

楚行仄被她纏得不耐煩。如今雖已毀容，但他終究是欽犯，實在不能太引人注目，遂匆匆給了兩枚銅錢，收回銀子，便急忙消失在人群中，前往千佛寺，與自己的人馬會合。

小豆芽目送他離去，笑嘻嘻地把兩枚銅板收進荷包裡，美滋滋地回去做生意了。

傳說千佛寺裡曾有千僧，適逢天下大亂，民不聊生，便手執刀刃，以奇功禦敵，守護一方百姓，因此大開殺戒，不得不在天下太平時坐化為佛。後人感念千僧，重新修葺千佛寺，鑄一千尊金佛，香火不斷。

後來，千佛寺逐漸變成乞求平安的靈寺，尤其是家人遠行和婦人有孕時，無論達官顯貴還是平民百姓，都會來求平安。

入寺祭拜後，方瑾枝坐在靠凳上瞧著殿內的金佛，等陸無硯回來。

陸無硯正為寺裡添香火。他雖不信佛祖，但事關方瑾枝腹中胎兒平安，眉目間難得多了幾分鄭重與真誠。

結束後，千佛寺的方丈和幾位僧人雙手合十，微微對他躬身。

陸無硯恭敬回禮，回到方瑾枝身邊。

「走吧。」陸無硯牽起方瑾枝的手，帶她緩步穿過大殿，走向後院。

穿過後門，有千層石階，石階上是一座廟，供奉千佛寺最大的金佛，佛前是香火鼎盛的鎏金浮雕祥龍紋四足銅爐。寺廟左前側是一株參天的菩提樹，樹上掛著無數紅綢，清風拂過，帶起數不盡的寄託及希望。

寺中有人拜祭、掛紅綢，千層石階上有上下往來者。所有人皆噤聲，表情虔誠。

陸無硯側首，壓低聲音對方瑾枝說：「小心些，我們不急，慢慢走。」

方瑾枝望著他，露出笑顏。「我曉得，不會逞強的。」
陸無硯點頭，扶著她一層一層往上走，不時問她累不累？
方瑾枝搖搖頭，繼續走，累了便立在石階旁歇歇腳，苦著臉小聲說：「我扯後腿啦。」
陸無硯笑道：「是妳肚裡那個小東西沒本事、沒耐性，拖累了妳。」
前一刻，方瑾枝還苦著臉，聽了陸無硯的話，立刻蹙眉。「你這話不對，不許這麼說他！這麼遠，沒有他，我也走不動！」
陸無硯深知如今的方瑾枝時常因為一句話跟他認真，也不反駁，立刻順著她。「是是是，不怪他，也不怪夫人，只怪這石階太高了。」
方瑾枝這才笑著點頭，待休息夠了，又挽著陸無硯的手，繼續往上走。
陸無硯忍不住再三叮囑她。「如果不舒服，不許逞強，可記下了？」
「我曉得！」方瑾枝重重點頭。如今她不是一個人，哪敢用肚裡的孩子當賭注。
方瑾枝抬起頭，瞧著還未走到一半的石階，有些洩氣，再看階上露出的廟頂，和菩提樹上隨風飄揚的紅綢，有點不甘心。都走到半途了，怎麼樣都得爬上去啊！
走！這千層石階代表的可是誠心，若走不上去，哪好意思向佛祖求平安？
方瑾枝想著，一晃神，腳下竟不慎踩空，幸好陸無硯牢牢牽著她的手，才立時護住她。
方瑾枝不好意思。「走神了……」
陸無硯什麼都沒說，鬆開她的手，跨上一層石階，蹲下道：「上來吧。」
方瑾枝猶豫一下，還是爬上他的背，卻小聲道：「聽說要一步一腳印走上去，才有誠心。心誠則靈，有誠意求的平安，才更吉利呢。」
陸無硯起身，揹著方瑾枝繼續向上走。
「夫妻本一體，我揹著妳，便是我們夫妻的誠意。」
方瑾枝聞言，微微怔住，側首去看陸無硯，嘴角慢慢揚起笑容，把下巴抵在他的肩窩上，重重點頭。
雖說是冬日，今天卻難得出太陽，灑下溫暖光芒。
過了好一會兒，方瑾枝忽然說：「現在我們是三個人了。」
「嗯。」陸無硯聽見，唇畔也染上幾分暖暖笑意。

陸無硯終於揹著方瑾枝走到石階頂端，小心翼翼地把方瑾枝放下來。
方瑾枝拿出帕子，想幫他擦汗，卻發現他身上一滴汗也無。
「咦？」方瑾枝狐疑地打量陸無硯，摸摸他的背。「你不累嗎？竟然沒有流汗。」
陸無硯聞言，曖昧地看方瑾枝，壓低聲音道：「為夫只有在做某件事時，才會流汗。」
方瑾枝茫然，腦中思索，臉頰瞬間緋紅，按在他背上的掌心好像突然感覺到濕意。
方瑾枝氣呼呼地瞪他。「這裡可是佛門清淨之地！」
陸無硯只是笑笑，這話對他如浮雲。
方瑾枝見狀，再不想理這個不分場合的人，氣呼呼地轉身大步往前走。
陸無硯忽然握住她的手腕。

「你幹麼……」方瑾枝回頭，卻發現陸無硯的臉色有異。

陸無硯微抬下巴，方瑾枝順著他的目光，看見跪在佛祖前祈禱的靜憶。

「……瑾枝年紀小，生產不易，求佛祖慈悲，保佑她和她肚裡的孩子平平安安。」

靜憶跪在蒲團上，鄭重地磕了三個頭後，立在她身邊的小尼姑忙去攙扶她。

靜憶幾乎是倚靠著小尼姑才勉強站起，側身避開佛祖後，猛地咳嗽。

「師太，您多注意身子。」小尼姑一下一下地幫她拍背順氣。

靜憶咳了好一會兒，才感激地對小尼姑道謝，走到守在佛像旁邊的高僧前，鄭重接過一條紅綢和兩塊桃木符。

高僧唸了句阿彌陀佛，才說：「施主重病，仍不畏辛苦行千階路，佛祖定看在眼裡。這兩塊符，一道交給施主乞求平安之人，一道綁在紅綢上，高掛於菩提樹，佛祖必將庇佑。」

「多謝高僧。」靜憶雖未剃度，卻在靜寧庵中獨居多年，便以佛門之禮回禮，而後雙手捧著紅綢和桃木符緩緩退出，走向寺外的菩提樹。

見她出來，方瑾枝忙拉陸無硯躲在鎏金浮雕祥龍紋四足銅爐後，以免被看見。

方瑾枝緊緊抿唇，說不清為什麼要避開，但她還不想和靜憶相見。只要想到靜憶，她的脖子上就會泛出冷意，腦中甚至會浮現靜憶想殺死她時那猙獰和仇恨的目光。

「師太，您怎麼把兩塊符都綁到紅綢上了？」小尼姑好奇地問。

方瑾枝聞言，收起心思，透過銅爐望去，看見靜憶溫柔慈愛的眉眼。

那瞬間，她腦中的幻覺散去，忽覺立在樹下的人並非想掐死她的生母，而是梅林裡清冷孤單的年輕師太。

靜憶沒對小尼姑解釋原因，但方瑾枝明白。

靜憶是不想給她，還是擔心她不會要？

方瑾枝抬頭，見靜憶踩著菩提樹下的木梯，小心翼翼將紅綢繫在樹枝上。一陣風吹來，紅綢飄起，寒意又引得她一陣咳嗽，樣子瞧著是那麼脆弱。

靜憶咳了好一會兒，才去看被繫在樹上的紅綢，眼中浮起深深笑意，扶著小尼姑的手下木梯，一步一步走向千層石階。

「師太，慢一點，當心腳下。」小尼姑攙扶著她，連聲提醒。

兩人走遠後，方瑾枝才從銅爐後走出來，靜靜凝視靜憶的背影。

陸無硯側首看她，終究什麼都沒說。該由她決定的事，他從來不打算干涉。

一陣風吹過，方瑾枝覺得有些冷，轉頭笑著對陸無硯說：「我們進去吧，怪冷的。」

「好。」陸無硯牽著她，進了寺裡。

入殿前，兩人先接過小和尚遞來的香，拜後插於銅爐，才攜手進寺，跪在蒲團上，望著高大的金佛，虔誠合眼，雙手合十。

陸無硯睜開眼時，方瑾枝還在祈禱，遂輕輕起身，去高僧手中接過紅綢和桃木符。

過了很久，方瑾枝才慢慢睜開雙眸，望著金光耀耀的佛像，忽覺得有些晃眼。

她許了很多願望。

願腹中孩子平安出世，一生健康快樂。

願馬上就要被分開的方瑾平與方瑾安，能平安無事，從此擁有新生。

願遠在他鄉的方宗恪放下過去，餘生無憂自在。

願身邊的每一個人，無論親人還是朋友，抑或萍水相逢之人，都平安幸福。

願大遼太平，國泰民安。

方瑾枝側首，發現陸無硯捧著紅綢、立在一旁凝視她，心裡頓時暗驚。

糟了，把他忘了！

方瑾枝轉過頭，又合上眼，靜下心，虔誠祈求。

佛祖啊，願無硯餘生再無波瀾、苦難，願我的無硯今生再無遺憾。

默禱完，方瑾枝伏地三拜，才站起來。

雖然許了很多願望，可她仍舊只取一條紅綢和一對符，和陸無硯走到菩提樹下。

陸無硯扶著方瑾枝上木梯，護著她，讓她把手裡的紅綢與桃木符繫在樹枝上。

方瑾枝猶豫一會兒，把紅綢繫在靜憶的紅綢旁邊。每條紅綢上都綁著一塊符，只有靜憶繫的紅綢上是一對，十分好認。

方瑾枝想了想，小心翼翼地解下一塊靜憶留下的桃木符，收進荷包。

陸無硯看在眼裡，默默在心中嘆口氣，明白要讓方瑾枝接受曾想掐死她的生母，十分不容易。

他抬手，將手裡紅綢繫在方瑾枝那道紅綢的旁邊。

輕風裡，兩道紅綢相伴著飄舞。

下了木梯，陸無硯解下方瑾枝手上繫著金鈴鐺的紅繩，將求到的桃木符穿上去，緊緊挨著金鈴鐺，才重新繫回她的腕上。

「還挺配的！」方瑾枝晃晃手腕，金鈴鐺一下一下碰著桃木符，發出清脆聲響。那桃木符不過比拇指大一點點罷了。

接著，換她拉過陸無硯的手，解下他腕上的佛珠，穿好桃木符，再重新幫他繫牢。

「給我？」陸無硯有些意外。

今日方瑾枝來求符，難道不是為了肚子裡的小無硯？更何況，她剛剛明明求了很多願望，就算她不說，他也知道，她定是祈求了所有身邊人的平安。

「是呀！」方瑾枝笑得很燦爛。「雖然求了很多願望，但你最重要呀！」

這話，陸無硯愛聽。

方瑾枝輕輕鬆了口氣。

第七十一章

拜完佛，祈過願，連繫著願望的桃木符也被高高掛起。下去時，方瑾枝便拍拍陸無硯的背，十分自在地讓他揹著，一步也不打算走了。

這千層石階，從上面向下看時，一望無盡，實在有些嚇人。就算方瑾枝不說，陸無硯也沒打算讓她走下去。

方瑾枝伏在陸無硯背上，望著不見盡頭的石階，腦海中不由浮現靜憶被小尼姑攙扶著、一步步艱難走下去的背影。

但願，她平安才好。

方瑾枝輕輕嘆了口氣。

雖然她的聲音很小，但仍舊沒瞞過陸無硯。

陸無硯微微側首，瞥她一眼，也不刨根問底，而是找話轉移方瑾枝的心思。

「聽說千佛寺的齋飯很好吃，說不定妳會喜歡。」

方瑾枝舔了下嘴唇，有些不好意思。「好像真是餓了。」又笑著道：「我早聽說了，千佛寺的豆腐特別嫩！還有香燜的花生、小火慢熬的綠葉粥……」

聽著方瑾枝嚮往的聲音，縱使從不在外面用吃食的陸無硯，都覺得腹中有些空。

若是陸無硯單獨走這千層石階，不過一會兒的事，但現在背上揹著兩個人，不由謹慎起來，步子放得很慢。

走到底，方瑾枝剛從陸無硯的背上下來，就聽見一旁的人小聲議論。

「怎麼就摔到下面呢？」

「這石階這麼高，是沒踩穩吧？我瞧著她臉色不好，身上好像帶著病呢。」

「難不成是患了病，才上去乞求健康？可惜這一腳踩空……」

方瑾枝聽著，臉色煞白，從腳心開始發冷，冷意蔓延，很快席捲她全身。

「別急。」陸無硯握握她微涼的手，才走過去問一旁的百姓。「請問是誰摔下來？人怎麼樣了？」

小聲議論的幾個人聞聲回頭，見陸無硯和方瑾枝容貌過人、穿戴華麗，便知來自富貴人家，不敢得罪，忙說：「剛剛有個婦人下來，不小心摔著，被僧人帶去偏堂。至於怎麼樣，就不清楚了。」

陸無硯對解釋的人道聲多謝，但他高傲慣了，連道謝的語氣都帶著居高臨下的意味。

那些百姓瞧出他身分不凡，沒敢多說，小聲議論著走開。

陸無硯回到方瑾枝身邊，把她微涼的手握在掌心。

「要去看看嗎？」

方瑾枝慌忙點頭。

陸無硯護著方瑾枝，穿過兩旁的鎏金佛像，走向偏堂。

兩個人剛走到門口，就見一個小和尚從堂裡出來。

方瑾枝急忙攔下他。「小師父，請問裡面那位從石階上摔下來的婦人如何了？」
小和尚微微對她彎腰。「這位施主是女施主的家人？」
方瑾枝頓了下，才艱難地點點頭。
小和尚見狀，道：「那施主快去看看她吧，她的腿恐怕斷了。」
方瑾枝一驚，立刻跑進偏堂。
陸無硯擔心她的身體，急忙追上。
等到方瑾枝奔進堂裡時，卻愣住了，斜躺在長凳上的婦人並不是靜憶。
她鬆了口氣。
是，靜憶一直都是著青灰色僧衣的尼姑打扮，剛才那些百姓說的明明是「婦人」，是她先入為主，關心則亂。
可是……如果今日真是靜憶受傷，或者遭遇不測，從此再不能相見呢？
靜憶立在紅梅裡的身影，不斷浮現在方瑾枝眼前。
她們曾親如一家人那般相處十年，最後卻因得知對方是彼此至親之人，而成為陌路。
方瑾枝唏噓，表情不由生出幾許難過。
「女施主怎麼不走了？」小和尚跟進來，見方瑾枝和陸無硯停下腳步，好奇地問。
方瑾枝回過神，有些歉疚地說：「對不起，我們認錯人了……」
話落，她又從荷包中取出兩張銀票遞給小和尚，請他代請名醫給那位婦人看病。那婦人身上的衣料粗糙，瞧著就是普通百姓，治病治傷需要不少銀錢，家中未必拿得出來。

小和尚點頭，連連誇讚幾遍善哉，收下銀票。

陸無硯有些意外地看向方瑾枝腰間的荷包，等到從偏堂出來後，才說：「沒想到妳身上還帶著銀票。」

方瑾枝不甚在意地道：「隨身帶著，總是更周全些。」

「除了銀票，妳還帶了什麼？」陸無硯更加好奇。

「匕首。」

陸無硯皺眉。「我在妳身邊時，用不著帶這些東西。」

見陸無硯好像不大高興，方瑾枝不明白他怎麼突然鬧起脾氣來，也不多想，挽住他的胳膊，笑著說：「我快餓死啦，咱們去吃齋飯吧！」

許是得知摔下石階的人並不是靜憶，方瑾枝的心情莫名好了起來。

千佛寺的齋飯味道不錯，瞧方瑾枝吃得香甜，陸無硯也試著嚐一口，的確好吃。

方瑾枝有點驚訝，沒想到陸無硯居然會吃，忙堆起大大的笑臉說：「你應該嚐嚐的！你從不吃外面的吃食，不知錯過多少美味呢！來來來，再吃吃這個……」

方瑾枝一邊說著，一邊盛了一小碗香噴噴的軟糯花生遞給陸無硯。

陸無硯低頭看著白瓷碗裡一粒粒煮到糜爛的花生，猶豫一會兒，還是拿起湯匙吃了。

看著方瑾枝眼中的期待和擔心，陸無硯好笑地說：「放心吧，不會吐出來。」

方瑾枝這才嫣然一笑，繼續吃飯。

自從她有了身孕後，食量日益增大，很快吃完一大碗米飯，望著桌子上紅紅綠綠的素菜，舔舔嘴唇。

陸無硯笑著再幫她盛一碗飯。「安心吃。」

望著陸無硯遞來的香噴噴米飯，方瑾枝突然有些猶豫，遲疑地接過，放在桌子上，低頭看看自己的肚子，摸了摸，又往下摸摸自己的大腿。

「我這麼吃下去，會不會變成大胖子呀？」方瑾枝皺起好看的眉眼。竟是現在才開始擔心這個。

陸無硯望著方瑾枝的臉頰。如今已比之前豐腴，唇畔那對梨渦沒那麼明顯了。

「胖一點好。」陸無硯放下手裡的湯匙，一本正經地說：「妳太瘦了。」

方瑾枝將信將疑地摸摸自己的臉，又拿起筷子。

陸無硯抬眸，靜靜望著她。

只要方瑾枝過得開心，他寧願她吃成大胖子，也再不想見她前世時日漸消瘦的愁容。

用過齋飯，方瑾枝拉著陸無硯陪她散步消食。千佛寺裡的一千座佛像並不是全在殿中，有的是在前後院。

待到傍晚時分，方瑾枝和陸無硯才打算回楚映司別院。

陸無硯出去找馬車。「我等會兒就回來，妳在這兒等著。」又伸手拉好方瑾枝頭上的兜帽，免得她被風吹著。

方瑾枝笑著應好。

方瑾枝安靜地坐在長凳上，一邊瞧著來來往往的香客、一邊等陸無硯回來。
沒過多久，她就看見一個熟悉的身影。
方瑾枝起身，迎上從千佛寺後院走出來的楚行仄。「伯伯來為家人上香祈福嗎？」
楚行仄看見方瑾枝，也微微怔住，隨即換上慈愛表情，順著她的話說：「是啊，今日閒來無事，替故去的家人燒一炷香。」
方瑾枝忽然有些感慨。人死了便什麼都沒有了，徒留家人緬懷，遂柔聲勸著：「伯伯的家人一定希望您能好好的，以後不要那般辛苦。」
楚行仄點點頭。「時辰不早了，夫人是在等人？」
方瑾枝笑著說：「是，夫君去準備馬車，等會兒過來接我。」
「原來如此，老夫還有事，先走一步。」以他的身分，不宜久留。
方瑾枝笑著和他告別。
楚行仄剛轉身走兩步，方瑾枝急忙追上去。
「伯伯……」方瑾枝斟酌言語，道：「您現在還帶商隊嗎？若是不嫌棄，可以到方家商號當帳房先生。伯伯既然是行商，想必可以勝任……」
方瑾枝說完，愣了一下。她並不是過分心慈的人，不清楚自己為什麼要追上去，又為什麼要說這些話？大抵是瞧著他年紀大，臉上受傷，又冒著風雪奔波，有些可憐吧……
聽見方瑾枝的話，楚行仄也怔住了。

「善良是好的，但好人未必有好報。」楚行仄脫口而出，心中暗驚，忙掩飾過去。「老夫唐突了，夫人莫要見怪。」

他突然想到他的女兒——一心幫忙救人卻遭出賣，最終身死的楚月兮。

那時，他已為家人安排好一切，只要再等三、五日，就可以把他們送到宿國。可惜還是遲了……

方瑾枝講完，本就有些後悔，再聽楚行仄這麼說，頓時不知該怎麼接話？

楚行仄見狀，淺笑道：「如今老夫還跑得動，若有一天跑不動了，還真要感激夫人收留。不求當帳房先生，是個管吃住的打雜就成。」

「好，伯伯過來，我定是歡迎的。」方瑾枝笑著答應，竟因此有種莫名鬆了口氣的感覺，又道：「天色不早，伯伯還是先走吧。」

楚行仄正有此意，點點頭，別過方瑾枝。

方瑾枝望著楚行仄走遠，忽然想起，她連他的名諱都沒問。

不過，他需要時，可以去方家商行找她。這兩年，她將方家生意做得越發大了，幾乎無人不曉，只要在皇城內打聽，便能找到方家的鋪子。

楚行仄離開千佛寺，登上馬車，忽看見剛才被他隨意放在車裡的紅豆糖，擰起眉頭。

「七爺，走嗎？」屬下見他皺眉凝神，不由問道。

「等等。」楚行仄拿起紅豆糖，走回千佛寺。

剛剛他看見方瑾枝坐著的長凳上放了些糕點、糖果，其中就有一包紅豆糖。她雖已嫁為人婦，瞧著年紀卻很小，許是還愛吃這些小姑娘喜歡的零嘴。

鬼使神差地，他竟打算將這包隨手買的紅豆糖拿給她，甚至替自己找了個心安理得的藉口——反正他又不吃，扔掉也浪費。

他回到寺門前，忽然看見一個尼姑鬼鬼祟祟地在附近徘徊，順著她的目光看去，竟發現她一直望著方瑾枝。

楚行仄眯起眼睛打量她，見她微微彎腰咳嗽一陣，讓身旁的小尼姑攙扶著，轉過身，從旁邊的小路離去。

楚行仄猛地收縮眼瞳。沈文嫻?!她怎麼還活著？當初不是難產死了嗎?!

雖然事情過去多年，但楚行仄對記人有過目不忘的本事，所以一眼就認出她。

他在原地佇立許久，才邁出步子進了大殿。

再見楚行仄，方瑾枝有些意外，詫異地起身迎上去。

楚行仄道：「之前在路邊隨手買了包糖，見夫人身邊也有同家鋪子的糖果，就給夫人吧！」將手裡的紅豆糖遞給方瑾枝。

方瑾枝接過，覺得實在太巧了。小豆芽賣的糖果，油紙包上印有花紋，所以極好分辨。

「我很喜歡這種糖呢，謝謝伯伯。」方瑾枝將這包紅豆糖和自己那包放在一處。「沒想到伯伯也會買糖。」

楚行仄沈默一瞬，道：「老夫的女兒喜歡這種糖，恰巧賣糖果的孩子和她有些相像，便順手買了。」他說話向來真假難辨，這句倒是難得的真話。

「抱歉……」方瑾枝有些歉疚，無意間提到他的傷心事。

「不要緊，她已經離開很多年了。」楚行仄溫和地笑笑。「夫人雖是婦人，但瞧著年紀不大。」

方瑾枝沒多想，笑著回答：「是，還不到十六。」

說著，她忽然覺得腹中一陣難受，側過身，以手掩唇，一陣乾嘔。

楚行仄若有所思地看向方瑾枝尚且平坦的小腹，上前兩步，拿起放在長凳上的水囊，遞給方瑾枝。

方瑾枝喝了幾口水，胸腹中的難受才好些，不好意思地笑笑。「讓伯伯笑話了，最近有些害喜。」

楚行仄點頭。「有孕是喜事。」手指輕輕撚過平整的衣袖，不再逗留，向方瑾枝告辭。

楚行仄回到馬車上。

馬車轆轆前行，他推開半扇車門，吩咐屬下。「去查查宗恪妹妹的生辰。」

坐在馬車前的侍從領命，讓僕人駕車，自己跳下去，匆匆走進人群。

楚行仄關上車門，倚在車壁上，忽然覺得一陣心煩，腦中不斷浮現方瑾枝的模樣，又憶起方宗恪。

方瑾枝長得一點都不像方宗恪。

楚行仄閉上眼睛，細細回憶方家父母的樣子。他有十分厲害的記人本事，縱使過去很多年，只要見過，也能憶起對方的容貌。

方父的長相逐漸在他腦海中變得清晰。方宗恪酷似其父，方瑾枝卻與哥哥毫無半分相似，自然不像父親。

至於方宗恪的母親，他應該沒見過？

不對，當初方宗恪帶著楚月兮私奔時，方宗恪的父母有去過王府。

楚行仄的回憶慢慢被打開，眼前浮現一張臉，狹長的丹鳳眼，薄薄的唇總是輕抿著，氣質嫻靜溫柔……

方瑾枝與她的父母完全沒有半分相似。

這時，熟悉的聲音傳進來——

「紅豆糖是伯伯給我的……」

楚行仄掀開車帷，另一輛馬車駛過他所乘坐的馬車，車窗邊的水色紗簾被風吹起，露出方瑾枝的側臉，隨即飄落在她頰上。

方瑾枝蹙眉，伸手撥開簾子，拉下車窗，一切歸於平靜。

楚行仄心中一震，終於明白，自第一次見到方瑾枝時即生出的熟悉感是緣於何！

永遠掬著瀲灩波光的清澈明眸，唇瓣若隱若現的梨渦……

「月兮……」楚行仄的聲音乾癟生澀，像好不容易擠出來的聲音。

方瑾枝的容貌與楚月兮並無太多相像之處，但因同樣有著一雙大大的眼睛，和唇畔那對梨渦，嫣然淺笑時，便有兩、三分神似。

「不、不可能……」楚行仄慢慢搖頭。

他回到住處後，一直在等消息。夜裡，去調查的屬下才匆匆趕回來。

「回七爺，方家姑娘的生辰是十二月十二。說來也是不容易，原本方家夫人難產，府裡都傳孩子生下來就夭折了，可是第二日，府裡報喜，說孩子活了下來。」

楚行仄聞言，沈默好一會兒，才擺手讓他退下。

屋裡很安靜，楚行仄一動不動地坐在黃梨木圈椅裡。許久之後，才自言自語道：「怎麼可能？那個野孩子居然還活著？」

無人回應。

一片寂靜裡，楚行仄重重嘆了口氣。「宗恪啊宗恪，你真是……」

第七十二章

方瑾枝腹中的胎兒已滿三個月，正是害喜最嚴重時，每日吃了多少東西，沒過多久就會吐出來。

前段時日，方瑾枝食量大，導致豐腴不少，如今竟很快瘦下，甚至比未有身孕時更消瘦。

陸無硯尋太醫幫她調理，但對於婦人害喜，太醫們束手無策，寫下須忌口的食物後，便說讓方瑾枝愛吃什麼吃什麼，照著心意來，說了跟沒說一樣。

瞧著方瑾枝日漸消瘦，陸無硯十分心疼焦急，但這時他能做的，只是陪伴。但凡她想要、想吃的東西，不管取之多不易，總會想辦法弄到，例如冬日裡的瓜果、鮮蔬。但是，最近方瑾枝對吃食越來越挑剔，時常嫌棄菜餚不可口，縱使是以前十分喜歡吃的，也覺得不好吃。

陸無硯想了又想，忍著廚房的髒亂，學習下廚，唯願能做出方瑾枝愛吃的東西來。

自從發生禹仙宮的事後，楚映司時常稱病不去早朝，閒了下來。不知怎的，瞧著陸無硯鑽廚房怪有趣，竟也跟著摻和。

一個陸無硯已夠讓人頭大了，再來一個十指不沾陽春水的楚映司，這些廚子們日日過得心驚膽戰。

陸無硯整日嫌棄這個髒、那個髒，擺在他面前的菜沒有不洗個十次、八次的，還得長相白淨的人洗過，他才滿意。

而楚映司就更不必說了，進三次廚房，兩次把廚房給燒了。

總之，這對母子開始「下廚」後，將廚房搞得烏煙瘴氣，危機重重。

陸申機幾次想勸楚映司放過廚房，陸無硯為媳婦折騰就讓他去吧，她跟著起什麼鬨？楚映司只輕飄飄地看他一眼，他就把一肚子的勸詞嚥下去了。

若是平常，到了正月末，陸申機早已帶兵回邊境。但今年二月初，荊國皇室的人會來大遼，因此大部分的武將都留在皇城。

妻兒忙著學做菜，陸申機又不能回邊境練兵，想了又想，索性拉著方瑾枝下棋。

陸申機的棋技……方瑾枝六歲時就能贏他。

「我這一回準能贏妳！」下了七七四十九盤以後，陸申機再次信誓旦旦地說。

「是，父親大人定會贏的。」方瑾枝忍著笑，順著他的話。

並非她沒有暗中讓步，但陸申機完全不會下棋，再怎麼讓，他也贏不了。

更何況，本來就是消磨時間，陸申機寧願輸個九九八十一盤，也不想被兒媳婦放水。兩者相比，陸申機覺得放水更丟臉。

方瑾枝和陸申機正在堂屋裡下棋，突然聽見外面一聲炸響，都嚇了一跳。

聽這動靜，又是從廚房裡傳出來的。

「這……又是怎麼了？」陸申機扶額。「瑾枝，妳在這兒等著，我去看看。」

陸申機起身出門，還沒走近廚房，就聞到一股很濃的燒焦味。

今日外面有些冷，方瑾枝立在門口張望，沒逞強出去看。侍女拿來一件極厚的毛絨絨斗篷服侍她穿上，擔心她著涼。

不久，方瑾枝瞧見陸無硯、楚映司和陸申機一起回來，陸申機走在最前面，哈哈大笑。

方瑾枝歪頭，越過陸申機去看楚映司和陸無硯，兩人身上都烏漆抹黑的，偏今日都穿了淺色衣裳，顯得更髒。

「這是怎麼了？」她明明已經猜到，這等陣仗，大概又是在廚房裡不小心燒了什麼，還是沒忍住問出口。

「沒什麼，燒壞鍋子而已。」

陸無硯攤手，低頭看看污黑的手掌，還有滿身的油漬，嫌惡地皺眉。

不用他吩咐，侍女們已經匆匆去燒熱水了。

長公主別院不比溫國公府的垂鞘院，有日夜不歇的溫泉水，光是每日為陸無硯燒熱水洗澡，下人都要忙個焦頭爛額。

楚映司爽朗地說：「本來還想大露一手給你們瞧瞧，不過現在看來，晚膳要讓廚子重新做了，得推遲一會兒。」

陸申機的笑還沒止住。「你們兩個整日給廚子添什麼亂？再這麼折騰下去，別院裡的廚子要逃跑嘍！」

楚映司瞪他一眼，接過侍女遞來的帕子擦拭身上的污漬，再把帕子扔給她，就回寢屋換衣服。

陸申機想了想，追著楚映司進去了。

寢屋裡，陸申機凝視楚映司背對他換衣服的身影，收起笑，有些無奈地說：「就算閒著，也不用做這些妳嫌惡的事。練練劍、爬爬山，若實在無聊，我帶妳打家劫舍去！」

楚映司沒吱聲，換好衣服，拿起繡著百鳥福圖的腹圍，朝陸申機招招手。

陸申機默默走上前，替她繫好，又順勢攬住她的腰身，從身後抱住她。「映司，妳真打算放手離開了？」

楚映司理著袖子，慢慢應了聲。

陸申機心裡有點複雜，說不清是鬆了口氣，還是擔憂，抑或不大相信。楚映司初輔帝時，其實他不大高興，感覺原本只屬於他的人，不再完全屬於他了。

不過，陸申機也不會阻止楚映司，只會默默幫著她。

他曾無數次希望楚映司放手，離開這凶險的朝堂，但過去這麼多年，當她終於決定放手離開，反而覺得有些不真實。

楚映司轉身，抬手緩緩撫平陸申機蹙起的眉頭，仔細打量，認真地說：「我們一起離開。我仔細想過，雖說你蠢了點，但有我盯著，行走江湖不至於被人坑害。」

前一刻陸申機臉上還帶著溫柔表情，聽見這話，立刻黑了臉，氣沖沖地說：「楚映司，妳以為自己很厲害嗎？就妳那脾氣，得罪武林高手，肯定被一刀剁了！還不是要我護著！」

「喲，陸申機，你莫不是以為自己脾氣好吧？臭死了！」楚映司推開他，略帶嫌惡地睥他一眼，抱著胳膊，又恢復以往那副高高在上的架勢。

陸申機抬手指楚映司，笑道：「對對對，別動，保持這樣！」隨即走向一邊的妝檯，捧起銅鏡，拿到她身前。「來來來，看看妳現在的樣子，哪有半點武林俠士的模樣？」

楚映司的目光落在銅鏡中，又緩慢抬眸看陸申機，轉身拔出牆壁上懸掛的長劍，一劍朝陸申機刺去——

「現在像不像?!」

陸申機躲過，完全無言。

淨室裡，方瑾枝拖了鼓凳坐在浴桶邊，手裡抓著一根白羽毛，輕輕劃著陸無硯的側臉。陸無硯偏過頭，她就順著他的脖子往下劃，輕碰他的脖子和雙肩。

陸無硯無奈地扣住她的手腕。「很好玩？」

「嗯。」方瑾枝使勁把自己的手抽回來，又拿羽毛去劃陸無硯搭在浴桶邊的手背。

「別鬧啦。」陸無硯低聲說著，奪過她手裡的白羽。

「還給我！」方瑾枝立刻皺眉。

陸無硯猶豫一會兒，用羽毛尖碰碰方瑾枝白皙的臉蛋，才有些無奈地還給她。

瞧著方瑾枝拿出帕子擦拭白羽上染的水漬，陸無硯失笑搖頭。懷孕後的她越來越像個任性的小孩子了。

想他無法無天兩輩子，最後竟栽在她手裡，如今更是她說東不能往西，她說西不能往東。有時候，幫她拿這個、忙那個時，像個忠心耿耿的奴僕，而有時……

陸無硯向後仰，避開又拂到面前的羽毛。

比如現在，他覺得自己像是方瑾枝的玩具。

「無硯、無硯！」方瑾枝趴在浴桶邊，大大的眼睛一眨不眨地望著他。

每當方瑾枝用這種目光望著他時，陸無硯就知道，她又想要什麼東西了。

「嗯？」他從浴桶裡跨出去，取旁邊架子上的棉布，一點一點擦拭身上水漬。

方瑾枝偏頭看他一會兒，忽然踩他一腳。

陸無硯蹙眉，低頭瞥瞥赤腳上被方瑾枝繡花鞋踩出來的痕跡，再抬首看她。

方瑾枝眨巴明亮的大眼，表情無辜地回視。

陸無硯笑著搖搖頭，什麼都沒說，抬腳踩在浴桶邊，洗了腳。等他放下腳時，方瑾枝毫不猶豫，又踩他一腳。

這次，陸無硯低著頭，盯著自己的腳背許久，才去看方瑾枝，目光裡有了幾分假裝的責備和生氣。

可是方瑾枝早摸透他的性子，更對他的每個表情瞭若指掌，看得出他眼中的責備和生氣是裝出來的。

方瑾枝眨眼，很認真地說：「剛剛你腳背上有隻蒼蠅，我幫你把牠踩死了。」

陸無硯繃不住臉了，一下子笑出來。「這大冬天的，哪來的蒼蠅？」

方瑾枝想想，癟起嘴，小聲說：「是喔，忘記冬天沒有蒼蠅……」又拉著陸無硯的手，輕輕搖了搖，彎起一對月牙眼，甜甜地說：「好嘛，那你大人不記小人過，不要跟我計較！」

陸無硯卻蹙起眉，仔細打量方瑾枝，明眸中帶著幾分思索。

方瑾枝歪頭瞧著陸無硯，又晃晃他的手。「不會真生氣了吧？」

「沒有，我只是在想……」陸無硯的目光下移，望向方瑾枝的小腹。「還沒出生就這麼鬧騰，等他出來，是不是要上房揭瓦，下水撈魚？」把方瑾枝這段時日的孩子心性全歸因於腹中孩子。

方瑾枝想也不想，直接道：「那就揭瓦撈魚吧。」

陸無硯點點頭。「夫人所言甚是。」拿起寬袍穿上，牽著方瑾枝出去。

路上，陸無硯想著，方瑾枝肚裡的小傢伙出生後，會有多調皮搗蛋？為何他會這麼覺得？他說不出原因，但預感相當強烈。

陸無硯偏過頭，望向身側的方瑾枝。

她連走這麼一小段的路都不安分，可以順手從路過的高腳桌上的花瓶裡抽出花枝。

她以前不是這樣吧……

陸無硯的目光不由再次落在方瑾枝的腹部。這個尚未出生的小傢伙，已經讓他感覺到危險了……

「無硯！」方瑾枝忽然停下來。

「嗯？」陸無硯低低地應著她。

「我想吃桂香紫薯糕！」方瑾枝的眼神逐漸變得可憐巴巴，明眸一眨不眨地望著陸無硯，甚至伸出淡粉色的小小舌尖舔自己的嘴唇，表示真的很想吃！

前兩日，陸無硯親手為方瑾枝做桂香紫薯糕，算得上是這段時日做得最成功的吃食了。

「我做的？」陸無硯笑著揉揉她的頭。

方瑾枝彎起睜大的眼睛，甜蜜地望著他，點點頭。

「好。」陸無硯牽著方瑾枝回寢屋。「做桂香紫薯糕要很久，若妳無聊，就看會兒書。床頭架上有幾本妳喜歡的小雜書，但不要看太久，已經是晚上了，別太累著眼睛。」

方瑾枝點頭答應，走到床邊，從架子裡抽出一本書，然後爬上床，盤腿坐著讀起來。

陸無硯這才轉身去了廚房。

做桂香紫薯糕需要的時間的確不短，陸無硯忙了一個半時辰才做好。

他將一個個白皮中透著紫色內餡的桂香紫薯糕放進食盒裡，又拿厚棉布壓在盒上，才不會太快涼掉。

陸無硯回到寢屋時，微微頓了下，放輕腳步，才推開房門進去。

方瑾枝已經睡著了，側躺在架子床外側，小雜書落在地上。

陸無硯無奈地搖搖頭，將食盒輕輕放在屏風外的長案上，不發出一丁點聲音。

他輕手輕腳地走到床邊，撿起掉到地上的書，再將屋裡的燈吹熄。

陸無硯回到床邊，輕輕抱起方瑾枝，想讓她睡得舒服些，她卻翻了個身，纖細白皙的藕臂自然而然地環住他的脖子，小腦袋靠向他的胸口。

懷中是香香軟軟的雪玉身子，鼻息間又是方瑾枝身上特有的淡淡清香。

陸無硯擁著方瑾枝歇下，心裡有點癢……

過了許久，他輕輕嘆口氣。

為什麼要十月懷胎？如果一個月就能生下來多好！

煩！

第七十三章

明日是二月初二，也是荊國皇室前來大遼皇宮作客、訂下永世休戰盟約的日子。

縱使前段時日楚映司故意託病遠離朝堂，像這樣的日子，她還是不能離開，一大早就出了別院，進宮布置。

陸申機手握大遼兵權，也要和大遼的將軍們仔細商量各種應對策略。別看他平日稀裡糊塗、不甚聰明，但換上戎裝，立在軍事圖前，整個人隨即變樣，眉宇間的氣勢驟然而來，軍事圖在他眼裡也有了不同玄機。

公公婆婆為朝事忙著，方瑾枝插不上手，用過早膳後，又回架子床上補了一覺。等她再次睜開眼睛時，就看見陸無硯坐在窗前的藤椅裡，靜靜望著窗外，眉目清冷。

「無硯？」

「醒了？」陸無硯偏頭，去看方瑾枝。

方瑾枝發現陸無硯的眼睛裡沒有一絲笑意，沈默一會兒，踩著鞋子走到他身邊。

「怎麼了？想要什麼？」陸無硯牽著她的手，把她抱到膝上。

方瑾枝搖頭，目光落在陸無硯面前桌上的名單，拿起來輕輕掃過一眼。大多是她不知道的名字，但有幾個卻是她聽說過的。平日陸無硯和楚映司議事時，不會刻意避著方瑾枝，所以她知道這張是明日荊國來使的名單。

「荊國的人已經到了嗎？」方瑾枝問。

「嗯，安頓在行宮了。」陸無硯淡淡道。

這段時日，方瑾枝雖然被肚裡的小傢伙鬧得心煩意亂，整日不得安寧，但朝中的事，她還是知道一些。

明日，宮中會舉行比除夕時更盛大的國宴，雖說是為了彰顯國力，不失國之威儀和禮節，可仍是危機四伏。荊國與宿國的恩怨，豈是一紙盟約便能真的議和？

不過，方瑾枝最擔心的並不是這個。

她小心翼翼地觀察陸無硯臉上的表情，問：「明日你會赴宴嗎？」

陸無硯沒答話，方瑾枝就不再問了。

她心裡明白，即使過去這麼多年，陸無硯幼時在荊國經歷的事，一直沒有被他忘記，仍影響著他。

如今荊國來使，那些塵封多年的過去，無疑又被挖出來，鮮血淋漓的。

方瑾枝偏頭，靠在陸無硯的胸前，將他微涼的手捧在掌心裡。

「無硯，你不要去了吧，留在家裡陪我好不好？」

陸無硯明白方瑾枝擔心他，可是他不能不去。想到要與那群人同宴而樂，他就覺得噁心，仇恨至極。

「沒事的。」他反手握住方瑾枝的小手，不願讓她擔心。

他和楚映司布局已久，要利用這次機會，除去朝中有反心的左相一黨，絕不能因為他壞了大計。

楚映司很晚才回來。

今日她不僅暗中布置，還去見荊國來使，整天應付下來，著實筋疲力盡。

她回來之後，陸無硯來看她，卻被她的侍女擋回去。

她不想見陸無硯，是因為無法面對的愧疚。隱忍一日，竟不能手刃那些人。

楚映司望著燭檯上將燃盡的燭火，輕輕嘆了口氣。若她不是大遼的長公主，而是身無責任的江湖俠女，那該多好，想殺誰就殺，同歸於盡也夠爽快。

然而，她現在是大遼的楚映司，不能那樣做。

一層又一層的顧慮，一層又一層的利益，再加上一層又一層的責任，交織成一張密不透風的網，讓她不能肆意妄為。

楚映司微垂肩膀，有些疲憊，但下一瞬，她猛地張開眼——

「來人！」

侍女應聲趕來，楚映司立刻問：「陸將軍在哪兒？」

「稟公主，陸將軍一直都沒有回來。」

楚映司皺眉，在屋中踱了幾步，心中隱隱不安，吩咐侍女。「去把入酒喊來！」

不一會兒，身著紅衣的入酒手握寶劍，跨進屋裡，等著楚映司吩咐。

楚映司讓侍女下去，才道：「妳立刻去別院附近打探，若看見陸申機，把他抓回來！」

「屬下遵命！」入酒貼身跟著楚映司多年，也知曉荊國來使的事，自明白主子的顧慮，出聲領命，疾步往外走。

可是她剛跨出門檻，就停下腳步。

「公主，陸將軍回來了！」

楚映司追到門口，望向正穿過迴廊的陸申機，喊道：「陸申機，你去哪兒了？」

陸申機打算避開楚映司，聽見聲音，腳步一頓。「沒去哪兒。」

「本宮問你話呢！」楚映司微微提高聲音，表情帶了幾分厲色。

陸申機嬉皮笑臉地攤手。「尋花問柳、打架賭錢。妳是我什麼人啊？憑什麼管我！」乾脆露出吊兒郎當的模樣，閒庭信步往後院走。

「陸申機，你別壞了本宮的大事！」

陸申機聳聳肩，沒理她。

楚映司心中一惱，指著陸申機，對身邊的入酒說：「把他給本宮綁過來！」

「啊？屬下打不過陸將軍啊！」入酒撓頭，後腦上高懸的馬尾跟著她的動作輕晃。

聽了入酒的回答，陸申機的心情更好，輕哼兩聲。

楚映司大怒，抽出入酒手中的劍，衝向陸申機。

說起來，這些年楚映司早已被那些朝臣磨得喜怒不形於色，甚至極少有事情能真的讓她動怒。好像只有陸申機，一句話就能輕易惹火她。

「說！去哪兒了！」楚映司把劍架在陸申機的脖子上。

陸申機仍舊是一副嬉皮笑臉的表情。「妳以什麼身分管我啊？」

楚映司冷笑。「本宮管天管地，順便替老天管管你罷了。」

陸申機卻搖搖頭。「天王老子問話，我也不搭理，我只歸我夫人管。」又嘖一聲。「可惜，我這大好男兒居然沒有夫人，可憐吶！公主人脈廣，要不要幫我找個媳婦兒？」

「想要媳婦兒？行啊，本宮手裡有。」

楚映司深深看他一眼，把手中的劍扔給入酒，轉身回房。

陸申機愣在原地，一會兒後，恍然大悟，這才抬腳追上。

另一邊，陸無硯輕輕將窗戶關上，與目睹這一幕的方瑾枝相視而笑，還笑出聲來。

方瑾枝伏在他身上，眉眼彎彎地問：「無硯，你的性子究竟是像了父親還是母親呢？我怎麼覺得都不像。」

陸無硯很正經地搖了搖頭。「據說，我繼承了他們身上的短處。」

方瑾枝也很認真地想了想，頗嚴肅地點點頭。這話有理，比如陸申機不講理的紈袴，比如楚映司強大的掌控欲。

陸無硯見狀，抬手敲敲她的頭。「怎麼，妳也覺得我身上全是短處？」

方瑾枝輕轉烏黑的眼珠，才道：「有長處的，還勝於父親和母親。比如說那桂香紫薯糕，無論父親或母親，都做不出來……」

方瑾枝沒說完，卻呀了一聲，睜大眼睛，突然想起昨天夜裡嚷著要吃桂香紫薯糕，然後……然後沒等陸無硯做好，便睡著了。今天早上起來時，就把這件事徹徹底底忘了。

她垮下臉，有些心虛地看著陸無硯。

「想起來了？」陸無硯蹙眉。「可別告訴我，現在又想吃了。」

方瑾枝臉上的心虛表情頓時散去，挽起陸無硯的胳膊輕輕搖晃，故意撒嬌。「那……如果我現在又想吃了，怎麼辦？」

陸無硯早有意料，笑著說：「願為夫人效勞。」作勢就要起來。

方瑾枝急忙拉住他。「不用，我隨口說說的。」心裡終究還是有些歉意。她也曉得，自從懷孕後，陸無硯照顧她，實在太辛苦了。

「真不要？」陸無硯倒是沒多想。

「嗯。好晚啦，我們歇下吧，明兒一起入宮。」方瑾枝笑著牽起陸無硯的手。

陸無硯有些意外。「妳要去？」

方瑾枝很認真地點頭。

陸無硯蹙眉，凝視方瑾枝，猶豫一會兒，才道：「瑾枝，此次荊國來使，還帶了一位郡主，應當要與大遼和親。」

陸無硯剛說完，方瑾枝便抬手摀唇，臉上露出痛苦之色。

瞧著她這樣，陸無硯立刻明白，她肚裡那個調皮搗蛋的小傢伙又不安生，忙去倒溫水，遞到她唇邊餵她喝。

方瑾枝喝幾口水後，舒服些，又吃幾塊放在桌上的酸甜藕糖，才壓下胃中那股酸苦。

時辰已經不早，又這麼一折騰，兩人沒再說別的話，便歇下了。

隔日，陸無硯一早就起身，準備出門。

方瑾枝想著，今天陸無硯必定忙碌，若讓他在晚宴前折回來接她，必是耽誤，乾脆跟著早起，打算和他一同進宮，開宴前，她還可以去找陸佳蒲說說話。

她明白，如今陸無硯和楚映司正籌謀的事，自己幫不上忙。但她擔心陸無硯，縱使孕中不便，也想陪在他身邊。

有她在，陸無硯的心情會好一些，就算他發脾氣，別人勸不了，她卻是可以勸一勸的。

兩人出門，陸無硯有些不情願地將方瑾枝扶上暖轎，而後跟進去。

「我回來接妳就是了，何必起那麼早？」

方瑾枝笑笑，心想果然沒猜錯，若她打算晚上獨自進宮，陸無硯肯定不准。

因為孕事，這段時日已夠折騰他，她哪敢在大事上還扯他後腿。

等陸無硯坐好，方瑾枝才拉住他的手，柔聲說：「沒有那麼嬌貴呢。平日裡也是早起的，多走動走動也好。」

方瑾枝話音剛落，就看見一道白影在轎簾放下時咻的鑽進轎中，等她反應過來時，雙腿上已是微微一沈。

咪嗚……

雪球一樣的小奶貓伏在方瑾枝腿上。不過半個月沒見，牠竟是比之前胖了一圈。

「舔舔？」方瑾枝分外驚訝。這裡離溫國公府可是不近吶！

聽見方瑾枝叫牠，舔舔開心地瞇起眼睛，用小小的雪白腦袋在她腿上蹭了蹭。

但下一瞬，便有一隻大手掐著牠，從方瑾枝腿上拎起來。

舔舔立刻轉過頭，可憐巴巴地望向陸無硯。

陸無硯見狀，一時心軟，有些不情願把牠放到自己腿上。

舔舔高興得很，開心地低低喵嗚幾聲，在陸無硯的腿上伸懶腰。

方瑾枝皺著眉頭湊過去。「好哇，這個小東西到了你腿上，居然比在我腿上時要高興得多。牠是原本就打算去你那兒吧！」帶著一點點不大開心的酸意。

舔舔伸懶腰的動作一僵。又來了……

陸無硯輕咳一聲。「那丟了牠吧！」作勢要將腿上的舔舔扔下去。

「不要！」方瑾枝擋住陸無硯的手，又軟了心腸，順順舔舔身上雪白的毛。「舔舔定是等身上的傷好了，就急忙跑過來。」又用指尖輕點牠的鼻子。「這麼遠還能找過來。明明是隻貓，偏偏長了個狗鼻子。」

舔舔伸出小爪子，捧住方瑾枝的手，用薄薄的淺粉舌頭舔著她的手指，看得陸無硯直皺眉，朝牠的小腦袋輕拍一巴掌，拿帕子仔細幫方瑾枝擦手。

舔舔委屈地看看陸無硯，又看看方瑾枝，喵嗚一聲，耷拉下小腦袋，不敢胡鬧了。

不一會兒，轎子到了宮外，陸無硯把方瑾枝送到陸佳蒲住的落絮宮前，才去找楚映司。

楚映司正站在南門瞭望臺上，他隔得老遠，就瞧出她眉宇間有幾分不悅與深思。雖說楚映司喜怒不形於色，但身為她的至親，陸無硯還是能勉強看出幾分。

陸無硯登上瞭望臺，走到楚映司身邊。

「母親，可有什麼事不在掌控之中？」

楚映司望著遠處的宮殿。「過完年，幾位親王始終沒有離開皇城。」

往年，幾位親王只會命親信送上賀禮和供奉，今年還是頭一遭入宮守歲。按理說，過了年，他們應該主動離開皇城，但今年卻是不同，人留在皇城不說，還時常結伴飲酒作樂，更時不時送些稀罕東西進宮，討楚懷川歡喜。

陸無硯聞言，眉心也微微蹙起。這的確是個意外。

前世時，幾位親王一直安安分分地住在自己的封地，即使後來陸無硯登基，他們也從未有過異舉。

但今生為何起了變化？究竟是什麼原因導致這些親王的決定與前世不同？在這波詭雲譎的朝堂棋局裡，究竟是哪枚棋子生變？

難道是楚懷川……

陸無硯心裡隱隱不安，憶起前世楚懷川把皇位傳給他的情景，總覺得楚懷川不會去做那些不擇手段的事。

陸無硯比誰都清楚楚懷川的本來面目。前些年他因身體所累，故意遠離朝堂，整日行樂，荒唐度日，輕鬆騙過整個朝堂，讓懦弱無知、貪圖享受的形象深入人心。

可陸無硯知道，楚懷川胸中權謀不在楚映司之下，若真有一日嬉笑著向楚映司拔刀，他甚至不清楚，這兩相爭鬥中，楚映司究竟有沒有勝算？

陸無硯緩緩閉上眼睛，腦海中浮現前世時楚懷川瀕死前的模樣……

楚懷川消瘦得不成樣子，繡著張牙舞爪蟠龍的黑色龍袍穿在身上，映襯得他的臉色恍如白紙。

他伛僂著坐在長案前，用盡全力，一筆一畫地寫字。

他將朝中和諸國局勢一一記在紙上，其中不乏許多他的預測。一項項新政、一條條應對策略，還有那些被藏匿的軍馬糧草與朝中暗線，全被他顫抖的手寫下。

待他寫完時，那疊厚厚的白紙上，已經染了他咳出的血。

「無硯，保衛大遼是皇姊畢生心願，如今她不在了，朕將皇位傳給你，你一定要替朕、替皇姊守好這片江山。」

楚懷川說著，將寫滿這些年所有心血的紙，鄭重交給陸無硯。

那一次，也是唯一一次，陸無硯在楚懷川身上看到了帝王的影子。

後來，事實證明，楚懷川的預測全部一一應驗……

陸無硯緩緩睜開眼睛，望著遠處陸續進宮的大臣，甚至不知在這些臣子之中，有多少人早已為楚懷川做事，甚至覺得千軍萬馬都沒有楚懷川可怕。

縱使如此，陸無硯還是轉頭看向楚映司，道：「說來可笑，兒子……居然還是信他的。」嘴角不由露出幾分苦笑。

楚映司點頭。「本宮也不相信懷川會在荊國來使時，做出對大遼不利的事。」

不管她和楚懷川之間的感情有沒有起變化，她都不信她一手教導出來的孩子會不顧大遼的利益！

陸無硯笑笑。「且不管這些，派人暗中盯著那些親王就好。若有變化，再應對不遲。」

「已經派人盯著了。」

陸無硯聞言，故意露出幾分驚訝神色。「好巧，果真母子連心。兒子也早派出樓的人盯著他們。」

楚映司的臉上也露出笑意，拍拍陸無硯的肩膀。「這次有你幫忙，頓覺輕鬆不少。」

陸無硯點頭，抬起下巴，示意她看瞭望臺下。

楚映司順著他的目光，瞧見陸申機正指揮著宮中的禁衛軍，一身戎裝，充滿肅殺之氣。

楚映司哈了聲。「你老子也只有穿戎裝時好看點。」眉眼間終究浮起幾分自豪來。

第七十四章

另一邊，陸無硯走後，方瑾枝進宮見陸佳蒲，沒說幾句，便守在小搖床邊，眼睛一眨不眨地瞧著楚享樂。

方瑾枝剛來時，楚享樂還在睡，不久後就醒過來，也不哭鬧，抓著玉環自己玩。

方瑾枝轉過頭，望向陸佳蒲，驚奇地說：「娘娘，我怎麼覺得他長得有點像我？」

陸佳蒲忍俊不禁。「妳是覺得他的眼睛和妳一樣大吧？」

方瑾枝若有所思地點點頭，重新打量小床裡的小傢伙。「是，太子明明像陛下……」

是她太魯莽，憑著這雙眼睛，就認為太子的模樣有些像她。其實，是楚家人都有雙明亮的大眼，無論是楚映司、楚懷川、楚享樂，還是楚行仄、楚月兮；當然，還有她方瑾枝。

雖然楚享樂太小，但眉宇間已能看出楚懷川的影子。如今他睜開眼，更加肖似其父。

方瑾枝看看小床裡的孩子，又低下頭摸摸自己的肚子，喃喃自語：「真神奇，他現在還這麼小呢，出生後，也會慢慢長大。」

陸佳蒲笑著走來，望著小床裡的兒子，溫柔地說：「是，我們會看著他們長大成人。」

陸佳蒲不是奢侈的人，平時的穿戴很隨意，但今天特別換上隆重宮裝。剛剛方瑾枝去看楚享樂時，還有宮女在她盤起的高髻上插寶簪。

今日楚映司、楚懷川及朝臣接待荊國來使，簽訂休戰盟約。而宮中無后，陸佳蒲便要招呼一同前來的小郡主。

方瑾枝心裡好奇，為何楚懷川沒立陸佳蒲為后，但又不能直接問出來，便岔開話，先誇陸佳蒲這身宮裝好看，又問小郡主何時會進宮？

「許是快了。」陸佳蒲彎下腰，輕拍楚享樂含在嘴裡的手，不讓他啃。「她晚些時候再過來也好，我們正好說說話。」

方瑾枝忽然想起昨夜陸無硯提過的事，不由問出口。「荊國郡主遠道而來，想來是要和親的。娘娘可知陛下怎麼打算？會將她許給哪位親王？」

陸佳蒲將朝她伸出手臂、哼哼唧唧的楚享樂從小床裡抱出來，輕輕拍背哄著，待他不鬧了，才在方瑾枝身邊坐下，笑著說：「妳是知道我的，我哪裡會過問那些事。想將郡主嫁給誰，荊國人許是已經有了主意。」

雖然陸佳蒲嘴裡說著荊國郡主的事，但她的目光始終落在楚享樂身上，眸意暖暖。

方瑾枝點點頭，不再多問，拉拉楚享樂的手，逗著他玩，卻忽然想到什麼，頓時僵住。

那個荊國郡主……該不會要嫁給陸無硯吧？

如今幾位親王年紀已然不小，楚懷川唯一的皇子才這麼點大。相較下，陸無硯年紀適合，又因楚映司的緣故，身分足以匹配，且又沒有妾室……

方瑾枝心裡又驚又怒，又醋又怒，一時之間，什麼舔舔、入烹、入茶，統統變得不再重要了！

她深吸一口氣。不行！她不同意！

陸佳蒲低頭逗著懷中的楚享樂，沒注意到方瑾枝臉上的表情。

方瑾枝想想，決定先打聽打聽這位荊國小郡主的事。

「娘娘，妳知道荊國郡主的事嗎？比如芳名、年紀、長相那些的。」

陸佳蒲回想昨日太監的稟報，道：「因為要招呼她，我也問了些。郡主芳名段伊凌，今年二十三歲，生母是異族人，所以模樣與中原人不同。」

「二十三歲？」方瑾枝有些驚訝，疑惑地問：「莫非荊國女兒都這麼晚才出嫁？」

「那倒不是，荊國與咱們一樣，女子十三、四歲便開始說親，十五及笄後嫁人。只是這郡主未出嫁時挑剔，身分又是這樣尊貴，拖到十六歲仍未訂下親事。後來，家中接連有至親病故，重孝五年。出孝期後，她的年紀也大了，說親變得更困難。」

陸佳蒲懷裡的楚享樂又開始鬧了，陸佳蒲連忙哄著，待到他不哭了，才把他交給嬤嬤帶下去，準備安排招呼荊國郡主。

這時，小太監腳步匆匆，走進來稟道：「啟稟娘娘，荊國郡主入宮了。」

陸佳蒲想著，方瑾枝懷孕不能受累，本打算讓她留在落絮宮裡等著。

但方瑾枝堅持，起身跟著陸佳蒲去迎接。

宮門前，方瑾枝終於見到了荊國郡主段伊凌。

段伊凌眉目深邃，帶著異域人的嫵媚，還因身分之故，散發出一股天生的貴氣。她尚未出嫁，長髮半綰半落，垂下的烏髮微卷，更為她的容貌添了幾分豔麗。雖然年紀不小，卻因此多了一抹沈穩，氣質更勝青春女兒。

不知是天性使然，還是遠道而來，段伊凌的話不多，言詞簡單，落坐後，只與他們寒暄幾句。

咪嗚……

舔舔忽然竄到方瑾枝的膝上，身上還黏著樹葉。

「剛剛跑到哪裡瘋鬧了？」方瑾枝笑著摘下牠身上的樹葉。舔舔跟著她入宮後，方瑾枝擔心牠傷著楚享樂，所以沒帶進落絮宮，讓牠在宮前的花園玩。反正舔舔有個狗鼻子，不會跑丟。

段伊盯著舔舔，忽然開口。「很可愛。」

方瑾枝沒想到段伊凌喜歡貓，但她對這個去向不明的明豔郡主有著防備，遂揉揉舔舔的頭，隨意敷衍。「是啊。」

瞧出方瑾枝的冷淡，陸佳蒲笑著圓場。「郡主也喜歡貓嗎？還是也養貓？」

「小時候養過一隻，可惜被人弄死。」段伊凌淡淡回答。

「倒是可惜……」陸佳蒲接了一句。

接著，誰也沒再說話，坐在御花園的涼亭裡看風景。

這時，小宮女匆匆過來，將一個方形雕祥雲紋的暖手爐遞給方瑾枝，說是陸無硯吩咐她送來的。

陸佳蒲看看方瑾枝捧在手裡的暖手爐，笑著搖頭。「三哥倒是想得周到，擔心妳冷。」

暖手爐這種東西，宮裡豈會沒有？不過既是陸無硯特意吩咐人送來，意味總是不同。

「如今已經暖和了，其實用不著呢。」雖然方瑾枝這般說著，但眉眼裡的笑意卻是瞞不住人。

她將暖手爐放在腿上，舔舔湊過去，讓暖手爐貼著自己的肚皮。

小宮女看了方瑾枝腿上的舔舔一眼，小聲道：「陸將軍還說了，若看見一隻小白貓趴在夫人腿上，就把那隻貓丟開……」

舔舔好像聽懂了，立刻抬起頭，衝著小宮女尖利地叫了一聲。

「別叫別叫，不丟開你。」方瑾枝輕拍舔舔的頭，讓牠趴回她腿上，又對小宮女豎起食指，放在唇畔，擺出噤聲的手勢。「妳回去說沒看見貓就好。」

小宮女猶豫一會兒，見方瑾枝皺眉，才硬著頭皮答應下來，回去覆命。

方瑾枝轉頭，這才發現段伊凌一直看著她。段伊凌沒有尋常女子的內斂含蓄，盯著人看時，目光是直接而大膽的。

「妳是陸無硯的妻子？」段伊凌淡淡地詢問，聽不出情緒來。

方瑾枝略收起唇畔的笑意。「是。」

段伊凌輕輕頷首，側頭望向遠方。

陸佳蒲微微蹙眉，聽出幾許不對勁，算算也快到用午膳的時辰，便把方瑾枝和段伊凌請回了落絮宮。

回到宮裡，陸佳蒲吩咐宮女上茶點，早些擺膳。

陸佳蒲懷孕時，幾乎沒有不適，雖不清楚害喜是何種感覺，卻也顧慮了方瑾枝。今日午膳雖是為段伊凌而設，有許多異域菜。但今兒一早得知方瑾枝要入宮，她立刻吩咐廚房重新準備，剔除不適合孕婦用的吃食，又親自點幾道方瑾枝往日喜歡的菜式。

陸佳蒲和段伊凌客套一番後，對方瑾枝說：「妳我好些年不在一處，我吩咐廚房備了妳以前愛吃的，不知妳的口味變了沒有？」

方瑾枝目光一掃，擺在她面前的幾道菜都是她在閨中時十分喜歡的，心中泛起暖意，笑著說：「自從有孕後，口味的確改變，以前不愛吃的東西也喜歡吃了，以前喜歡吃的，就更喜歡啦。若說最大的變化，便是越來越能吃，娘娘可不許笑話我吃得多。」

「那可得吃飽了，別讓三哥以為我苛待妳。」陸佳蒲笑著說。

方瑾枝是故意提到她有身孕的事。

果然，段伊凌的目光又掃過來，只一瞬，又移開，端起面前盛了馬奶酒的象牙酒樽，悠閒自在地慢飲。

方瑾枝低頭咬著馬蹄糕，若有所思。

兩次試探後，方瑾枝看出段伊凌格外關注陸無硯。之所以關注，左右不過兩種可能，一是她此行要嫁的人正是陸無硯；另一種可能，是她本來就認識他。

陸無硯曾在荊國待了兩年。

片刻間，方瑾枝腦中已有無數種猜想，越猜越不舒服，嘴裡的吃食變得沒了滋味。自懷孕後便食量大開的方瑾枝，竟是頭一遭有了吃不下的感覺。
撤下午膳後，陸佳蒲提議帶著段伊凌在宮中轉轉。
方瑾枝藉口身子懶，推託了。
知她有孕，陸佳蒲便沒硬拉著她，把她留在落絮宮休息，帶著段伊凌出去。

等陸佳蒲與段伊凌走遠，方瑾枝把窩在她腿上的舔舔放下，走出落絮宮，詢問守在外面的宮女，可知陸無硯此時在何處？
幾個宮女搖頭不知，其中一個略伶俐的小宮女大著膽子問：「奴婢去幫夫人問問？」
方瑾枝垂下頭，望著從落絮宮裡慢悠悠走出來的舔舔，忽然開口。「你知道嗎？」
幾個宮女見她居然問一隻貓，都有些驚奇。
舔舔停下，徹底舒展身體、伸個懶腰，才懶洋洋地叫了幾聲。
方瑾枝瞪牠一眼。「再裝糊塗，回家就把你關進籠子裡！」
舔舔這才不情不願地爬起來，朝某個方向走去。
方瑾枝急忙提起裙角跟上，兩個小宮女隨行伺候。
舔舔跑得很快，卻會在前方等方瑾枝追上來，再繼續往前走。
方瑾枝望著在小徑盡頭等著她的舔舔，道：「你就不會慢一點？」
舔舔咪嗚一聲，有些嫌棄地看看方瑾枝，別開頭。
不過接下來，牠開始慢悠悠地走路，每走兩步，就回頭看方瑾枝一眼。

跟在方瑾枝身後的兩個小宮女見狀，睜大了眼睛，滿臉不可置信。

方瑾枝一路跟著琺琺往前，遇到低頭的宮女，還能瞧見帶刀侍衛在宮中行走。穿過迴廊，方瑾枝不經意間抬頭，瞥見遠處假山後似有人影，因隔得遠，瞧得不甚清楚，只隱約看見宮中侍衛的衣角和一柄佩刀。許是來這裡偷懶的吧？方瑾枝沒有多想。

方瑾枝繞過荷花池旁的八角亭，再抬頭時，卻看見一道熟悉人影從假山後走出來，不由停下腳步。

秦錦峰怎麼會在這裡？以他如今的官職，尚不能隨意進出皇宮，更何況是今天這等重要日子。

方瑾枝後退幾步，隱在八角亭後，又對跟著她的宮女使眼色。

兩個宮女也是伶俐的，急忙跟著方瑾枝躲好。

待秦錦峰走遠，躲在假山後的侍衛才出來，抬頭張望，見四下無人，遂捏了下袖子，袖裡似乎藏著什麼東西，也抬腳走了。

方瑾枝望著侍衛離開的方向，不由慢慢皺起眉頭。

那是去往落絮宮的路。

難道，秦錦峰讓人送東西去落絮宮？他和陸佳蒲還有往來？或者……有人栽贓嫁禍？

方瑾枝心裡猛地一跳，忽然升起幾許不安。秦錦峰和陸佳蒲訂過親，如今陸佳蒲已是貴妃，無論如何，他們都不該再有牽扯。

方瑾枝又想到楚懷川遲遲不立陸佳蒲為后的事，其中莫非有什麼牽連？

方瑾枝自小便心思縝密，自從懷孕後，更是容易多想。光瞧見這一幕，心裡已經有了許多猜測。

「夫人，我們不走了嗎？」小宮女小聲問。

方瑾枝收起心思，打量這兩個在落絮宮裡做事的宮女，都是一副渾然不知的樣子，遂試探地問：「剛剛那兩人，妳們認識嗎？」

兩個小宮女連連搖頭，其中一個恭敬地低聲回稟：「回夫人的話，奴婢倆是前天新入宮的，還認不得人呢。」

方瑾枝一聽，更加意外了。既然是新進宮的宮女，怎麼會到落絮宮這樣的地方伺候？按理說，應該會先做些雜事的。

許是看出方瑾枝的疑惑，另一個小宮女有些不好意思地說：「奴婢們平日裡不在殿裡伺候，只在院中跑跑腿。」

方瑾枝點點頭。

小宮女又道：「夫人，那隻小貓跑好遠了呢。」

方瑾枝抬頭望去，果然看見舔舔坐在遠處一棵楊樹的枝杈間，正歪著頭望過來，便從八角亭後走向牠。

方瑾枝心事重重，擔心有心人利用秦錦峰和陸佳蒲之前的婚約來陷害陸佳蒲，想問問陸佳蒲是怎麼回事？

可是，若陸佳蒲和秦錦峰之間真的還有聯繫呢？

再想想，如果只是秦錦峰一廂情願地關心，而陸佳蒲又知情，她去追問，把事情捅開，豈不尷尬？

方瑾枝咬唇，心想還是等晚上拿話試探陸佳蒲，再暗中調查才好，不能莽撞行事。

正胡思亂想間，她身後的兩個小宮女忽然跪下，齊聲說：「參見陛下。」

方瑾枝抬頭，這才發現楚懷川已站在面前，身後跟著一群朝臣，急忙行禮。

楚懷川擺手。「妳身子不便，免了吧。」

「謝陛下。」方瑾枝側身讓路，恭送楚懷川。

楚懷川領著眾人離開，沒多久卻忽然停下腳步，踱回方瑾枝身邊，嬉皮笑臉又幸災樂禍地道：「嘿，聽那些老賊的意思，是想把荊國郡主嫁給無硯呢！」

他說著，甚至幫方瑾枝指路。「來來來，妳沿著這條路走，經過鸞鳳宮，再穿過花園西邊的葫蘆門，出了落齋亭，就能看見翡羽宮，無硯正在那裡呢。」

心裡的猜測居然是真的，方瑾枝卻忽然冷靜下來，雙手交疊放在身側，微微彎膝。「多謝陛下指點。」

楚懷川見狀，有些訝異地看她一眼，見她臉上並無任何異樣神色，頓覺沒趣，帶著眾人離開。

方瑾枝靜候楚懷川走遠，才側過身，對竄上假山的舔舔招招手。

舔舔跳下來，鑽進方瑾枝懷裡。牠還小，一點都不沈，方瑾枝抱著完全不吃力。

方瑾枝舉起舔舔，歪頭瞧著，道：「聽說段伊凌小時候也養過貓。」

舔舔也歪著頭看方瑾枝，蹬蹬腿，有些不安分地喵嗚兩聲，想從她手裡跳下去。

方瑾枝沒依，抱著牠去了翡羽宮。

方瑾枝剛走近翡羽宮，楚映司就從開著的窗戶遠遠看見她的身影，遂走到陸無硯身邊，輕拍他的肩，對他說了幾句。

陸無硯聽完，回頭看去，發現方瑾枝抱著舔舔走來，對楚映司點頭，起身出了大殿。

方瑾枝走到侍衛層層把守的翡羽宮外時，陸無硯正好迎出來。

「怎麼來了？」陸無硯盯著方瑾枝懷中的舔舔，不由蹙眉。自從方瑾枝有了身孕後，他便不讓舔舔坐在她腿上，也不喜她抱著牠，不是討厭舔舔，是怕她累著。

但陸無硯此時蹙眉的表情卻讓方瑾枝不由多想，直接把舔舔塞到陸無硯懷裡。

「你以前養過貓嗎？」

「沒有。怎麼了？」陸無硯看看被塞到懷裡的舔舔，又看看有些生氣的方瑾枝。

「哦……」方瑾枝拉長了音。「那就是別人養過貓。」

「什麼？誰養過貓？別人養貓關我什麼事？」陸無硯垂眸，拍拍舔舔的頭，問道：「是不是妳又惹瑾枝生氣了？」

話落，他抬頭哄著方瑾枝。「何必為一隻貓生氣。」

「我是因為一隻貓生氣，卻不是舔舔。」

陸無硯感覺有異，鬆開手，放下舔舔，上前一步，把方瑾枝的手握在掌中，耐心地問：

「誰的貓惹著妳？我把貓和主子一道收拾了。」

「荊國郡主的貓。」

陸無硯蹙眉。「她帶著貓進宮？」

方瑾枝聞言，甩開陸無硯的手，壓低聲音質問：「你認不認識那位荊國郡主？」

陸無硯抬眸看方瑾枝，心頭一跳，頓覺不好，可仍舊實話實說。「認識……」

方瑾枝咬唇，又問：「聽說荊國郡主小時候養過一隻貓，那你見過嗎？」

「見過……」

「哦……」方瑾枝若有所思，緩緩點頭。

陸無硯輕咳一聲，想在更大的誤會發生前，把話說清楚。

「瑾枝——」

「無硯。」方瑾枝直接打斷他，不想現在就聽他解釋。「那你知道段伊凌這次和親的對象正是你嗎？」

陸無硯硬著頭皮答：「知道……」

「很好，很好。」方瑾枝瞇著眼睛甜甜一笑。

這個笑容，讓陸無硯心裡一陣驚慌。

「不准。」方瑾枝慢慢收起臉上的笑意。「不要跟我講一堆身不由己、大局為重的破道理，我不聽；也不要對我承諾就算娶回來也不理會的廢話，我不同意。不管是真娶還是假娶，我都不准，連和她說話、多看她一眼都不行！」

陸無硯望著方瑾枝嚴肅的樣子，噗哧一聲笑出來。

方瑾枝等他笑夠了，才繼續說：「否則，我掐死你兒子！」

不對，他兒子也是她兒子，她不捨得，便改口。「不對，是掐死你！」

陸無硯笑著問：「掐死我，那妳就是寡婦了。這是打算殉情，還是當寡婦？」

方瑾枝故意露出凶巴巴的表情。「呸！我才不替你守寡，等哥哥回來，跟他浪跡天涯去，說不定還遇見更好的人呢！」

陸無硯聽了，不管那些侍衛和宮女的目光，大笑著把她攬進懷裡。

「哈哈哈哈，夫人之命，為夫不敢不從。」

方瑾枝抬起頭，懷疑地看他一眼。就這麼簡單？這樣就答應她了？

陸無硯笑著說：「好了，我還有些事要忙。荊國郡主的事，妳不用亂想，舔舔和那個郡主的貓，也沒什麼關係。」

方瑾枝的目光越過陸無硯肩頭，看向重重侍衛守著的翡羽宮，知道今日的確關鍵，陸無硯肯定很忙，她實在不應該在這種時候來打擾，心裡不由湧出幾分歉意。

「那我先回去了。」方瑾枝退出陸無硯的懷抱。

臨走前，方瑾枝又回過頭，瞪他一眼。「不管，你可得說話算數！」

陸無硯笑望著她，鄭重點頭。

方瑾枝回到落絮宮時，陸佳蒲已經帶著段伊凌回去。

雖然有了陸無硯的保證，但方瑾枝還是對段伊凌有著淡淡仇視，實在不想搭理她。
三人坐在一處，竟是沈默。
陸佳蒲頓時覺得尷尬，只得無話找話說，唯求對段伊凌盡到禮數。
幾個時辰後，沈悶的下午終於過去，小宮女來請她們入宴，陸佳蒲才悄悄鬆了口氣。

第七十五章

開宴時辰已到，方瑾枝安靜地坐在陸無硯身邊。

眾人盡歡，陸無硯卻不能碰一口席上吃食。他偏過頭，問方瑾枝想吃什麼，一樣樣幫她布菜，儼然搶了小宮女的差事。

陸無硯容貌非凡，動作間帶著一股說不出的優雅，他碰過的菜餚，似乎變得更好吃了。筵席的桌子圍成一個圈，坐在遠處對面的段伊凌目光落在陸無硯身上，似對他為女人布菜的舉止感到十分意外。

荊國六王爺坐在段伊凌旁邊，順著段伊凌的目光看向陸無硯，舉著酒樽起身，笑道：「無硯，多年不見，你我何不暢飲一杯？」

陸無硯放下銀箸，用帕子擦手，才對六王爺道：「多謝六王爺相邀，只是我不喝酒。這一杯，就免了。」

六王爺故作驚訝。「怎麼可能？以前你很能喝的，本王還餵你喝過一罈子烈酒呢！」

此言一出，前一刻還歌舞昇平的筵席忽然安靜下來。

那時陸無硯為什麼喝烈酒？自然是受人逼迫。

方瑾枝偏過頭，有些擔憂地看著陸無硯，悄悄在桌子底下握住他的手。

陸無硯反手捏住她，給她一個安心的眼神。

既然赴宴，豈能任由那些人擺布。

陸無硯一笑。「六王爺提醒了我，多年前您誠意相邀，今日我不請回來，豈不是太失禮？來人！」

侍衛應聲，很快抬上兩罈烈酒，放在六王爺的桌上。

六王爺瞇起眼，盯著面前的烈酒。

席間一時寂靜，眾人目光全落在他身上。

死寂中，楚懷川忽然哈的笑出來。

「六王爺，你該不會懷疑酒裡有毒吧？朕這外甥可不是那般小心眼，莫要胡思亂想。」

六王爺抽了抽嘴角。「本王怎麼會多想？」深深看陸無硯一眼，終於開罈。

接著，他舉起酒罈，酒水一半入腹，一半灑出，待到灌完兩罈烈酒，身上華服幾乎已被烈酒浸濕。二月初仍是寒冷，一陣風吹來，讓六王爺打了個寒顫。

六王爺放下酒罈，冷冷目光掃過眾人，最後落在陸無硯身上。都是陸無硯，讓他在這麼多人面前出醜！

他剛想說話，坐在另一側的荊國五王爺忽然輕咳一聲。

六王爺猶豫片刻，終究還是無聲悶哼，不甘心地坐下來。

五王爺笑著說：「當年，陸三郎有件東西落在大荊，這次本王幫你帶來了。」說罷，拍了拍手。

站在他身後的侍衛捧著錦盒，送到陸無硯面前。

陸無硯看著錦盒，沒動手去開。

方瑾枝不知錦盒中裝的是什麼，但覺不是好東西，不由正色。

荊國五王爺假裝失望地說：「看來陸三郎對這個不感興趣，可憐本王千里迢迢帶來。」

楚映司冷著臉，心裡明白這些人是故意在此扯出當年陸無硯被囚之事。陸無硯是她的兒子，如今舊事重提，好像打了她的臉、打了大遼的臉一樣。

她應該以大局為重，但她忍不下去了。

就在楚映司打算開口時，陸無硯輕笑一聲，將錦盒打開。

方瑾枝終於看見了錦盒裡的東西，原來是一把鏽跡斑斑的匕首。這把匕首是當年陸無硯在荊國死牢中所用，剝人皮、剔人骨，都用這把動手。

陸無硯感激道：「多謝五王爺將這把匕首帶來。當年，我可是用此殺了不少荊國人。」

拿起匕首，放在眼前仔細打量。「大快人心。」

「哇！」楚懷川滿臉驚奇。「無硯，你殺了很多荊國人嗎？」

「幾千人吧。」陸無硯淡淡道。

楚懷川哈了聲。「厲害、厲害！」

荊國人的臉色頓時難看起來。

五王爺咬碎一口銀牙，覺得他是搬起石頭砸自己的腳！深吸一口氣，冷笑道：「聽聞你回到大遼後，便覺大遼食物難吃到無法下嚥，本王就帶著一些你當年喜歡吃的東西來。」看向段伊凌。「還請郡主親手送給陸三郎。」

小宮女舉著食盒，送到段伊凌眼前。
段伊凌不可思議地看荊國五王爺一眼，見他堅持，才不情不願地站起來。
段伊凌拿著食盒，一步步走向陸無硯，小心翼翼地放在他桌上。
鏘！
拔刀聲忽然響起，眾人目光全落到陸申機身上。
陸申機舉起拔出的重刀，銀色刀刃對著天邊剛升起的彎月，瞇起眼睛，嘴角噙起一抹嗜血的冷笑。
荊國五王爺放在桌上、握著酒樽的手緩緩收緊，連身子都不自覺緊繃起來。他的兒子死在陸申機手裡，他也曾被陸申機生擒。那一役，陸申機生擒荊國幾位親王並大將，用來交換陸無硯。
望著陸申機手裡那把刀，荊國五王爺的身體不由泛起一股冷意，感覺那冰冷刀刃好像抵在他的脖子上。
楚映司本想派人悄悄到陸申機身邊，讓他不要莽撞，但再看看陸無硯桌上的食盒，就把話嚥了回去。
「陸將軍這是什麼意思？」五王爺的陰戾冷笑慢慢消失。
陸申機冷冷看他一眼。「拔刀對月，樂哉。」
五王爺勉強笑笑。「本王還以為陸將軍對立盟之事有意見。既然只是尋樂，那本王便放心了。」

說著，他望向立在陸無硯桌前的段伊凌。「勞煩郡主將食盒打開。」

段伊凌聞言，美豔的流波雙眸裡終於露出惱怒神色。

「我又不是宮女，五皇叔還是請別人吧！」說完，她拖著曳地長裙疾步走回席上，抓起酒樽，一飲而盡。

五王爺警告似的瞪段伊凌一眼，才笑笑道：「是本王一時糊塗了。」轉而吩咐立在身後的荊國侍女。「來人，陸三郎一直未動筷，還不快把食盒打開！」

「是。」侍女垂首繞出來，碎步走向陸無硯。

一直垂著眼的楚懷川輕輕轉動手裡的酒樽，慢慢抬起頭。

「哼。」他有些不悅。「王爺千里迢迢帶著荊國特產而來，居然越過朕，送給朕的外甥，莫不是不把朕放在眼裡？」說著，將手中酒樽重重放下，樽中的酒溢出兩滴。

五王爺和六王爺對視一眼，頗感意外。

在他們眼中，或者說，在所有人眼中，楚懷川不過是個傀儡皇帝，如今大遼真正的主人，是坐在對面的長公主楚映司。是以，他們拿陸無硯幼時被擒之事來打楚映司的臉，完全忽略了楚懷川。

楚懷川此舉，別說荊國人，連陸無硯和楚映司都頗為驚訝。這次荊國來使，楚懷川完全沒參與他們的籌謀，不過是在一些重要場合出現，而且幾乎不拿主意。

五王爺反應過來，皮笑肉不笑地說：「陛下是九五之尊，本王哪敢不把陛下放在眼中。實在是這食物頗合貴國陸三郎的口味，陛下大概不會喜歡。」

「拿給朕瞧瞧！」

剛剛走到陸無硯桌前的侍女愣住，回頭望向五王爺，見他猶豫一會兒後點了頭，才捧起食盒，緩步走向楚懷川。

她恭敬地把食盒放在楚懷川的桌角，想將蓋子打開。

楚懷川抬手阻止，侍女便行了禮，悄無聲息地退回五王爺身後。

楚懷川似笑非笑地盯著眼前的食盒一會兒，才把食盒拿到身前。

「陛下……」見他要打開，坐在他旁邊的楚映司蹙眉，打算阻止。

不過楚懷川沒聽楚映司的話，食盒打開後，頓時飄出一股腐爛的氣味。

盒裡是剪碎的碎肉，伴著沾了泥土的枯草。那些碎肉剪得很碎，又故意讓人能看出都是些什麼東西。鼠蟻蟲蛇，還有發白的人肉。

楚懷川看清食盒裡的東西後，坐在他身邊的楚映司也看清了，目光落在那個食盒上，許久未曾移開。雖然她早已查過陸無硯那兩年過的是什麼樣的日子，但猛地看見這些碎肉，想著陸無硯幼時遭受的那些苦，她的心好像被撕碎了，鮮血淋漓。

方瑾枝坐得有點遠，遂微微伸長了脖子，想看清食盒裡的東西。

陸無硯拉她的手，對她搖搖頭。

方瑾枝咬唇，小心翼翼地打量陸無硯的神色，見他臉上沒什麼表情，好像沒被荊國人屢次刁難而影響到，但還是有些擔心，不由握緊他的手。

荊國人看戲，大遼朝臣惱怒不敢言。

一片寂靜裡，楚懷川哈的笑出來，把食盒往前推，故作驚訝地看向荊國人。

「原來荊國人竟是這樣的口味！嘖，可惜了宮裡廚子精心準備的筵席，完全不合嘛。」

「來來來。」楚懷川向身後立著的太監招招手。「去把廚子喊來，瞧瞧荊國人的膳食，重新為貴客做菜。」

立在楚懷川身後的小周子看看食盒裡的東西，駭得臉色蒼白，顫聲應下，匆匆去了。

陸無硯這才開口。「只是，有些食材卻是不好尋。」目光冷冷掃過坐在對面的荊國人。「大遼尋不到荊國人肉，不知兩位王爺可有什麼主意？」

兩位王爺尚未說話，陸申機大笑出聲，晃晃手裡的重刀。「這次來大遼的荊國人不少嘛，隨便抓幾個就行！」

「不錯。」楚映司冷笑。「兩位王爺可否從隨從裡挑出肉質鮮美的人來？」

五王爺與六王爺的臉色不大好看，不知楚懷川是不是真的吩咐廚子準備這樣一道鼠蟲蛇蟻的「佳餚」，也不確定陸申機會不會就這麼衝上前斬殺他們的人？

六王爺扯出一抹笑。「陛下說笑了，裡面哪有什麼人肉，不過是貓肉罷了。」

五王爺更是急著接話。「此次我們前來，一是為了訂下永世休戰的盟書，二是送郡主和親，加固兩國情誼。」

說罷，他看向坐在一旁的段伊凌。

「郡主，妳不是說過，這次要來尋回屬於自己的東西嗎？」

段伊凌不想理他。

五王爺輕咳一聲，目光中的殺意更濃。

段伊淩白了臉，猶豫一會兒，才不大情願地起身，緩步走到陸無硯桌前。

「你弄死我的貓，本郡主是來討還公道的。」嗓音冷極，毫無起伏。

「貓？」楚映司瞇起眼睛盯著段伊淩。「無硯，可有此事？」

陸無硯點頭。「是，被我吃了。」

方瑾枝有些驚訝地看陸無硯一眼，好像明白了其中的關節。陸無硯被關在荊國時，許是總餓肚子，能弄到什麼就吃什麼，所以把段伊淩的貓吃了……

楚映司輕笑。「郡主何必為隻貓介懷？是哪種貓？本宮還妳千百隻，也不成問題。」

「哈哈哈哈，這哪裡是一隻貓的事。長公主難道不覺得，我荊國郡主與令郎十分有緣？」五王爺神色莫測地瞥陸無硯一眼。

方瑾枝微微蹙眉。這是開始商議和親的事了？

陸無硯不動聲色地拍拍她的手，方瑾枝偏過頭看他，莫名地安下心。

今日是方瑾枝第一次見到兩國交涉的陣勢，與平日的後宅或者生意上的事完全不同。聽著眾人針鋒相對的對話，氣氛劍拔弩張，恍若一個不慎，就會落到對方的陷阱裡。

她微微思索，隨即明白，荊國故意把郡主嫁給陸無硯，恐怕也有深意。現在的局勢裡，恐怕說錯一句話，就會丟了大遼顏面。

不過，她的態度還是沒有改變——

她不准！

她不准段伊凌嫁給陸無硯，雖然此時已然明白恐要費一番波折，但陸無硯答應她了，她要相信他！

陸無硯慢慢開口。「貴國郡主的確國色天香，既然有這緣分，我便替她牽線。」

段伊凌聞言，詫異地打量陸無硯。

「開宴前，端親王曾拉我私話，想為他的長子求娶郡主。」陸無硯轉過頭，望向上首的楚懷川，恭敬道：「端親王長子儀表堂堂，荊國郡主又是這般絕色，正是天作之合，還請陛下成全。」

段伊凌神情複雜，好一會兒後，才憤憤然轉頭，小聲道了句。「卑鄙！」

「哦？居然有此等喜事。」楚懷川看向端親王。

被點名的端親王硬著頭皮站起來，走到中央，對楚懷川恭恭敬敬地行禮。

「啟稟陛下，荊國郡主知書達禮，臣……想替長子求娶。」

「朕瞧著也甚——」

「慢著！」五王爺直接出聲打斷楚懷川的話。

此舉實乃大不敬，大遼諸臣不悅皺眉，憤憤看向五王爺。

但此時此刻，他們只能用目光指責，不能輕舉妄動。

五王爺無視這些不善眼神，緩緩道：「大荊郡主自然國色天香、知書達禮，為求娶的上佳人選，但本王這姪女是有心儀之人的。」轉頭問段伊凌。「郡主，妳說是不是？」

段伊凌眼中流露出幾分不情願，開口道：「本郡主自小時見過陸無硯，便一見傾心，非他不嫁。」語氣卻比之前更加敷衍。

「哼。」楚映司冷笑。「若是本宮沒記錯，郡主見到無硯時，不過七、八歲，那麼小的孩子就懂一見傾心，非他不嫁？」

如此質問，可說是毫不給段伊凌留顏面了。

段伊凌惱了。

她的性子本就傲氣，被挑為和親人選已經夠委屈，現在竟又給她臉色看！她根本不願意嫁過來，如今荊國和遼國是什麼情況，兩國人心裡都有數。她來和親，便是荊國的棄子，將來兩國交戰，必成為犧牲品；就算兩國不交戰，她獨留異國，也斷然不會好過。

於是，她揚起深邃的眉眼回視楚映司，嘴角掛了幾分妖媚的笑。「怎麼，難道貴國想將荊國的和親郡主趕走，破壞兩國的交情？」

楚映司頓時明白了荊國的目的。他們想讓遼國先毀去表面友好的關係，替以後開戰找尋藉口。

因為幼時經歷，陸無硯必不會娶荊國人，楚映司也不會願意讓她兒子娶荊國郡主。而且陸無硯幾乎病態的潔癖，早已人盡皆知，荊國人料準了陸無硯會拒絕。

在一旁立了許久的端親王咬咬牙，又開口。「郡主，陸家三郎早已娶妻，妳真的不考慮嫁給本王的長子？」

端親王自然不願接這個爛攤子，但這是上頭的命令，誰讓他兒子的年紀最適合呢！

段伊凌要嫁給誰，不是自己說了算，所以對於端親王的話，連敷衍都懶得敷衍了。

果親王見狀，也從筵席裡起身，先對楚懷川行禮，才恭敬地說：「陛下，犬子那個不成器的東西也對荊國郡主一見鍾情，還望陛下與荊國兩位王爺成全。」

他剛說完，坐在他身後的年輕公子便走出來。

年輕公子未到弱冠之年，面若冠玉，有著楚家男兒相傳的風流倜儻，深深彎腰向楚懷川、楚映司行禮，才對段伊凌拱手。

「在下為果親王世子，傾心於郡主，想要求娶。」他言罷，轉身對荊國的五王爺和六王爺鞠躬。「還望兩位王爺成全！」

「哈哈哈哈！」荊國的六王爺大笑。「沒想到郡主竟是這般受人喜愛，難不成大遼女人都又醜又笨，所以看見大荊郡主便搶著求娶？」眼中故意流露出鄙夷神色。

他這般說，立在一旁的果親王世子聞言，臉上不由浮現幾分尷尬。難道他願意娶這個荊國的異族女子？按照段伊凌這年紀，早嫁不出去了，還不都是上頭有命令……

果親王世子張嘴，想要辯解，但一時竟不知該怎麼反駁，有些憋屈。

方瑾枝見狀，微微靠近陸無硯，小聲說：「無硯，你找的這兩個親王，好像沒起到什麼作用。」

「他們不是我找的人。」

「母親找的？」

「不是。」陸無硯頓了下。「這些親王應該是陛下的人。」

他沒打算娶段伊凌，原本的計畫是，等筵席結束後，直接把她殺了。

可是，事情的發展好像有點出乎他的意料。

方瑾枝有些疑惑地抬頭，望向坐在上首的楚懷川。

第七十六章

楚懷川看著眾人的劍拔弩張，似笑非笑地轉著手裡的三足象牙酒樽。

一會兒後，他將酒樽放下，饒有趣味地瞥向仍站在陸無硯對面、尚未回座的段伊凌。

「五王爺恐怕誤會了，並非我大遼女子不夠秀美多姿，物以稀為貴，世子年紀小，不過是第一次見到異族人，感到稀奇罷了。」

說著，他轉動黑眸，上上下下打量段伊凌。「唔，依朕看來，郡主異於中原人的容貌，的確夠吸引人……」

段伊凌被楚懷川打量的目光瞧得渾身發毛，心裡冒出不祥的預感。

楚懷川起身，信步走向段伊凌。

「連朕……都被吸引了。」楚懷川走到段伊凌面前，低下頭，忽然說了情話。

他離得那麼近，氣息拂到段伊凌臉上，但段伊凌只覺得毛骨悚然！

下一瞬，楚懷川長臂一伸，直接攬住她的腰，將她扛起。

段伊凌覺得一陣天旋地轉，所有景物顛倒過來，眼前出現一隻凶猛的蟠龍，怔了一會兒，才反應過來，那是楚懷川黑色龍袍後背的花紋。

隨著楚懷川的走動，段伊凌一陣心驚，抓緊楚懷川身上的龍袍，拚命掙扎。

「放我下去！」

「哼。」

段伊凌聽見楚懷川低沈的冷哼，聲音不大，恐怕只有她能聽見。

段伊凌停下瘋狂拍打楚懷川後背的手，身子緊繃僵硬。

楚懷川扛著段伊凌，轉過身，對荊國人隨意道：「郡主容貌驚人，朕為之動心，決定封其……豔妃。」

「這……」荊國五王爺和六王爺的臉色不大好看了。

且不提他們這次和親不過是故意針對陸無硯，想讓大遼先破壞聯盟。就說楚懷川這般輕浮的舉動，實在不把荊國人看在眼裡！段伊凌不是不能入宮為妃，但「豔妃」這個封號，太不尊重人了。

可楚懷川顯然不是問詢，而是知會。

他把話說完後，根本沒聽兩位王爺的回話，扛著段伊凌走回座椅，坐下後，直接粗魯地把她抱到懷裡。

段伊凌想掙脫，楚懷川卻用雙臂環著她的身子，輕易地禁錮了她。

楚懷川舉起長桌上的酒樽，斟滿一杯酒，遞到段伊凌唇邊，笑意濃濃。

「美人已讓朕醺然，何不同醉？」

段伊凌雖然不是十四、五歲的青澀少女，可也是第一次和陌生男人靠得這麼近，還是這般曖昧的姿勢。縱使她平日再冷靜沈穩，此時也緋紅了雙頰。象牙酒樽裡飄出的酒香沁入她鼻中，讓她產生極其陌生的感覺。

楚懷川勾唇，親自餵她喝酒。

橙黃酒水一半入了段伊凌口中，一半順著她火紅的唇角流出來，沿著白皙頸項，淌進紅色衣襟裡。

段伊凌睜大眼睛，只看見楚懷川笑意深深的桃花眼，眸子黑如璞玉，恍若有種吸人的能力，讓她情不自禁望著他。

只是，下一瞬，段伊凌就在楚懷川眸中看見那個慌張而狼狽的自己，立即反應過來此時是何等情景！

她奮力推開楚懷川灌酒的手，慌張站起。因為動作太大，竟讓酒水灑了楚懷川一身。

「陛下！」楚懷川身後的小周子驚呼一聲，急忙從袖裡掏出潔白帕子，來幫楚懷川擦身上的酒漬。

「美人美酒，此乃雅事。」楚懷川含笑抬手，阻止小周子靠近。

「我……我不是故意的……」

段伊凌脹紅了臉，聲音裡有一絲顫抖，目光偷偷掃過御花園，發現眾人正看著她，頓時窘迫至極，竟轉過身，落荒而逃。

待段伊凌的身影消失在御花園西方的垂花門時，大家才慢慢收回目光。

一時之間，氣氛有些尷尬，誰都沒想到會發生這樣的事情。

楚映司輕咳一聲，打破詭異的寧靜。「來人，擇最近的吉日，為郡主封妃吧。」

「臣領旨！」鬢髮皆白的禮部官員急忙應下。

荊國人卻是又氣又惱。

「陛下此等行為，實在讓本王大開眼界！」六王爺的聲音裡充盈著不悅。

楚懷川哈哈大笑。「咦，六王爺也覺得朕是真性情？」

方瑾枝抿唇，將心裡的驚訝使勁壓下，偏頭看見陸無硯嘴角的笑意快忍不下去，才微微靠近他，低聲道：「無硯，我剛剛瞧見了，是陛下故意把酒水灑到自己身上，不是荊國郡主弄倒的。」

陸無硯輕輕點頭，笑道：「他要遁了。」

話落，他的目光朝遠處掃去，起身對楚懷川說：「啟稟陛下，特地幫貴客準備的美食送到了。」

一排十三、四歲的俏麗宮女捧著覆有蓋子的青瓷大碗，從遠處的小門走來。

「終於送來了！」楚懷川分外高興。「這廚子不錯，動作很快。傳朕的旨意，賞！」

「是！」

荊國人看著宮女手裡捧著的大碗，臉色大變，沒料到遼國人竟真端上蛇蟲鼠蟻之肉。

不過，他們心中還有一絲僥倖。如今兩國關係未明，大遼未必會做得這麼絕吧？

荊國人沈默，死死盯著逐漸靠近的碗公。

楚懷川抬眼輕輕一掃，掃過身側的楚映司，又看看不遠處神情嚴肅的陸申機，再垂下眼。

觀察御花園中的侍衛，發現不同，幾不可見地笑了下。

他轉過頭，去看坐在身後的陸佳蒲。
陸佳蒲端莊地坐著，自始至終，臉上都掛著十分端莊得體的笑容。
楚懷川噓了一聲。
陸佳蒲轉過頭來。
「累了，就先回去。」楚懷川小聲說。
「妾身不……」
陸佳蒲的話還沒說完，便瞧出楚懷川眼中的暗示——他在暗示她離開。
陸佳蒲微笑點頭，謝過楚懷川，扶著小宮女的手起身，趁著眾人不注意時，悄悄離去。
宮女們已將一個個青瓷大碗公擺在荊國人桌前。
楚懷川見狀，打著哈欠起身。「朕的豔妃不知跑哪裡去了？美人迷路多讓人心疼。唔，朕還是去找找吧。」又笑著對荊國的人說：「朕實在不喜歡荊國食物，你們慢慢享用。」
楚映司蹙眉，見楚懷川起身，想要說話。但想到接下來的局勢更凶險，他若避開也好，便把話吞回去。
楚懷川笑著走出御花園，離開這個沒人邀他參與的戰場。
出了御花園的垂花門，楚懷川慢慢轉身，望著遠處御花園裡的人影，收起臉上的笑。
見他佇立許久，跟在身後的小周子不由小聲詢問：「陛下，現在去哪兒？」
「去哪兒？」楚懷川茫然望著四周雕欄玉砌的樓臺和葳蕤草木，自嘲地笑了，吩咐道：

「派人去找荊國郡主，安頓起來，不要讓她亂跑。」

「是，奴才這就去辦！」小周子急忙應下。

楚懷川這才安心朝落絮宮走去。

楚懷川進宮門，小宮女告訴他，陸佳蒲在偏殿裡。

陸佳蒲剛剛換下繁複的宮裝，斜坐在美人榻上，哄楚雅和睡覺。楚享樂躺在一旁的小床裡，已經睡著了。

見楚懷川進來，陸佳蒲剛要起身行禮，楚懷川便止住她。

陸佳蒲笑著望他一眼，繼續哄懷裡的楚雅和。

楚雅和本來快睡著了，楚懷川的腳步聲讓她皺眉，用小手揉著眼睛，似要醒來。

陸佳蒲見狀，又哄她一會兒，才讓她沈沈睡去，把人交給身邊的嬤嬤，才跟楚懷川離開，回到寢屋。

「這幾日，雅和有些著涼，晚上睡不好，得哄一哄。」陸佳蒲為楚懷川沖茶。「晚宴時，陛下沒怎麼吃東西，要不要讓御膳房做些吃食送來？」

楚懷川沒說話，默默喝口茶，才不耐煩地說：「朕的衣服都被酒水浸濕了，妳也不知道幫朕換一件。」

陸佳蒲明白，楚懷川這是心裡又不痛快了，告了罪，轉身去拿他的衣服，幫他換上。

看著陸佳蒲臉上永遠不變的嫣然淺笑，楚懷川嘆口氣。

「佳蒲，朕恐怕不能給妳后位了。」

陸佳蒲幫楚懷川繫衣帶的手微頓，又繼續把帶子繫好。「妾身知道了。」

楚懷川笑了，不知是因為覺得有趣，還是被氣的，戳戳陸佳蒲的頭。「陸佳蒲，妳會演戲嗎？」

陸佳蒲有些茫然地望著楚懷川。「唱戲？妾身沒學過……」

「蠢！」楚懷川瞪她。「演戲很好玩的，騙人是很有成就感的事。來來來，朕教妳！」

陸佳蒲沈默好一會兒，才說：「陛下的唱功，也沒好到哪裡去。」

「陸佳蒲，妳是什麼意思！」楚懷川收起臉上的笑。

陸佳蒲拉拉楚懷川的袖子，小聲地勸：「陛下，您怕妾身有危險，將妾身遣回來，那長公主也會因為怕您遇險，才不讓您參與呀！」

楚懷川聞言，睜大眼睛瞪著陸佳蒲。他楚懷川也有被看穿的一天！

他憋了半天，才又使勁敲陸佳蒲的頭。「那麼蠢，還敢猜朕的心思！」力道比往常大一點，敲得陸佳蒲生疼。

陸佳蒲偏頭，一邊揉揉被敲疼的地方，一邊小聲說：「雅和病著，妾身今晚去陪她。」聲音裡帶著小小的埋怨。

看著陸佳蒲果真往偏殿走，楚懷川大喊：「陸佳蒲！妳給朕回來！」

陸佳蒲的腳步一頓，狠狠心，繼續往前走，還加快了腳步，直接進了偏殿。

楚懷川在空蕩蕩的大殿裡佇立好一會兒，才豎著眉、瞪著眼，抬腳去追。

他女兒病了，他這個當父皇的，當然得去陪著。

哼，才不是去找那個蠢得要死的女人。

楚懷川離開御花園裡後，楚映司命宮女打開端到荊國人面前的青瓷大碗。嬰兒臉大小的大碗裡，是被剁碎的肉，有蛇蟲鼠蟻，還拌著野草和泥土。不過御膳房的廚子們還是花了些心思，在碎肉上澆了油湯，還撒上蔥花與調料。

這些宮女們雖已見過碗裡裝的是什麼，但將蓋子打開後，還是臉色煞白，雙腿發顫。不過，她們也鬆了口氣，終於不用再端著這些東西，疾步退下。

「哼，大遼這是何意？」

比起五王爺，六王爺的性子急躁些，五王爺只是沈著臉，他已經忍不住大聲質問。

五王爺看看自家弟弟，示意他不要多言。

六王爺心有不甘，但也知道五王爺一向比他有主意，只好悶哼一聲，轉過頭去。

五王爺笑笑，望向楚映司。「我們這次出使，是極有誠意的，若無誠意，也不會讓兩位王爺親自前來，還帶大荊的掌上明珠來和親。但今日貴國處處刁難，又是何意？難道對於兩國訂下永世不戰的盟約有不滿，想反悔不成？」

他剛開口時，語氣還算平和，說到最後，竟帶著幾分憤怒。

大遼的朝臣聞言，緊張起來，望向楚映司。平日，他們鄙夷女人當政，此時卻寄望於她，想讓她站出來拿主意，為他們的國家撐臉面。

「本宮的意思很明顯。兩位王爺遠道而來，大遼自當盛情款待，這蟲蛇鼠蟻之宴，就是我們的誠意。」

「好、好、好！」五王爺連說了三個「好」字。「大荊知道大遼的意思了。我們走！」起身帶著荊國人往外走。

鏘！拔刀之音再度響起，在夜色裡，顯得格外清楚。

六王爺望著包圍御花園的侍衛，冷哼一聲，怒視楚映司。「妳這是什麼意思?!」

「在大遼，有個詞叫做入鄉隨俗。主人的宴請，若客人不食，便是對主人不滿。既然大荊有誠意，為何不能入鄉隨俗，吃下大遼為你們精心準備的佳餚？」楚映司嘴角掛著近似濃烈的笑意，只是太過冰冷，看起來更是逼人。

六王爺還想說話，站在他身邊的五王爺攔住他，瞇起眼盯著楚映司。「若本王不食，公主又奈我何？」

「讓本宮想想。」楚映司輕輕勾唇，佯裝思索。

「兒子很多年未食人肉了。」陸無硯望著那些讓他仇恨的荊國人，忽然開口。

楚映司點點頭，笑道：「好。若荊國人沒誠意，便讓大遼子民嚐嚐荊國人肉的滋味。」

立在遠處的陸申機接了句。「還是王爺的肉。」

「你敢！」六王爺想拔腰間佩刀，這才想起，進宮時，武器已經全被收走。

他咬牙，直接赤手衝向楚映司。

「啊——」

六王爺還沒有靠近楚映司，一把銀色重刀即飛出去，直劈他的後腦。他只來得及痛苦大喊，就倒地了。

鮮血汩汩從他的後腦湧出，身子微微顫抖，沒過多久，便一動不動，徹底死透。

荊國一行人大驚失色。

五王爺憤怒地轉身，瞪著立在遠處的陸申機，咬牙切齒。「陸將軍這是什麼意思？」

陸申機笑道：「啊，對不起，手不小心滑了。」

「你——」五王爺大怒。「本王明白了。哼，本王自會將大遼的意思轉達給我們陛下。既是大遼挑起戰爭，大荊自然不會再心慈手軟！」

站在陸申機身邊的封陽鴻冷哼。「你以為你還能回去？」

五王爺深吸一口氣，努力讓自己冷靜下來。「今日本王若是死在大遼皇宮裡，明日大荊兵馬必踏平大遼的土地！」

「王爺何必動那麼大的肝火？不如坐下來陪本宮喝一杯，再嚐嚐大遼廚子的手藝。」楚映司向後靠著椅背，隨意地道。

五王爺瞇眼看了楚映司好一會兒，才慢慢移開目光，盯著桌上依次排開的青瓷大碗裡剁碎的蛇蟲鼠蟻之肉。

大遼人瘋了嗎？非要逼著他們吃下這些東西，就為了給陸無硯出一口氣？

五王爺再次深深吸氣，咬著牙問：「倘若我們不吃呢？」

楚映司沒立刻回答，偏過頭看陸無硯。「無硯，你說怎麼辦？」

陸無硯若有所思地想了一會兒，才抬頭去瞧荊國人，認真道：「吃或被吃。」

五王爺憤怒地指著他。「陸無硯，你不要欺人太甚！」

陸無硯聞言，唇畔不由露出幾分笑意。「吃與被吃，不正是荊國的規矩？如今不過是反過來而已。」

「哈哈哈！」五王爺大笑。「士可殺不可辱！本王豈是你這等貪生怕死之人？陸無硯，你為你的國家丟盡顏面，又怎麼好意思活下來！」

楚映司聽見，猛地擲了手中的琉璃酒樽，已是大怒。

「母親息怒。」陸無硯在楚映司開口之前，勸慰她一句，隨即笑著抬手，指向御花園的八個出口。

「想活命的人，就將大碗裡的東西全部吃下；堅持士可殺不可辱的，可以現在離開，任選一路走向鬼門關。」

陸無硯說得輕鬆，像是閒聊，卻決定了荊國這行人的生死。

荊國人猶豫起來。

這次，大荊派出二十人出使大遼。除了五王爺、六王爺和段伊凌以外，還有三名將軍、十六個隨從、侍衛，以及兩位侍女。

此時，這些人無一不驚懼，看著長桌上擺著的蛇蟲鼠蟻之肉，覺得一陣陣噁心，還被敵國的人團團包圍，無處逃脫。大遼人不懷好意地看著他們，像凶殘的猛獸。

陸無硯見狀，有些擔心地看向方瑾枝，柔聲道：「現在不能送妳回去了，若覺得不舒服，就閉上眼睛不要看。」

方瑾枝跟在陸無硯身邊多年，也遇見過刺殺之事，微笑著點點頭，小聲回應：「不要擔心我，有你陪在身邊，我沒有關係，不會不舒服。」

方瑾枝說的是實話。

只要陸無硯在她身邊，縱使前路凶險，也會覺得心中安定，無所畏懼。

第七十七章

御花園裡，一時靜默無聲。

站在五王爺身後的一名將軍冷哼，大聲道：「我寧願死，也不願受這樣的侮辱！」一邊說著，一邊朝距離他最近的葫蘆門走去，威風凜凜。

颼颼颼颼颼——

無數箭矢同時射出，不過眨眼工夫，那武將已經被射成刺蝟，倒下時，連一聲都沒能發出來。

荊國人看見，更加心慌，膽小的侍女不由開始發抖，甚至小聲啜泣。

看著荊國人這般模樣，大遼朝臣不由有了種揚眉吐氣的感覺，但這些臣子中，也有一些人面露憂色。這是要和荊國徹底開戰了嗎？

五王爺深深看了一眼被射成刺蝟的將軍，重新審視如今的局勢，沈聲開口。「原來這才是大遼的意思？」

他們本懷著表面議和、暗中打壓的算計來大遼，以為如今大遼勢弱，根本不可能開戰，甚至還想乘機侮辱大遼；卻沒想到，眼下局勢，大遼竟是真的準備與荊國一較高下！

「本宮的意思，已經說得很明白了。」楚映司已經失去耐性。

五王爺狠戾的目光不由掃向大遼群臣，最後落到榮丹緬身上。

此時，大遼朝臣全盯著荊國一行人，很快就發現五王爺的神情有異。

榮丹緬心驚，暗道不好。難不成五王爺亂了分寸，打算在這個時候把他供出來？額角不由沁出一層冷汗。

他咬咬牙，硬著頭皮站起來。

「長公主，依臣愚見，兩國交好實乃黎民百姓之幸。荊國既然派兩位王爺親自過來，又帶了和親郡主，自然是有誠意，還是……不見血的好。」

其實，大遼的朝臣中，有想要與荊國死戰的，也有擔心戰事不利，寧可賠金割地也不想開戰的主和者。

榮丹緬的話裡，雖然有他自己的小心思，卻也同時說到主和一派的心裡。他剛說完，大遼主和的臣子們隨即起身附和，主戰一派也站起來反駁。

一時間，大遼的臣子們爭論不休。

楚映司見狀，有些惱怒，猛地拍桌，爭執的臣子全部噤聲。

她冷冷的目光凝視這些人，把他們記下。

被楚映司掃過的臣子們頓時覺得有股冷意襲來，這時才意識到，如今荊國人還在這裡，他們就當場爭論，實在不像話。

其中追隨楚映司的主戰派訕訕坐下，覺得自己好像幹了什麼丟顏面的事。

有一個人坐下，其他人也跟著陸續坐了，卻是噤了聲，不敢隨意亂說，以免再丟大遼的顏面。

跑去。

當大遼的臣子們爭執時，荊國這行人中的小侍衛，偷偷朝著八個門中最不起眼的那一座跑去。

守在那道門外的侍衛瞧見，在小侍衛跑出去的瞬間拔刀，攔腰斬殺。

荊國人已經死了三個。

另一個荊國武將咬咬牙，氣沖沖回到筵席坐下，看著面前的生碎肉，胃中一陣翻湧，險些嘔吐，急忙摀住嘴。

「不就是吃了這些東西，有什麼大不了！」他端起青瓷大碗，直接將碗中的生碎肉往嘴裡倒。

那些碎肉一進到他嘴裡，他立即乾嘔，生生忍住後，改用手抓取，扔進口中，嚼也不嚼，直接嚥下去！

等到他將大碗裡的東西全吃下去後，堅毅臉龐忍不住抽搐，雙手摀住嘴，勉力讓自己不吐出來。

許久，他才終於能開口說話。「大遼人說話可算數？」

陸無硯笑著攤手。「你可以離開了。」

武將狐疑地看陸無硯一眼，又去打量楚映司，卻未看出異狀，遂咬咬牙，朝八道門的其中一道走去。

越是靠近那道門，廖天昊心裡越是緊張，之前被射成刺蝟的同僚，和被腰斬的侍衛的死狀，彷彿又出現在眼前。

馳騁疆場的將軍，此時竟是雙腿打顫。

他緊張，其他荊國人也緊張，死死盯著他的背影。

眼看馬上就要出那道門，武將卻住了腳，一會兒後，才鼓起勇氣，邁出最後一步——

一步、兩步、三步……

他終於步出那道門，重重鬆了口氣，不敢回頭，大步往外走，覺得只要一停下來，大遼的人就會反悔，殺了他！

其他荊國人看著武將平安離開，心裡生出一絲雀躍，開始有人衝回筵席，捧著青瓷大碗，大口吃著裡面的東西，也有人沒吃幾口，便大口大口吐出來。

「不許剩，也不許吐。」陸無硯眸中的笑意恍若三月暖暖的煦風。

那些人只好忍著噁心，死命逼著自己吞嚥，不許吐出來。

當然，也有幾個荊國人始終站在原地沒動，不願去吃那些骯髒東西。

陸無硯不急。

方瑾枝見狀，悄悄把自己的手放在陸無硯的手背上，緊緊貼著。

陸無硯側首，去瞧坐在身側的方瑾枝。

方瑾枝卻沒看他，而是平靜地望著前方，臉上並未露出嫌惡或害怕的神色。

這反應，也太不對勁了。

陸無硯不由蹙眉，靠近方瑾枝。「瑾枝，妳說，我是不是有點小心眼？」

方瑾枝這才轉頭看他，嚴肅道：「我覺得一次不夠，應該讓他們餘生都吃這些東西。」

陸無硯聞言，笑出聲來，引得眾人側目。

五王爺怒視陸無硯，雙目中已是滿滿的仇恨。

陸無硯卻是心情大好。

「王爺堅持氣節，實在讓人敬佩。」陸無硯認真點頭，又吩咐宮女。「去點一炷香，一炷香內沒吃光者，殺無赦。」

「是。」宮女領命，立刻讓兩個小太監搬來小桌子，擺上香爐，燃了一根香。

陸無硯輕嗅，點頭稱讚。「這香的味道不錯。」

但這根香又短又細，夜裡的涼風輕輕吹過，不過一會兒工夫，竟是燃去三分之一。

正驚恐吞食蛇蟲鼠蟻之肉的荊國人看見那炷香燃燒之快，大驚失色，更加焦急地大口吞食，恨不得將面前碗裡的穢物一口氣全吃了。

立在荊國五王爺身側、陪他不肯去吃的兩個屬下對視一眼，終於忍不住了，奔向桌旁，開始狼吞虎嚥。

「你們！」五王爺指著他們，滿心憤怒。

這兩人中，其中一個是五王爺的心腹，被五王爺這麼一喊，心裡有了一絲愧疚。

「王爺，留得青山在，不怕沒柴燒。您別再堅持了！」隨即低下頭，繼續狼吞虎嚥。

楚映司讚賞地大笑。「王爺，你這屬下說得很對啊。」言外之意，何嘗不是陸無硯今日終於可以報復回去。

這時，又有人吃光碗裡的碎肉，朝著八道門中的一道跑去。守在門口的侍衛並沒有攔人，讓他們平安離開。

五王爺見狀，咬咬牙，終於坐回原本的座位，憤怒地看著面前這些散發腥臭味的碎肉，吃了起來。一邊吃，一邊在心裡發誓，今日受的恥辱，日後定要加倍討回！

當他終於吃光碎肉，猛地將青瓷大碗往地上一擲，憤怒起身，朝大門走去。

陸申機攔住他。

「你們什麼意思！」五王爺氣得全身發抖。

「哦，不好意思，忘記說了。誰都能走，唯獨你不行。」陸申機咧嘴一笑。

「你們不要欺人太甚！荊國的大軍，可是早就準備好了！」

回答他的，是陸申機手裡的刀。

時隔十四年，當陸申機手裡那把重刀再次架在五王爺脖子上時，他感受到當年與此刻雙重的恐懼。

楚映司忽然出聲。「陸將軍。」

陸申機轉過頭，與楚映司對視片刻，手中重刀隨即猛地劈下——

五王爺的項上人頭滾落。

楚映司張了張嘴，最後還是什麼都沒說。

尚未離開的荊國人全被嚇破膽。兩位王爺竟都死了！

楚映司起身，高高在上地睥睨他們。「回去轉告你們的荊帝，大遼將士早就準備好了。」

荊國人還傻傻以為大遼朝中不穩，不會開戰，但楚映司早盼著這一戰，盼了很多年。

剩下的事情，陸無硯便不再關心了，牽起方瑾枝的手，護著她離開。

方瑾枝回過頭，望向正與朝臣說話的楚映司，問：「無硯，我們現在就離開嗎？不等父親和母親了？」

「嗯。」

陸無硯點頭，帶著她離開御花園。

等到兩人平安出宮，扶著方瑾枝坐上車後，陸無硯才細細解釋給她聽。

「這次荊國來使，表面上是想訂下休戰盟約，實為掩人耳目，想激怒大遼，讓大遼失信毀約。但這些並不是最重要的。如今朝中不少臣子勾結衛王，而衛王……」

陸無硯看方瑾枝一眼，見她表情平靜，才繼續說下去。

「如今衛王和荊國皇室有著莫大關係，據說荊帝待他如上賓。大遼朝中有臣子打算謀逆，便與荊國暗中勾結。

「之前朝堂議事，母親未提及想殺掉荊國來使，今日突然動手，可讓那些心懷鬼胎之人亂了分寸。」

方瑾枝想了想，問道：「你的意思是，如今藏在朝中、和荊國有聯繫的人還沒全部被揪出來？」

陸無硯點點頭。「應該差不多了，但誰也不確定會不會有漏網之魚。今日之事，足夠讓那些人露出馬腳，剩下的事，交給母親收拾便可。」

說到這裡，陸無硯鬆下嚴肅的神色，拍拍方瑾枝的手，放柔聲音道：「太晚了，該回去休息。」快到子時了。

方瑾枝明白陸無硯擔心她睏倦，但今日之事是她從未遇見過的，一直處在緊張中，倒是不覺得疲憊。現在坐在馬車裡，聽著車輪轆轆作響，倦意才席捲而來。

她歪著身子，靠在陸無硯肩上，閉上眼睛。

陸無硯拿起一旁疊好的薄毯披在她身上。「很快就到，瞇一會兒就好，不要睡沈，回去再睡。」

「嗯。」方瑾枝嘴裡應著，卻怎麼都壓不下那股倦意，很快就睡熟了。

陸無硯看她一眼，捨不得把她喊醒，幫她拉緊身上的薄毯，免得她著涼。想到方瑾枝懷孕，還跟他折騰了一天，不由有些心疼。

一會兒後，馬車在長公主別院的大門前停下時，陸無硯沒把方瑾枝喊醒，而是小心翼翼地抱著她下車。

他怕她著涼，不僅用薄毯裹著她，還脫下自己的大氅，蓋在她身上。

方瑾枝睡得很沈，直到陸無硯把她放到床上時，也只是微微皺眉，竟也沒醒過來。

陸無硯輕柔地解下裹在她身上的大氅和薄毯，又仔細幫她蓋好被子，才輕手輕腳朝淨室走去。

他卸下衣物，泡進熱水裡，比往常多坐了一會兒，氤氳水氣讓他的心慢慢沈靜下來。已經過去那麼多年，是該徹底放下了。

他知道自己一直沒有放下那段過往，也知道總是被幼時的經歷影響，實在很可笑。但是發生過的事情，總不會像沒有發生過一樣……

陸無硯緩緩閉上眼睛。

今日宴上對待荊國人的態度，何嘗不是為了給他出氣？無論父母還是楚懷川，都顧慮了他；還有方瑾枝，明明懷孕辛苦，也執意守在他身邊。

陸無硯有些無奈地笑了，回想今日他們悄悄看他神色的模樣，忽然覺得自己有點像被人保護的小孩。孩子被別人欺負了，他的家人便圍繞在他身邊，給他撐腰，在鼓勵著他。

陸無硯搖頭。都是活了兩輩子的人，還要被家人保護著。

想起楚懷川，陸無硯皺眉，再細細回想今日的事，最終長嘆一聲，發現他根本猜不透楚懷川的心思。

陸無硯回到寢屋時，驚訝地發現方瑾枝已經醒來，正坐在三足高腳桌旁，吃著桌上的糕點。因為方瑾枝有孕的緣故，一直在屋裡擺著瓜果點心，讓她隨時有東西可吃。

「餓了？」

「嗯。」方瑾枝吃著點心，沒說別的，只隨意應了一聲。

陸無硯想想也是，今日的晚膳，誰都沒有真的吃多少東西，如今方瑾枝食量正大，必是餓了，是他沒有考慮周到。

陸無硯看看碟裡的幾塊梅花酥蓮餅，說：「這些點心都是涼的，吃了未必舒服。想吃什麼，讓廚子去做，不要怕麻煩。」

「不用了，已經半夜，吃幾塊點心就好，也不大想吃別的。」方瑾枝吃光手裡那塊餅，又剝一顆橘子來吃。

陸無硯從她手中拿過橘子，剝好皮，將橘瓣一片片餵給她。

方瑾枝吃著橘子，有些吐字不清地道：「我有心事才醒過來的。今天，我無意間看見秦錦峰將一樣東西交給宮裡侍衛，很可能是要送去給佳蒲的。」

「秦錦峰？」陸無硯唸著他的名字，不由陷入沈思。

方瑾枝把剩下的半瓣橘子吃了，才說：「我覺得這事有些不對勁。如今佳蒲可是宮裡最受寵的娘娘，不管怎麼樣，都不能再和秦錦峰有牽扯，畢竟他們曾經有過婚約。」

「妳是擔心他們兩個暗中聯繫？」陸無硯問。

方瑾枝點點頭，又搖搖頭。

「那個秦錦峰是什麼樣的人，我不知道，但佳蒲不是那樣的人。」方瑾枝說得很堅定。「她表面上瞧著柔柔弱弱，但心裡最是決絕。自從入宮後，佳茵表姊曾給她寫過很多封信，甚至苦苦求她原諒，但她根本沒看那些信，直接讓宮女燒掉。她說斷絕關係就斷絕關係，絕對不會回頭。她不會報復那些人，而是做到真正的不在意。」

方瑾枝說著，又嘆口氣。「另外，佳蒲特別死心眼，誰對她好，她就會對誰好，除非真的把她傷透，才會放手。如今陛下對她好，她對陛下更是一心一意，全部心思都放在陛下身上，根本不可能背地裡和秦錦峰往來。」

原本方瑾枝心裡還有許多種猜測，但和陸無硯說了這通話後，心裡越來越清晰明瞭了。

「有人陷害！有人想利用佳蒲和秦錦峰曾經的婚約來陷害她！」

方瑾枝說這些話時，陸無硯很認真地聽，等她說完了，才道：「也未必如此，因為秦錦峰如今在為陛下做事；當然，他是真心為陛下還是假意，就不得而知了。」

方瑾枝蹙眉，又陷入沈思中。

「你的意思是，陛下為了避人耳目，讓秦錦峰透過佳蒲，將消息傳到落絮宮去？」

陸無硯不過只是提醒方瑾枝，說秦錦峰如今為楚懷川做事，方瑾枝便想到這裡，不得不為她這般敏銳露出一抹笑意。

「不過妳我的推斷罷了。」陸無硯將最後一瓣橘子塞進方瑾枝嘴裡，然後牽著她往床榻走去。「再不睡覺，可要天亮了。」

聽陸無硯這麼說，方瑾枝才長長地打了個哈欠。

她打完哈欠，剛剛閉上嘴時，陸無硯湊過去，舌尖鑽進她口中，輕輕點了下她的舌，又在她的牙齒上迅速舔一下，才飛快退出來。

接著，他微微彎下腰，面色如常地將兩個枕頭擺好，好像什麼事都沒做過。

方瑾枝嘴裡還有他留下的酥麻感，他倒是成了沒事人，心裡遂生出一絲絲的不平衡。

她想了想，抬起腳，在陸無硯的屁股上踢了下。

陸無硯整理床榻的動作一頓，不得不直起身子，回過頭看向方瑾枝。

方瑾枝伸出舌頭，衝他做個鬼臉，然後爬到床的裡側，安心睡覺。

陸無硯立在床邊，哭笑不得地看了她好一會兒，才吹熄屋裡的燈，上了床，將方瑾枝嬌小小的軟玉身子擁在懷裡，沈沈睡去。

第七十八章

另一邊，楚映司和陸申機快到寅時才回來。兩人都有些累，匆匆梳洗後，便歇下了。

兩個人躺在床榻上，雖然疲憊，卻沒有睡著。

一片寂靜裡，楚映司忽然開口。「我不知道這麼做對不對……」

「妳怕什麼？戰敗？」陸申機不甚在意地說。「和荊國一戰，在所難免，如今不過是把開戰日子提前罷了。」

陸申機轉過身，面朝楚映司側躺著。「映司，畏首畏尾可不像妳的作風。」

「你啊，一提到打仗便雀躍。」楚映司嘆氣。「但如今真是開戰的好時機嗎？如果兩國打起來，代表這幾年百姓的日子都不會好過，代表軍中將士會有無數傷亡，最後縱使勝利，也是踩著無數白骨凱旋。」

楚映司說著，也側轉過身，面對陸申機，抬起手，撫上陸申機的臉頰。

「還有你，我真不知你是不是天生好命，每次打仗時，一定衝在最前面，居然還能活到現在……」

「這話我可不愛聽了，什麼叫做我天生命好？明明是本將軍神勇無敵，以一敵百！」

楚映司聽了，仰躺在床上，擺擺手，略無奈地說：「行行行，你厲害。睡覺。」

過了一會兒，她再次開口。「申機，你說，如果我現在離開，朝中由川兒坐鎮，真的可以嗎？」

「反悔了？」

「不是，我只是有點擔心……」

陸申機撐起上半身，湊近楚映司，十分認真地說：「映司，陛下早就不是小孩子了。他只要坐在龍椅上一日，這江山便一日是他的。他今日故意尋藉口離開，心裡豈無芥蒂？他在生氣，氣我們籌謀之事並沒有提前告訴他。可即便他心裡有氣，仍一心護著無硯。」

楚映司揉揉眉心，有些疲憊地說：「難道真是我做錯了？」慢慢湧上一陣心煩。「我不是故意的，在我眼裡，他還是那個病弱的孩子，就沒想那麼多。」

「別氣、別氣。」陸申機急忙安慰她。「原本陛下活不久，但他身子日益轉好，便可以坐穩那個位置。很多計畫、習慣，都是要慢慢改的。不過這麼多年來的習慣，哪能說改就改？這不怪妳。但是……哎，我的意思就是離開。映司，妳跟著我去打仗吧！」

陸申機說著，突然來了興致。「古時大將上戰場，軍帳裡還藏著美人，我陸申機也想體會這是什麼滋味，嘿嘿……」

楚映司被他逗笑了。「想得美！」陸申機一眼，便轉身去睡。

陸申機傻樂了一會兒，也沈沈睡去。

小半個時辰後，外面突然響起一陣急促的敲門聲。

楚映司和陸申機都是十分警覺的人，縱使滿身疲憊，又剛剛睡沈，還是立刻清醒過來。

這個時候敲門，定是發生大事。

「出了什麼事？」陸申機一邊下床，一邊問。

楚映司也起身了。

在外面敲門的是入酒，聲音有些發顫。「長公主、將軍，太子殿下夭折了……」

陸申機和楚映司的動作都是一頓。

「進來回話！」楚映司聲音發冷。

入酒推門進來，見陸申機和楚映司都在穿衣，遂走到楚映司身邊，一邊伺候她，一邊細說：「寅時剛過，落絮院的偏殿忽然著火，等到大火被撲滅時，太子殿下已經歿了……」

「偏殿怎麼會著火？奶娘在哪兒？嬤嬤跟宮女呢？」楚映司厲聲質問。

「太子殿下是煦貴妃親自照顧的，奶娘倒有一個，但只是在煦貴妃照看不過來時幫一把。這幾日小公主病了，煦貴妃一直照顧她……」

陸申機皺眉，打斷入酒的話。「陛下是不是也宿在落絮宮？其他人有沒有事？」

「今日陛下也在落絮宮，小公主半夜哭鬧，太子殿下的奶娘就把小公主抱到煦貴妃面前。正是這個時候，偏殿起火，太子殿下沒救出來。」

楚映司已經穿好衣服，一邊往外走，一邊吩咐。「去把無硯喊醒，讓他進宮。」

入酒領命，陸申機也跟著楚映司急匆匆出了別院，趕往皇宮。

入酒剛在陸無硯門外輕輕敲門，陸無硯立刻就醒過來。看方瑾枝睡得正香，便小心翼翼地抽出被她枕著的胳膊，動作很輕地下床。

陸無硯走到門外，聽入酒稟報太子殿下夭折的事情後，臉色大變，匆匆回屋穿衣，就往外趕。

「無硯？」方瑾枝揉揉眼睛，在床上坐起來。

如今方瑾枝有孕在身，陸無硯不想讓她太擔心，只說：「朝中有事要辦，妳先睡著。」

陸無硯並不是第一次突然有急事要進宮，所以方瑾枝也沒有起疑。

陸無硯扶著方瑾枝躺下，替她蓋好被子，才匆匆離開。

他連馬車都沒坐，直接從馬廄裡牽了馬，馳向皇宮。

遠遠瞧著，落絮宮有些狼狽，被大火燒過的偏殿好像一隻被燒壞的耳朵。

陸無硯還沒走進大殿，就聽見楚懷川氣極的責備。

「連太子都照顧不好，還口口聲聲不用奶娘！陸佳蒲，妳有什麼用？簡直就是個廢物！」

楚懷川大怒，地上是被他摔碎的瓷器。

陸佳蒲臉色蒼白，跪在他面前。臉上的淚痕已經乾了，她緊緊咬唇，不讓眼淚再落下。

楚映司看陸佳蒲一眼，轉過頭對楚懷川說：「陛下，偏殿是怎麼起火的？與其責怪娘娘，還不如查明原因。你心疼太子，娘娘心裡自然也疼，這世上沒有母親不愛自己的孩子。」

楚懷川重重冷哼一聲，聽了楚映司的話，才勉強壓下心裡的憤怒。

「陸佳蒲，妳倒是說說看，這到底是怎麼回事？若有一言半句是假，朕要妳的命！」

淚水在眼眶裡打轉，陸佳蒲使勁憋回去，才開口解釋。

「都是妾身不好。那時，妾身想著等會兒就讓奶娘把雅和送回去，所以沒吹熄偏殿裡的蠟燭，但蠟燭不知怎的倒了，才燒著床幔，火勢蔓延，燒到太子的小床……」

陸佳蒲低下頭，有些說不下去了。

「都怪妳！」楚懷川砸了放在高腳桌上的花瓶。「今日朕就廢了妳！收拾東西，明日滾到冷宮去！」

陸佳蒲深深伏地。「民女謝陛下恩典。」

她是煦貴妃時，宮女沒有不巴結她的，恨不得做她踩在腳下的鞋子。如今她一朝被打入冷宮，宮女們看她站不起來，竟是沒人敢上前扶一把。

陸佳蒲跪了很久，跪得雙腿發麻，好不容易站起來，才轉身朝偏殿走去。她每走一步都艱難，跌跌撞撞，瞧著弱不禁風。

楚映司看著她走遠，心裡有些不捨。

同樣是做母親的，她明白陸佳蒲不可能不傷心。偏偏楚懷川又在氣頭上，這時候勸他，說不定適得其反，只好把求情的話嚥回去，過兩日再提。之前陸佳蒲那般受寵，楚懷川總會顧念，他又不是那般絕情的人。

陸無硯聽了陸佳蒲的說詞。心中仍有疑惑，就算陸佳蒲要親自照顧太子，沒用那麼多的奶娘，可偏殿裡怎麼會沒有照看的宮女？

但楚懷川臉色鐵青，陸無硯便沒在這個時候問出來。

楚懷川的確是動了怒，且臉色越來越不好，變得蒼白，掩唇咳嗽，伴隨劇烈喘息。

大殿裡的人都驚了。

楚懷川的舊疾，竟在這時復發。

「給陛下拿藥！」楚映司吩咐。

小周子立刻把楚懷川的藥帶過來，伺候他吃下。

這藥是劉明恕特意留下的，若楚懷川身體突然不適，引發舊疾時，便可服用。

楚懷川吃過藥，好一會兒後，才慢慢止咳。

楚映司親自倒溫水遞給他。「再喝些水。」輕聲勸慰：「無論如何，身體是大事。陛下的身子不比常人，切不可動怒。那孩子……是沒福分，陛下不要太難過了。」

「就是。陛下別太傷心，太子殿下或許有他自己的機緣……」陸申機也勸。

陸無硯立在一旁，沒有說話。這種喪子之痛，豈是別人幾句勸慰就可以釋懷？更何況，楚享樂是楚懷川唯一的皇子，也是大遼太子，是被整個朝堂盼了很多年才降生的。

他的降生，為眾人帶來那麼多喜悅，卻這麼快就離開了……

見楚懷川仍是冷著臉不說話，楚映司不由又放柔聲音，連稱呼也改了。

「川兒，姊姊明白這種喪子之痛……」

她的話還沒說完，偏殿裡忽然響起一陣清脆的瓷器碎裂聲，伴著小宮女的驚呼。

楚懷川皺眉，大怒道：「太子剛走，誰在那裡喧譁？拉出去重責五十大板！」

兩個小宮女匆匆從偏殿跑來，衝進大殿，氣喘吁吁地說：「回、回稟陛下，娘娘……娘娘服毒自盡了！」

「什麼?!」楚懷川猛地站起來，在原地呆了半晌，才喝道：「妳再說一遍！」

兩個小宮女顫顫巍巍地跪下。「啟稟陛下，煦貴妃服毒自盡，已經歿了。」

楚懷川推開想扶他的楚映司，朝偏殿跑。

楚映司和陸申機對視一眼，立刻跟上。

陸無硯有些意外，卻沒有先追過去，而是掃視大殿，仔細瞧著有無異狀，又記下在場人等的表情，才趕往偏殿。

等到陸無硯進偏殿時，宮女們已經跪了一地。

楚懷川坐在床邊，看著靜靜躺在床上的陸佳蒲。

陸佳蒲好像睡著了般，只是臉色過分蒼白，已無氣息。

「太醫來了！」小周子用尖細的嗓子吼了一聲。

四、五個太醫魚貫而入，想要行禮，卻被楚映司攔下。「都免了，快去看看娘娘！」

說著，她走到楚懷川身邊，輕拍他的肩膀。「陛下，讓太醫幫娘娘瞧瞧。」

楚懷川沒說話，任由楚映司把他拉開。

太醫們探上陸佳蒲的脈搏，又探她的鼻息，搖搖頭，同時跪下。「陛下節哀，娘娘已經去了……」

「是朕害死她，享樂也是朕害死的！如果今日朕沒過去，煦貴妃會一直陪著享樂，偏殿便不會燒起來；如果當初朕沒把雅和交給她照顧，這一切都不會發生！是朕害死了他們！」

楚懷川說著，猛地吐出一大口血，整個人站立不穩，朝前栽去。

「懷川！」陸無硯急忙扶住他。

「快，快為陛下診治！」楚映司立刻命令跪了一地的太醫。

陸無硯和陸申機扶著楚懷川坐下，讓開地方，給太醫為楚懷川把脈。

陸無硯見狀，道：「這樣不行，不能讓陛下的舊疾反覆，派人回入樓請劉先生來。」

楚映司點頭，吩咐入酒去請人。

陸無硯擔心，劉明恕向來率性，萬一不肯進宮，囑咐入酒須好言相勸，務必把人請來。

他想了想，入樓離皇宮不算近，來回需要兩個時辰。在劉明恕還沒過來之前，還是需要先開些方子應急，便讓太醫繼續忙了。

第二日一早，朝臣得到消息，陸陸續續往宮中趕來。

楚懷川的舊疾復發，自然誰也不見。楚映司讓陸無硯陪著他，她和陸申機出去應付那些大臣。

這次，劉明恕倒是沒有鬧脾氣，急忙趕來。為楚懷川診脈後，不由蹙眉。

「真是白為你浪費了那麼多藥材。」他口中這般說，筆下已經開始開方子了。

等到他寫好方子，陸無硯立刻讓宮女去煎藥。楚懷川的舊疾難纏，陸無硯不清楚這次復發會不會反覆，不敢讓劉明恕離開，把他留在宮中。

等到宮女煎好藥，陸無硯看著楚懷川喝下後，才說：「懷川，你現在不要多想，先休息一會兒。」

今日，楚映司和陸無硯竟把稱呼改回去，直呼其名，而不是再疏離地喊他「陛下」。

楚懷川的臉色好了些，忽然道：「無硯，其實朕有一點恨你。」

陸無硯驚訝地看向他。

「如果，當初你沒有擅作主張跑出來頂替朕，那該多好……」楚懷川露出笑容，緩慢而認真地說：「如此，衛王會殺了朕，你也不用承受那些苦難。以皇姊的個性，朕死了，她會直接稱帝，縱使艱辛，也比現在當著名不正、言不順的護國公主要快意許多。

「而且，若那時朕便死去，便不用做這麼多年的傀儡皇帝，更不用背負一輩子償還不清的恩情……」

陸無硯聞言，心裡的驚訝慢慢淡去，逐漸變成生氣，壓著心口那團火氣，道：「陛下竟是怪無硯當初救了你？那是不是還要責怪母親這些年的輔佐？因為這一切讓陛下承擔無法償還的恩情？」

陸無硯說著，表情和語氣逐漸變冷。「當年救陛下，是因為我把陛下當作親人；母親輔佐陛下，是因為陛下是她的親弟弟。沒人需要陛下償還恩情！」

陸無硯對楚懷川的稱呼，又改回生疏冷漠的「陛下」。

楚懷川打量陸無硯很久，忽然咧嘴笑了。

「朕隨口說著玩的，你可別當真。」楚懷川拍拍陸無硯的肩。「皇姊不容易，日後好好孝敬她。」

楚懷川的笑不過是浮於表面的假笑，似乎又變成往昔那個嬉皮笑臉的他。但不知是不是錯覺，陸無硯在他臉上看到了落寞。

這瞬間，陸無硯又想起前世時的楚懷川。

有時陸無硯覺得，因為重生兩世的緣故，他比別人更能了解楚懷川，但更多時候，他覺得自己完全看不透楚懷川的心思，不知他到底在想些什麼？

楚懷川打了個哈欠。「朕乏了，你退下吧。」臉上的嘻哈笑意退去，好像瞬間又變成了冷漠的年輕帝王。

陸無硯立在床邊，蹙著眉，若有所思地望楚懷川一眼，才退下去。

太子夭折，驚動了文武百官，更有宮中耳目傳來楚懷川舊疾復發的消息。一大早，眾臣匆匆趕到宮中，但誰也沒看見楚懷川，全被楚映司擋回去。

朝中一向主張還政於皇帝的老臣們擔心事有蹊蹺，更懷疑楚映司在其中做手腳，要害楚懷川和太子，堅持非見陛下不可。楚映司費了一番功夫，才打發這些人。

這時，秦錦峰行色匆匆地從宮中出來，卻被他的五弟秦錦崖喊住。

「哥，你已經一個月沒回家，母親想你想得很，而且家裡出……」

「我有點急事，過幾日再回去。這段時日，勞你照顧家裡。」秦錦峰說著，急忙去追他的恩師曹祝源。

曹祝源正跟著一群沒見到聖顏的臣子出宮，眉頭緊鎖，連連嘆氣。

「恩師，借一步說話。」秦錦峰追上曹祝源，把他請到旁邊。

「錦峰這是有何事？」曹祝源問。

秦錦峰側目，待不遠處的幾位臣子和宮女走遠，才壓低聲音，在曹祝源耳邊道：「恩師，陛下託學生帶一份密旨給您。」

曹祝源一怔，有些驚訝地看向秦錦峰。「你見過陛下？」

秦錦峰微微點頭。

事關重大，曹祝源不敢馬虎，和秦錦峰上了同一輛馬車，疾馳而去。

第七十九章

陸無硯退下沒多久，楚懷川又開始咳嗽，雪白帕子上染了絲絲血跡。

他招招手，喊小周子。「請劉先生來。」

小周子領命，急忙去找劉明恕。

劉明恕進殿，為楚懷川診脈，開了新方子，卻道：「這道方子不能多用。今日用過便扔掉，切莫再用。」

候在一旁的小周子急忙問：「難道是這道方子的藥太猛，會傷身？」

對於他的問題，劉明恕懶得回答，把藥方交給他，淡淡道：「親自去煎藥，盯緊一點，不可有半分馬虎。」

對於劉明恕這等態度，小周子早就見怪不怪，匆匆拿著方子去煎藥，不敢有半分大意。

楚懷川看看寢殿裡剩下的兩個小宮女，道：「把小公主抱來吧。今日她也受了驚，朕想瞧瞧她。再去廚房拿些小公主平日愛吃的東西，把她的小木馬也搬來。」

「是。」兩個宮女匆匆走出去，分頭去辦。

等人都走了，劉明恕才問：「陛下停藥多久了？」

楚懷川想想，答道：「一個月吧。」

劉明恕慢慢收拾藥匣。「原來大遼人有這麼多自己找死的。」

楚懷川不甚在意地笑笑。「你幫朕換藥、施針的時間都是固定的，上次尋了給太子問診的藉口請你進宮，若再隨意招你，不免被人懷疑，只好讓朕舊疾復發，由別人來請你。」

劉明恕皺眉。「草民不過一介閒人，不是誰的人馬，心情好，便瞧瞧病症罷了。」

「劉先生誤會了。」楚懷川笑著搖搖頭。「朕身邊的眼線太多，說不清背後之人到底是誰，不得不防。」

劉明恕沈默，沒有接話。他雖無任官，卻生養於皇家，對皇室中的爾虞我詐見識得太多。不過，他覺得，大遼皇室的情況與宿國相比，更是複雜。

他略略收起心神，問道：「除了陛下需要的藥，您還要什麼？」

「朕聽聞，劉先生和葉蕭交情甚好。」

劉明恕微微側耳，眉心不由一蹙。

楚懷川笑了笑。「劉先生不必誤會，你既然幫朕許多，朕豈會恩將仇報？朕更不會做那等脅迫之事，只是想提醒葉蕭。」

「請陛下明示。」劉明恕不由正色。

「葉蕭手中有道兵符，是藏在暗處的十萬精兵。」楚懷川敲敲床沿。「只是葉蕭隨興，又廣交朋友，但身邊之人未必盡數可信，還需慎言，否則將有大難，煩請劉先生勸勸他。」

「陛下為何不親自提點？」劉明恕蹙眉反問。

楚懷川聞言，對劉明恕翻了個白眼，忽想起這人看不見，才道：「朕懶！」

劉明恕立刻明白，其中自然有楚懷川不便明說的理由，且他與葉蕭交好，楚懷川才會找他去當說客。

劉明恕不是追根究柢之人，這不過是幾句話的事，下次遇見葉蕭，提醒一聲便罷了，就答應下來。

「除此之外，朕還有一事，想請劉先生幫忙……」

聽楚懷川說完，劉明恕猶豫一會兒，點了頭。

楚懷川鬆了口氣。

劉明恕的聽覺異於常人，宮女還未走近殿門，便已聽出動靜，遂起身告辭，又囑咐楚懷川多多休息。

楚懷川微笑應好，讓他出去了。

一會兒後，嬤嬤抱著楚雅和進殿。

「父皇！」楚雅和從嬤嬤懷裡掙扎著下來，邁著小短腿跑向楚懷川，踢掉鞋子爬上床，一股腦兒撲進楚懷川懷裡。

楚雅和緊緊摟著楚懷川的脖子，不停地哭。

「不要哭了。」楚懷川皺眉。他本來就不大會哄孩子，動作有些生疏地拍著女兒的背。平時，楚雅和十分懂事，從來不黏著楚懷川，今日卻使出全部力氣摟住他的脖子。楚懷川扳了兩下，都沒把小丫頭扯下來。

「母后歿了！母妃歿了！弟弟歿了！都歿了！嗚嗚嗚……」

楚雅和哭得上氣不接下氣，身上還帶著孩子特有的奶香，小身子一顫一顫，傷心極了。

楚懷川放柔聲音哄她。「可是父皇還在。」

楚雅和想把眼淚憋回去，但失敗了，反而因為硬忍著不哭，讓身子抖得更厲害。從落架宮陸續出事後，她一直哭著，嬤嬤哄也沒用。

楚懷川摸摸她的頭，還燒著呢，不由嘆口氣。他的確太不關心這個女兒，甚至不懂得如何當一個父親。

這次的事，他處處考慮周到，卻忘了楚雅和，忘了囑咐嬤嬤瞞住消息，忘了保護好她。

不過，那嬤嬤也是個糊塗的。

想到這裡，楚懷川不悅地看向楚雅和身邊的嬤嬤。嬤嬤立刻低下頭，恭敬地垂首而立，等待發落。

「公主服過藥沒有？」楚懷川責問。

嬤嬤急忙說：「太醫說了，公主年幼，湯藥總是傷身，只開了一副，便不再讓公主喝了。吩咐奴婢照看好公主，讓她好好休息，夜裡多發發汗。」

這時，宮女送上楚雅和平日愛吃的東西，還搬來她的小木馬，與平日裡玩的布老虎和撥浪鼓。

楚懷川從宮女手中拿過撥浪鼓晃了晃，逗著楚雅和。

「如果雅和不哭，今天晚上父皇陪著妳好不好？」

「真的嗎？」楚雅和偏頭，不可思議地望著楚懷川，臉蛋上還掛著淚珠。

她能見到楚懷川的時候不多，被他抱在懷裡的次數更是少之又少，今天突然聽說父皇可以陪她一整晚，驚訝得微微張開小嘴。

楚懷川揉揉她的頭，問她想吃什麼，親自餵她。又陪著她玩一會兒，直到她窩在他懷裡睡去。

楚懷川小心翼翼地抱起楚雅和，把她放在龍床上，又為她仔細蓋好被子。

楚懷川凝視熟睡的女兒，心想以前太忙，以後都不會再忽略她了。

另一邊，方瑾枝等到下午也沒等到陸無硯回來，反而等來太子殿下夭折、煦貴妃服毒自盡、皇帝舊疾復發這一連串的壞消息。

「怎麼會呢……」

方瑾枝喃喃自語，腦海中不由浮現陸佳蒲淺笑的眉眼，憶起一樁樁、一件件陸佳蒲對她的好。

還有楚享樂，那個白皙漂亮又乖巧的孩子。他有雙很大的眼睛，她甚至因此失言，吃驚地對陸佳蒲說，楚享樂長得有些像她。

現在，大家都說他們死了？怎麼可能！

雖然她心裡明白，報信之人不會亂說話，但還是想等陸無硯回來，等他親自告訴她，她才肯相信。

方瑾枝焦急地等了很久，不見陸無硯回來，終是坐不住了，脫下家常衣服，換了厚厚外衣，又披上斗篷。收拾妥當，打算進宮。
可是她還沒走到門口，即停下了腳步。
她現在進宮，真能幫上忙嗎？還是只會給陸無硯添亂？
她的孕事，已夠讓陸無硯操心了。
方瑾枝立在原地猶豫一會兒，又緩緩退回屋裡，將剛穿上的斗篷、外衣脫下來。
如今有孕，更值該小心的月份，她照顧好腹中孩子，才是眼下重中之重。
雖然心裡焦急，可她明白，陸無硯至今未歸，定是有事，不能在這種時候替他添亂。
於是，方瑾枝拿起繡笸裡的繡花繃子，在潔白帕子上繡起花樣來。只是她心裡有事，白皙玉指捏著的繡花針遲遲不能落下，一個時辰過去，也沒繡幾針。
她想了想，索性放下繡花繃子，拿了一本床頭架裡的小雜書來讀。
但平日裡愛看的書，也完全讀不下去，陸佳蒲的笑臉和小太子酣睡的模樣，總是浮現在書頁上，攪得她一陣心亂。
方瑾枝正心煩意亂時，忽有侍女叩門。
「夫人，您歇下了嗎？有客人聲稱是您的舊友，想要見您。」
方瑾枝應聲，讓侍女進來。
侍女輕輕推門而入。「客人讓奴婢把這個帶給您，說您看到後，會見她的。」
方瑾枝的目光落在侍女手裡的東西上，是個繡著牡丹的荷包，隨即知道來者何人。
當年重陽，她給身邊人繡了茱萸荷包，每只荷包上的花樣不同，繡牡丹的送給了靜思。

方瑾枝接過荷包，摩挲上面的繡紋，一時恍惚。

因為靜憶的緣故，她也和靜思徹底斷了往來。如今看著荷包，眼前浮現了靜思還是錦熙王妃時，她第一次見她的情景。

方瑾枝思索一陣，明知靜思很可能是為了靜憶的事情過來，還是決定去見她。

靜思在偏廳裡等得焦急，一見到方瑾枝，急忙迎上去。

「瑾枝，最近妳有見到我妹妹嗎？」

方瑾枝搖頭，心裡又是提防，又是疑惑。

靜思不大相信，追問：「她真的沒來找過妳？」

「沒有……」不知怎的，方瑾枝心裡忽然生出一絲不大好的預感。

靜思眉心緊蹙，欲言又止。

方瑾枝咬唇，還是忍不住開口了。「她說要來找我？」

無論靜思還是葉蕭，都曾親自或託人找過方瑾枝，但靜憶從沒來尋她，才有此一問。

靜思疲憊地坐在椅子裡。「上回她聽說千佛寺很靈驗，病還沒好，就去為妳和妳的孩子祈福。但我沒想到自那日起，她再也沒回來。我曾去千佛寺問過，卻一點消息都沒有。」

方瑾枝想起靜憶被小尼姑攙扶著、一步一步走下千層石階的背影，澀澀地說：「她……沒來找過我……」

「仔細想想，她也不會過來找妳，是我太著急了。」靜思嘆口氣。「她日日夜夜想著妳，盼著妳好，想要見妳。我勸她親自上門，她總是搖頭不肯，覺得妳永遠不會原諒她，也不想再見她，又怎麼會來尋妳呢？」

方瑾枝緊緊抿著唇，沒有說話。

「若是妳見到她，還請告訴我一聲。她身體日益不好，不能再奔波了……」靜思哀求地望著方瑾枝。

方瑾枝受不了這種目光，點了頭。

靜思走後，方瑾枝望著院子裡一株剛剛要發芽的嫩柳許久。

陸無硯回來時，就看見她呆呆站著，鼻尖都凍紅了。

陸無硯皺眉，朝她走去，解下身上的寬袍。

「天快黑了，怎麼一個人在這裡發呆？」他說著，將解下的寬袍小心翼翼披在方瑾枝身上，又幫她攏好衣襟。

方瑾枝長長舒出一口氣。「看，快春天了呢。」

陸無硯順著她的目光看看枝頭嫩芽，又把目光移回她臉上，認真問：「因為佳蒲的事情難過了？」

「她真的死了嗎？」方瑾枝的思緒被陸無硯拉回，抓住他的手，焦急地問。

望著方瑾枝那雙期待的眼睛，陸無硯不忍心讓她難過，可又不能騙她，只得緩緩點頭。

「怎麼會這樣！」方瑾枝連連搖頭。「真的去了？宮裡那麼多太醫，怎麼沒救下來？請過劉先生沒有？劉先生醫術高超，說不定可以起死回生！」

陸無硯嘆氣。「她服的是劇毒，太醫也沒有辦法。事發時，劉明恕遠在入樓，等他來時，佳蒲的屍體已經涼了。」

話落，他怕方瑾枝難過，輕輕把她攬在懷裡。

方瑾枝覺得心裡一抽一抽地疼，靠在陸無硯懷裡，幾乎將全身的重量都倚在他身上。

別人告訴她陸佳蒲死了，她還不相信，如今陸無硯親口告訴她，她憋在心裡的難過，才終於湧出來。

消息傳回溫國公府時，陸家人大驚失色。

姚氏傻住，逼著報信的小丫鬟重複了五遍，覺得渾身力氣都被抽空，無力地跌坐在地。她的女兒死了。她還沒來得及補償她，她就死了！

姚氏把所有下人趕出去，獨自待在屋裡，把陸佳蒲自小的事回憶一遍。最後，腦海中的畫面停留在最後一次見她那回，正是她要進宮選秀時。

原來，已經這麼久沒見過她了……

姚氏終於嚎啕大哭起來。

接下來幾日，楚懷川一直沒上早朝，一邊養病，一邊陪著楚雅和。

楚雅和的燒逐漸退了，身子也好起來。每次楚懷川喝藥時，她總是眼巴巴地盯著他，若楚懷川微微蹙眉，便大聲說：「父皇不要怕苦！我都不怕！」

楚懷川笑著把她抱到膝上，心想幸好還有她伴在身邊。

養了七、八日，楚懷川的身子才慢慢好轉。

他重新上早朝後的第一件事，就是削弱溫國公府的勢力。不僅是陸家為官的男人，連和陸家有交情、有關係的朝臣也一併降職。

群臣知道楚懷川依然憤怒，且所降官職也不過一到三級，便不好勸諫，由他去了。官職升降本是尋常，降個一、兩級，表面上看著無關痛癢，卻是聖意。

群臣稟完事情後，楚懷川開口。「右相大人，朕聽聞你的孫女剛剛及笄。」

右相糜吉信走出來，有些心驚膽戰地說：「啟稟陛下，臣的孫女上個月剛剛及笄。」不明白楚懷川為何突然提起此事？

糜吉信向來捍衛皇室正統，是極力主張還政於楚懷川的人，不過卻是有些懼內，更是疼愛孫女。他一共有八個兒子，給他添了十四個孫兒，卻只有一個孫女，簡直是全府上下的掌上明珠，更是他的心頭寶。

「那愛卿的孫女可有婚約在身？」

「臣的家人極疼這孩子，想多留兩年，暫且還沒訂下親事……」糜吉信覺得更忐忑了。

楚懷川笑著點頭，令立在身後的太監宣旨，封糜吉信的孫女為后。

糜吉信伏地接旨，群臣跪地道賀。

「四、五、六……六！」在群臣的道賀聲中，楚懷川突然開始數數。

跪了一地的臣子不解地抬頭望向他。

「宮中向來有四妃，可朕上次給荊國郡主封妃，如今是五妃了。嘖……」楚懷川皺眉。「朕覺得五這個數字不好，不如六好，六六大順嘛！」

他黑亮的眸子一轉，目光落在榮丹緬身上，一拍大腿。「嘿，榮丹緬，你不是說你女兒傾心朕許久嗎？來來來，正好今日立后，也把你女兒封個妃，就……封順妃！」

「臣領旨謝恩。」榮丹緬有點不大甘心地跪謝楚懷川。

他原本想把女兒送入宮中，是打算把她扶到后位上的，但如今楚懷川竟直接立糜吉信的孫女為皇后，還封他女兒為順妃，分明說他女兒是來湊數的！

接下來幾日，楚懷川隨意撤換、升遷許多官員，而理由也十分隨意。比如某位官員髮冠歪了，比如某位官員在朝堂上打個噴嚏，就被貶官或免職。

而升遷的理由更是胡扯。

他辦了個鸚鵡賽，讓群臣獻出最美的鸚鵡，誰獻的鸚鵡好看，誰就能升官。其中就包括秦錦峰，秦錦峰接連調升，直接官居二品。

以秦錦峰的年紀，能坐上這個位置，實在是不可能的事。

不過這段時日楚懷川動的官員實在太多，今日升個三級，明日指不定被貶為草民，混亂之下，秦錦峰的升官，倒顯得不起眼了。

一個憑著送鸚鵡而升到二品的官員，能做多久？說不定第二日就被撤換。誰也沒把秦錦峰當回事。

不是沒有朝臣死諫，但楚懷川一改往昔軟弱不拿主意的作風，諫者誅之，連三代老臣也被他推出去斬首。

楚映司自然不願看見楚懷川這般胡作非為下去，開口說他。

孰料，自楚映司輔帝以來，從未反駁她的楚懷川，竟當著文武百官的面，第一次出聲頂撞，大聲質問：「楚映司，到底誰才是皇帝？難道妳覬覦皇位許久，想代替朕不成？」

楚映司忍了又忍，被他當眾責罵三次，終於憤而離去，再不早朝。朝臣來苦苦求她勸楚懷川，也避而不見。

楚映司本就不是好脾氣的人，受責三次，氣得心尖發顫，恨不得再也不見楚懷川。

陸申機知道她在氣頭上，也不勸她，只等她慢慢消氣。

接下來，楚懷川廣建宮殿，奢侈鋪張，完全不管荊、遼兩國開戰在即。

民間都在傳，楚懷川因喪子之痛而性情大變，儼然已是徹底的昏君。

第八十章

就這樣過去了兩個多月。

方瑾枝腹中的胎兒已經五個月，小腹微微隆起，行走時帶著別樣的溫柔。

這日，她微笑著將泡好的茶端給楚映司。「母親，嚐嚐看。」

發呆的楚映司這才回神。「哪裡用妳親自泡茶，小心累著身子。」

方瑾枝搖搖頭。「做這點事，哪裡就能累著了，沒那麼嬌貴呢。」

話落，她走到楚映司身後，輕輕為她捶肩，忽然想起靜憶。上次靜思來過後，她也曾悄悄派人尋找靜憶，但兩個月過去，一點消息都沒有。

楚映司按住方瑾枝的手，把她拉到身邊坐下，笑道：「不用妳做這些，無硯看見了，還以為我又苛待他媳婦兒呢。這惡婆婆的罪名，我可擔不得。」

「無硯才不會這麼想。」方瑾枝不好意思地笑起來。

楚映司這話，可不是隨口說說。

之前用膳時，方瑾枝覺得腹中不舒服，楚映司有經驗，便讓她走動走動。

方瑾枝起身時，見楚映司碗中的湯空了，遂順手幫她盛一碗。

恰巧陸無硯回來撞見，開口就說：「又不是沒有侍女伺候，幹麼讓瑾枝端茶倒水？」

氣得楚映司直接將手裡的茶碗砸在陸無硯腳邊。

方瑾枝身上穿著寬鬆的齊胸襦裝，五個月的身子瞧著並不是特別明顯。但她坐下後，裙子垂下、服貼在身上時，就徹底顯露出來。

望著方瑾枝微微隆起的小腹，楚映司眼中的愁緒不由淡去，慢慢逸出幾分溫柔。她居然是快要做祖母的人了。

方瑾枝知道楚映司最近心情很差，便柔聲勸慰：「母親，您不要擔憂，陛下許是一時想不開，過段時日便好了。他自小跟在您身邊，這份感情哪有那麼容易被磨滅呢。」

楚映司知道方瑾枝是好意，只是人與人之間的感情，本來就是如人飲水，冷暖自知。若是尋常人家，她與楚懷川之間還好說，但他們生在皇室，這份姊弟情誼裡，總是要摻雜些別的東西。

兩人說著話，陸申機和陸無硯一併進來，陸申機走在前面，氣勢驚人。見他邁的步子比以往更大更急，楚映司就知道不對勁。

「映司，收拾東西，咱們立刻就走！」陸申機沒頭沒腦來了這麼一句。

「出了何事？」楚映司問。

陸申機沒回答，而是坐下捧起茶碗，將裡面的茶一飲而盡。

陸無硯見狀，這才慢悠悠地道：「幾位親王一直留在皇城，未回封地。近日得到消息，他們留在封地的兵馬悄悄到了武扶州、康川莊和長樂山。」

大遼親王的封地都有駐兵，待國家征戰時，作為後援。除非得到皇令，這些兵馬不可輕易離開封地，更不可擅自來皇城，否則便當成謀逆論處。而武扶州、康川莊和長樂山都是距離皇城很近的地方。

楚映司猛地拍桌，怒道：「楚懷川他到底想要做什麼?!」

「妳管他想幹麼，我看他就是瘋了！」陸申機放下茶碗，起身去拉楚映司。「走走走，咱們現在就離開。這個將軍，我也不當了，誰愛為他帶兵打仗，誰去！」

楚映司甩開陸申機的手，皺眉輕斥：「就不能好好說話？我的手都被你捏疼了！」

陸申機握慣刀槍，此時激動，拉著楚映司時就沒掌握好力道，見她的手果真紅了一圈，有些不好意思。

方瑾枝見狀，站起來，和陸無硯一起告退。

院外，陸無硯扶著方瑾枝，不讓她有一點閃失，小心地走回兩人住的院子。

「現在我的胎已經很穩，也不會再害喜，不用那麼緊張。」方瑾枝溫柔地笑笑，又問起宮裡的事。

陸無硯搖搖頭。「看不透。」

雖然說得簡單，但方瑾枝明白他話中的意思，是說他看不透楚懷川到底想幹麼？

方瑾枝思索一會兒，才道：「那……我們就什麼都不做嗎？」

說話間，陸無硯和方瑾枝進了自己房中。

陸無硯扶著方瑾枝在窗下長榻上坐下，又為她關窗，免得她著涼，才說：「放心吧，就算暫時看不懂他想做什麼，但總留了自保之路。」

方瑾枝點點頭，彎下腰，想要脫鞋。

如今她雖不似前兩個月那樣害喜，卻變得雙腳腫脹。沒走多久，漂亮白皙的小腳丫就開始發腫。

「別動，我來就好。」陸無硯替她脫鞋，又吩咐侍女端來溫水，讓她泡泡腳。

一會兒後，方瑾枝低頭，靜靜瞧著陸無硯拿乾淨帕子幫她擦乾雙腳上的水漬。

「無硯，你是真的沒看懂陛下想做什麼嗎？」

陸無硯的手頓了下，又繼續為她擦腳。

「朝臣都說懷川因太子夭折、佳蒲自盡之事而性情大變，激起多年憤懣，想徹底奪回皇權。可是……」

陸無硯嘆氣，抱起方瑾枝，小心翼翼地放在床榻上。

「瑾枝，如果全天下的人都說某個人要害妳，妳卻堅信他不會，是為什麼？」

方瑾枝挽著陸無硯的胳膊，把他拉到身邊，溫柔地說：「因為他是你的家人啊。」

「家人？」

方瑾枝彎著一雙月牙眼，輕輕點頭。「如果全天下的人說你、兩個妹妹或哥哥要害我，我也不會相信。」

陸無硯點點頭，不再多說，擁著方瑾枝歇下了。

另一邊，陸申機和楚映司卻起了爭執。

楚映司和陸申機都不是好脾氣的人，最近楚映司心情又不好，兩人談著談著，不歡而散，悶頭去睡。

天快亮時，響起一陣急促的敲門聲。

「那混小子又幹了什麼荒唐事都甭來煩本宮！」楚映司沒好氣地吼。

入醫敲門的手在發抖，撲通跪下。「長公主，陛下駕崩了！」

楚映司聽見，一個激靈坐起來，來不及披上衣服，穿著寢衣衝出圍屏，大聲質問：「妳說什麼?!再說一遍！」

「禹、禹仙宮失火，燒得什麼都不剩，陛下、陛下沒救回來……」

楚映司翻身下床，奪門而出……

楚映司牽了馬廄裡的馬，朝宮中一路狂奔。同樣被消息驚醒、趕往皇宮的陸無硯和陸申機被她落在後面。

楚映司騎著馬，直接衝到禹仙宮。

遠遠地，她就看見沖天火光。無數侍衛、太監和宮女正一桶桶澆水滅火，但火勢實在太大了，完全無用。

楚映司奔上前，大火烤得這方天地炙熱起來。

「這到底是怎麼回事？」楚映司高聲質問，嗓音裡裹著濃濃的恐懼。

小周子身上的衣服都被燒焦，臉上也蹭了層黑灰，跑到楚映司面前，慌張跪下。

「啟稟長公主，上個月陛下下令重建禹仙宮，留給小公主。今日陛下和小公主用過晚膳，小公主硬拉著陛下過來看她日後的住處。後來，小公主睏了，陛下就抱她去寢屋，讓她睡一會兒再回去。後來順妃娘娘過來，把小公主吵醒……」

「直接說！」楚映司厲聲打斷他的話。

「是。」小周子忙道：「小公主被順妃娘娘吵醒後，陛下責罵順妃娘娘幾句，趕她回宮，又吩咐奴才去御膳房準備消夜。等奴才回來時，禹仙宮就燒起來了……」

「宮女呢？侍衛呢？人都死哪兒去了，沒人陪著陛下？」楚映司繼續責問，氣勢驚人。

小周子縮肩，心驚膽戰地回稟：「禹仙宮還沒修完，平日裡沒有人。陛下身邊向來沒有太多宮女、太監，只有奴才跟著……」

楚映司怒道：「都去救人！若陛下有個三長兩短，你們全部賠命！」

得了楚映司的話，救火的宮人越發賣命。可惜是夜有風，禹仙宮裡又堆了大片木材，火勢哪是那般容易就能撲滅。

得到消息的朝臣也匆匆趕進宮。這種時候最需要表現忠心，文武百官擼起袖子親自救火，別管平日裡是文弱書生，還是作威作福的官老爺，此時此刻都要衝上去，若是衝晚了，指不定要被降罪。

不過，望著沖天火光，眾人心裡都知道，情況不會太樂觀。

第二天一早，皇城中的百姓起床，也看見宮裡起火，街頭巷尾，議論紛紛。

等到禹仙宮的火被撲滅時，已經快到巳時了。

侍衛從宮中抬出兩具屍體，一大一小，大的將小的護在懷裡，已經燒焦，黏在一起。

「陛下——」不知是誰高呼一聲，緊接著所有人都跪倒，痛哭不休。

陸無硯蹲在兩具屍體前，想驗明真身。然而這兩具屍體完全成了焦炭，別說模樣，連是男是女都分不清。

楚映司立在廢墟前，死死盯著兩具燒焦的屍體，完全不相信楚懷川就這麼死了。

陸無硯擔心她，走到她身邊，壓低了聲音說：「母親，這件事有蹊蹺。」

楚映司僵硬地點點頭，像對陸無硯說，又像是自言自語：「本宮知道。可是這孩子究竟又在胡鬧什麼……」

伏地慟哭的群臣中，一員武將忽然站起，指著楚映司，高聲說：「陛下怎麼會突然來廢棄的禹仙宮？定是有人把陛下引到這裡，又放了這把大火！」

另一位年事已高的文官也起身，他的鬍子已經白透，說話時，白鬍子一抖一抖的。

「陛下最近經歷喪子之痛，思緒不穩，曾出言責備長公主，長公主卻拂袖而去。敢問長公主，可否知道禹仙宮因何起火？」

楚映司手下的武將站起來，怒道：「你這老頭是什麼意思？長公主已經一個多月不曾上朝，不曾入宮，怎會謀害陛下？你不要血口噴人！」

「你才是血口噴人！老夫什麼時候說長公主謀害陛下？老臣只是想把事情弄清楚，還陛下公道！」

「公道？我看你是想乘機陷害長公主。哼，陛下屍骨未寒，你就在這裡誣衊陛下向來敬重的長公主，企圖破壞陛下與長公主之間的姊弟情誼，究竟是何居心？」

「你才是誣衊！先帝在時，老夫便忠心耿耿，五十載過後，仍舊一心一意捍衛大遼！」

「都給本宮住口！」楚映司厲聲阻止朝臣爭吵，冷冷目光掃過黑壓壓的人群。「禁衛軍聽令，即刻起，任何人只許進，不許出！」

陸無硯想了一下，在楚映司身邊低聲道：「母親，現在封鎖皇宮或許已經遲了。」

楚映司微微點頭，又令封陽鴻關閉城門，徹底搜查皇城。

此時，陸無硯目光一掃，見有道黑影一閃而過，立刻高聲喝問：「誰在那裡鬼鬼祟祟！」

禁衛軍立刻衝進葳蕤的草木叢中，把人帶過來。居然是段伊凌。

楚映司仔細打量她，質問道：「妳躲在那裡做什麼？」

段伊凌皺眉，看向楚映司的目光有些游移。

「再不說，拉出去杖責五十！」

段伊凌這才道：「我看見順妃去而復返。去時手裡提著宮燈，離開時，宮燈不見了……」

楚映司猛地抬頭。

朝臣也聽見段伊凌的話，止住慟哭，一時有些呆怔。今日這場大火，莫非真有蹊蹺？

榮丹緬立刻反應過來，起身怒道：「此等大事，娘娘不要胡說八道！」又對楚映司深深彎腰，言詞懇切。「長公主，豔妃是荊國人，她說的話怎麼可以相信？」

這時，小周子忽然出聲。「奴才想起來了！昨晚陛下沒有召順妃娘娘，是順妃娘娘突然跑來的！」

「我沒有！」

跪了滿地的宮嬪裡響起一聲驚呼，順妃從地上爬起來，匆匆趕到前面。她的臉上還有未乾的淚痕，不是為楚懷川的死傷心，而是楚懷川死了，以後她的大好日子就沒了！

「長公主，我怎麼可能加害陛下！我……我只是想來見見陛下。陛下讓我離開後，我沒有回來啊！」

順妃指著段伊凌，咬牙切齒地說：「妳這個異族人，為何要睜眼說瞎話?!」

段伊凌嗤了聲。「妳說沒有就沒有吧，別像個潑婦一樣指著我，也不嫌丟人現眼。」

楚映司和陸無硯對視一眼，頓生默契。

這把火到底是不是順妃放的，並不重要，如今有人證，便可利用此事，剷除榮丹緬。

「來人！」楚映司揮袖。「把順妃和榮丹緬押入天牢！」

榮丹緬拚命掙扎，大聲喊：「冤枉啊！微臣怎麼會做這樣的事，定是長公主栽贓陷害！」

順妃癱倒在地，哭得梨花帶雨。

陸無硯上前一步，冷道：「左相大人，你勾結衛王並荊國皇室，今日又陷害陛下，實在罪無可赦。」

榮丹緬掙扎的動作一僵，震驚地望著陸無硯。

他不怕別人誣衊順妃，他相信他的女兒不會這麼做，只要沒做，總有可能查明真相翻身；但他勾結衛王之事卻是板上釘釘，是真正的謀逆之罪！

「你不要含血噴人！」榮丹緬瞪大眼睛，十分憤怒。只有他自己知道，心裡是多麼緊張害怕。

陸無硯招手，入酒呈上幾封信，是楚行仄寄給榮丹緬的。陸無硯讓朝中幾位認識楚行仄筆跡的老臣親自驗視字跡，確定是楚行仄的。

榮丹緬看見那些信件時，頓時臉色如土。

朝臣中，有人大聲厲喝。「左相勾結衛王多年，怪不得一心把女兒送入宮中為妃，目的竟是要害死陛下！」

兩件事壓在榮丹緬頭上，他被拖下去時，整個人呆傻，知道自己徹底完了。

當年楚懷川病弱，朝中由楚映司把持，他見楚行仄權勢不小，為給自己留條後路，遂投奔之。

後來，楚懷川的身體漸好，他又打起把女兒送入宮中的主意，若女兒能被封后，那他就不用再為楚行仄做事。

他以為自己夠聰明，留了兩條路，沒想到在今天翻船！

那些平日追隨榮丹緬的人都噤了聲，誰都不敢再為他說話。

伏地的宮嬪哭得楚映司一陣心煩，命小周子將這些妃子送回各自寢宮。小周子急忙領命，安排宮女、太監送她們回去。

小周子悄悄看楚映司一眼，見她側過身和陸無硯小聲商議事情，沒注意他，才親自送段伊凌回去。

小路寂寂，段伊凌壓低了聲音，問道：「秦大人在哪裡？」

小周子見四周無人，才說：「娘娘寬心，秦大人既然答應娘娘事成之後送您出宮，必不會食言。只是如今皇宮有人盤查，娘娘還需再耐心等幾日。」

段伊凌雖然不耐煩，可也明白小周子這話不假，只好悶悶不樂地回寢宮。

昨日秦錦峰來見她，說只要指認順妃，就可以把她送出宮。本來她心裡還有所忌憚，但想到要一輩子困在宮裡，才答應下來。

她一天都不想在這裡待下去！

第八十一章

楚映司根本不相信楚懷川就這麼死了，望著地上的兩具屍體，完全想不透楚懷川到底想做什麼？難道跟她置氣，扔下擔子跑了？向來沈著冷靜的她，頭一遭心亂如麻。

「母親。」陸無硯蹙眉。「您打算怎麼辦？國不可一日無君，朝中必定動盪。」

楚映司嘆氣。「這孩子怎麼這樣任性，如今兩國交戰在即，他卻……」話沒說完，看見遠方來人，不由一愣。

「何公公？」

何公公是先帝身邊的紅人，重臣見到他也要畢恭畢敬。如今他已過古稀之年，在先帝去後，他拒絕留在皇城享受錦衣玉食，去皇陵為先帝守靈。

小時候，楚映司沒少受何公公的照拂，親自迎上前。「何公公，您怎麼過來了？」垂眸時，瞧見他手中的錦盒。

「老奴是來宣旨的。」何公公慈愛笑笑，打開錦盒，取出聖旨。「楚映司接旨——」

楚映司僵了一會兒，才慢慢跪下。

「詔曰：楚映司輔政十七載，殫精竭慮，功標青史。朕駕崩之後，若宮中無太子，則令其繼承皇位，衛我大遼，欽此。」

何公公讀完，收起聖旨，遞給楚映司。

然而，楚映司跪在原地，很久都沒有伸手。

「長公主？」何公公小聲提點。

楚映司這才慢慢回過神，接過聖旨，只覺得無比沈重。

何公公嘆氣，上前扶起楚映司，然後在兩個小太監的幫助下，跪下高喊。「吾皇萬歲萬歲萬萬歲！」

「且慢！誰曉得這聖旨是真是假？」一名官員忽然站起來。

另一個官員也跟著起身。「敢問何公公，陛下幾時立下詔書的？還請先驗驗這道聖旨的真假！」

「就算宮中無太子，理應從親王之子中選出下一任國君，怎可讓一個女人稱帝！」

「我看這道聖旨有假！」

面對這一連串質問，何公公早已有所準備，在小太監的攙扶下起身。

「諸位稍安勿躁，這道聖旨是三年前立的，當時不僅老奴在場，幾位親王也在。」

「沒錯，陛下立下這道聖旨時，本王在場。」果親王從人群中走出來。

緊接著，端親王也帶著其他親王出來。

果親王的目光掃過那幾個官員。「難道你們要抗旨？」

幾個臣子咬著牙，沒有吭聲，但臉上表情已經出賣了他們的想法。他們不願意接受楚映司登基為帝。

不僅是他們，那些沈默的臣子中，也有很多人有同樣的想法。

氣氛陡然冷下來，僵持之中，藏著劍拔弩張的凶險。

這時，曹祝源從人群裡走出來。「老臣有話要說。」

曹祝源是國中大儒，朝中大多數經科舉為官的臣子都曾是他的學生，眾人見他出聲，心想他定會堅守正統。

曹祝源跪下來，懇切地說：「自陛下登基以來，隨著心情上早朝，不問朝政，無所建樹，亦無政績。最近更是荒唐理政，以鸜鵒賽、鬥蛐蛐、賽詩賞花等玩樂之事升貶官職，又在大遼與荊國交戰之際鋪張浪費，廣建宮殿，置百姓於危難而不顧……」

陸無硯驚訝地看向曹祝源。曹祝源念了一輩子的書，捧了一輩子的聖賢心，一心為主，向來主張還政於楚懷川，難以相信這些話是他說出來的。

不僅是陸無硯，那些朝臣無不對他所說的話感到震驚；尤其是他的學生，更是個個張大嘴，好像不認識他了一樣。

「……先帝建立大遼，是為安一方百姓，是為天下太平。若先帝知道陛下所作所為，必為之傷心。」

曹祝源說著，抬手用袖子擦拭額頭的汗。

「長公主一心為大遼任勞任怨，大愛護主，又有帝王之懷抱。因此，臣願誓死效忠長……陛下！」他深深伏地，高呼：「陛下萬歲萬歲萬萬歲！」

那些一心支持楚懷川的老臣們見曹祝源伏地跪拜，徹底慌了，忽然想起麋吉信，連忙尋找他的人影。

「右相大人！」有人高呼一聲，望著正匆匆趕來的糜吉信。

糜吉信腳步匆忙，臉上煞白一片。

秦錦峰慢悠悠地跟在他身後。

糜吉信的屬下立刻迎上去，把事情細細告訴他了，還不時望向一直沒說話的楚映司。

糜吉信擺擺手，揮退屬下，對楚映司下跪。「臣，參見陛下，吾皇萬歲萬歲萬萬歲！」

氣氛如死寂一般。

糜吉信暗暗咬牙。若是他不照辦，他的孫女就要死了！怪不得楚懷川突然要立他的孫女為后，早知如此，他便不該把寶貝孫女送進宮！

「糜吉信，你怎麼可以這樣?!」一位老臣氣呼呼地站起來。「如果大遼由女人當皇帝，我立刻告老還鄉！」

又一員武將起身，大聲道：「我不會為一個女人打仗！如果今日長公主即位，本將扣著手中兵馬，拒不出戰！」

秦錦峰從糜吉信身後走出，道：「臣手中也有一道陛下的聖旨。」

聽他這麼說，所有人都看向他。

秦錦峰慢慢從袖中取出幾張明黃色的單子。「陛下旨意，若有人不服新帝者，自可離去。這些，是朝中每位官員的替補名單。」

「如何撤換，還請陛下定奪。」秦錦峰走到楚映司面前，恭恭敬敬地捧上名單。

楚映司有些呆愣地抬手，把寫得密密麻麻的名單握在掌中。

「巧了。」果親王笑一下。「本王手中也有聖旨。」

他抬手，侍從隨即捧上聖旨，由他展開唸道：「奉陛下旨意，若有人對新帝不敬者，殺無赦！」

「另外，本王與其他親王共帶二十七萬兵馬駐於近城。從今以後，將兵馬獻於新帝，為國之用。」

話落，幾位親王同時向楚映司跪下，代表著徹底的效忠。

楚映司的目光慢慢從手中的聖旨移開，看向何公公、幾位親王、秦錦峰、曹祝源，還有靡吉信，好像明瞭了楚懷川的用意。

陸無硯也從驚詫中回神，怕楚映司一時想不通，忙去攙扶，又低低喚了聲：「母親？」

楚映司抬眼望向身前的禹仙宮，禹仙宮已經燒得什麼都不剩了。

楚映司好像看見小時候的楚懷川，病殃殃地坐在臺階上，等她來接他。他懂事地點頭，假裝開心地說：「皇姊放心，川兒一個人在宮裡會好好的！」

她又想起立楚享樂為太子的那晚，楚懷川坐在雜草相伴的臺階上，靜靜看著她……

「皇姊，妳我之間，到底是誰不信任誰？」

「這偌大的宮殿無一處安穩，處處是眼線，處處是危險，哪裡有半分家的樣子？

「皇姊，這皇位、這皇宮，整座江山送您又如何？您有沒有想過，從您第一天開始防備朕時，朕也會難過？」

他說那些話時，是在笑的，只是離去時隱約落了一滴淚。

楚映司覺得心裡一陣悶痛，好像被什麼東西堵住，又像誰給了她一錘重擊。

她一直都把楚懷川當成孩子，以為他胡鬧任性，以為他肆意妄為，甚至剛剛還責怪他不顧別人危險，只顧自己卸責，逍遙快活。

可是他把一切都安排好了。

他是故意的啊！

從楚映司得到他暗中拉攏心腹、聯絡親王那日開始，他就在籌備今日的事情。

他請何公公頒布即位聖旨。

他用自己的死，拉下榮丹緬一黨。

他利用糜吉信疼愛孫女的弱點，故意封她為后，用她的性命要脅他；還找秦錦峰當說客，下了密旨，親手打壓一心輔佐他的糜吉信一派。

因為時間緊迫，他故意用荒誕不經的行徑掩飾真正想提拔和除去的人。

他不惜擔上昏君罵名，再命秦錦峰說動曹祝源，在今日這等場合下，唸出他的惡行。

他知道有些頑固的朝臣不願接受女人稱帝，所以花了很長的工夫，寫下所有官員的替補名錄。不為真的有用，只為表明他的態度。

這些還不夠。

兵權，才是重中之重。

其實他從三年前就開始遊說幾位親王，只是今年動作大起來，被楚映司發現。

楚映司懷疑過，楚懷川聯繫親王，是為維護他的皇權。然而，他只是想把這兵權交給她，作為她的稱帝賀禮。

「母親？」陸無硯又輕喚一聲。

楚映司想明白的事情，他自然也想通了，心中悵然，又怕楚映司難受。

楚映司閉眼，將眼底那點濕意壓下去，轉身朝跪地的群臣微微抬手。

「眾愛卿平身——」

皇宮被封三日，一無所獲。楚映司下令開門，但仍舊派人在皇城中暗自搜捕。十日過去，還是完全沒有楚懷川的消息。

楚映司登基那天，換上繁複的曳地宮裝，只是這次的繡紋再不是舞鳳，而是象徵著帝王威儀的黑龍。

她立在祭天臺上，緩緩轉身。

「吾皇萬歲萬歲萬萬歲！」群臣與百姓伏地跪拜，聲可動天。

楚映司抬頭望著遠處湛藍的天際，又看向大遼國土，心中本應激起守衛家國的豪情，然而浮現在她眼前的，總是楚懷川的嬉皮笑臉。

上次她登上祭天臺，是牽著楚懷川的手，一步一步拾階而上。

五歲的楚懷川歪著頭，小聲說：「皇姊，我會當好這個皇帝的！」

她沒有看他，目視前方。「不可多言。」

楚懷川吐吐舌頭，轉回頭，鄭重地一步步向前走去。

「陛下……」小周子跪在地上，畏懼地望著楚映司，知道自己犯了大錯。

楚映司坐在明黃龍椅裡，不需言語，只冷冷看著他。

小周子立刻伏地，顫聲道：「奴才知道錯了！求您饒了奴才一命！陛下……陛下說，這都是為了您，奴才對您忠心耿耿，才幫秦大人帶話，除此之外，奴才什麼都沒做……」

楚懷川正是利用小周子的忠心，才收買了他。

其實，他收買小周子，還有另一層用意。小周子是楚映司的人，自然會把他假死的事告訴她，免得這個傻姊姊真以為他死了而傷心。

陸無硯看向隨侍的入酒，問道：「入酒，秦錦峰現在在哪兒？」

入酒面露難色，回答：「當日他將那份名單交給陛下後，悄悄趁亂走了。他已在禹仙宮失火前日就辭去官職，如今並不在皇城。」

「秦家也沒有消息？」陸無硯又問。

入酒搖頭。「自從年後，他就一直沒回秦家。」

「查！」楚映司嘆氣。「定要把這個人翻出來！」

近日朝中官員變動厲害，雖說還算安穩，楚映司卻是忙碌異常，此時臉上已經露出幾分疲態。

陸無硯走到她身後，輕輕給她捏著肩，權當無聲的安慰。

這時，秦錦峰已經離開了皇城。

他喬裝成乞丐，在嚴格的盤查後，終於成功隨著一對行乞人出城。

雖說滿城搜捕，但皇城這般大，城門守衛再怎麼仔細，也查不出一個精心易容的人。

秦錦峰出城後，沒有換下這身裝扮，而是繼續跟著那對行乞者走了一段。等到天黑，才悄無聲息地離開。

他鑽進小巷，在一間不起眼的房子前輕輕叩門，不敢敲得太響，怕嚇著裡面的人。

秦錦峰靜靜立在門外，等了好一會兒，才聽見院子裡傳來一陣細微的腳步聲。

隔著一道門，聽著她的腳步聲，他彷彿已能看見她走路的樣子。

吱呀——

門被推開一條縫，露出陸佳蒲的臉。

「秦大人……」陸佳蒲警覺的目光中露出一絲欣喜，急忙開門，讓秦錦峰進來。

秦錦峰立在原地，含笑道：「請娘娘收拾東西，該出發了。」

聽到秦錦峰這般說，陸佳蒲的喜悅更甚，急忙點頭，小跑著回屋拿行李。

望著陸佳蒲歡喜的背影，秦錦峰的嘴角不由漾出笑意。

他當然知道她為什麼歡喜，因為她很快就能見到楚懷川了。不管她因為什麼歡喜，只要她真的開心，他便替她高興。

陸佳蒲很快從屋裡出來，懷中抱著楚享樂。楚享樂本就是個十分安靜的孩子，此時雖然醒著，卻不哭不鬧，只是抓著陸佳蒲的翡翠鐲子玩。

陸佳蒲的行李很少，可是楚享樂的東西卻有些多。

見她又抱著孩子、又提著包袱，秦錦峰這才上前跨進門檻，替她拿東西。

「多謝秦大人。」陸佳蒲有些歉疚地看著他。

秦錦峰沒多說什麼，帶著陸佳蒲往外走。

小巷很窄，不能把馬車駛進來，又不能驚動旁邊的人家，泥路也不好走。

秦錦峰不由放緩腳步。

陸佳蒲心細，自然懂得秦錦峰的好意，抿了唇，沒有多說別的，加快了步子。

終於走到小巷盡頭，遠遠看見停在那裡的馬車，陸佳蒲展顏一笑。

為避人耳目，這些日子，陸佳蒲獨自住在宅子裡，不僅要自己洗衣做飯，還要照顧楚享樂。她未出嫁時，是溫國公府裡尊貴的嫡女，出嫁後更是貴為貴妃，哪裡做過這些事情？如今登上馬車，想著很快就能見到楚懷川，才真正鬆了口氣。

這一程，並不近。

陸佳蒲身邊沒有下人，秦錦峰得親自趕車。孤男寡女，卻要同行近月餘。

不過，秦錦峰並非唐突之人，平時坐在車夫的位置趕車，連下雨時，也只披上蓑衣，不進車廂。

陸佳蒲把車門推開一些。「秦大人，雨越下越大，還是找座寺廟，先避避雨吧。」

秦錦峰猶豫一會兒，出聲答應。

為了不洩漏行蹤，他把馬車停在一座破廟前，讓陸佳蒲母子進去躲雨。

陸佳蒲抱著楚享樂，逗著他玩；秦錦峰立在門口，背對陸佳蒲，望向外面的大雨。

楚享樂鬧一會兒，就打著哈欠睡著了。

陸佳蒲這才抬起頭，望著秦錦峰的背影，輕聲道：「謝謝。」

秦錦峰假裝沒有聽見。

雨很快就停了，他們又要繼續趕路。接下來的路途，除非必須，兩人沒再交談過。

第八十二章

秦錦峰帶著陸佳蒲母子，走了十多天的路，棄車登船，又趕十來日後，終於抵達小島。

秦錦峰帶著他們走進小島深處，兩邊的野花懶洋洋地綻放，一座簡單庭院出現在眼前。

陸佳蒲抱緊楚享樂，疾步走進庭院裡。

「享樂，我們就要見到你父皇了！」她的聲音裡帶著滿滿的歡喜。

然而，整座庭院空蕩蕩的，一個人都沒有。

陸佳蒲臉上的笑容一點點淡下去。被她抱在懷裡的楚享樂什麼都不懂，只伸出小手抓她的衣襟。

秦錦峰看在眼裡，輕聲說：「這次為免惹人起疑，又為行動方便，才讓娘娘和陛下分頭過來。左右不過兩、三日，陛下就到了，娘娘不必擔心。」

這一路裡，秦錦峰難得一口氣說這麼多話。

「我曉得了，謝謝。」陸佳蒲微笑，淺淺柔柔的，只是笑裡帶著點歉意。

楚懷川收買很多人，但他需要一個最可靠的人串聯所有布局，挑來選去，又經過一番試探，最終選了秦錦峰。

為讓秦錦峰忠心耿耿，楚懷川便要陸佳蒲在中間傳話。

當初方瑾枝看見秦錦峰在假山後託侍衛送去落絮宮的東西，正是秦錦峰從劉明恕手中拿到的假死藥，要給陸佳蒲用的。

楚懷川不知什麼時候才會來，陸佳蒲望著逐漸陰沈下來的天色，聽見風吹動樹叢的沙沙作響，不由有些害怕，慢慢抱緊懷裡的楚享樂。

秦錦峰看她一眼，知道她的顧慮。雖然這裡是秦錦峰精心挑選的藏身之處，但他不敢保證海島深處會不會有野獸？別說野獸，就算是野豬或野狗闖進庭院，陸佳蒲也應付不來。

秦錦峰猶豫一會兒，開口道：「娘娘安心住下，我會暫時守在門房，直到陛下趕來。」

陸佳蒲感激地望秦錦峰一眼，欲言又止。

秦錦峰以為她覺得不方便，便說：「除非娘娘有危險，否則我不會進庭院。」

「我不是這個意思。」陸佳蒲緩緩搖頭，抬頭直視秦錦峰。「秦大人離開這麼久，是辭官了吧？」

秦錦峰微怔片刻，才點頭。

他為楚懷川做這些事，如今楚映司登基，仕途自然徹底斷了，能保命已是不錯，如何再提為官？更何況，當初他為配合楚懷川，假意投機取巧謀取官職，早已被昔日同窗所不齒。

陸佳蒲的歉疚，便是由此而來。當初楚懷川讓她聯繫秦錦峰時，她不願意，也不相信秦錦峰會因為她的兩句話自毀仕途。

不過，楚懷川笑著跟她打賭，秦錦峰一定會幫忙。

陸佳蒲不懂楚懷川是怎麼看出來的，但楚懷川讓她知道秦錦峰對她的心意。原本以為一朝分別，再無糾葛、各自安好，卻只是她一個人的安好。

秦錦峰靜靜望著陸佳蒲，看出她眼中的歉意，在心裡輕嘆一聲。明明是他虧欠了她，若非他一時大意，也不會斷送這段姻緣，更不會讓她心如死灰般地入宮。

這大概就是命運。她離開以後，反而獲得了屬於她的幸福。

如此想著，秦錦峰倒是覺得，自己一時糊塗造成的錯誤，卻陰錯陽差成全了她，不知該慶幸還是遺憾？

他緩緩道：「朝中勾心鬥角，實在令人生厭。來日能擇一小城做個教書先生，作育百姓，倒是餘生所盼。」

陸佳蒲會意，收起眼中的歉疚，慢慢漾出一抹暖暖的笑容。

天色快黑了。

「娘娘若有需要，喊我一聲。」秦錦峰看看天空，轉身退出庭院。

原本立下天大志向，欲報效朝廷、大展鴻圖，卻因她的兩句話，欣然放棄一切。

他知道今生與她再無可能，但她卻留在他心裡，成了靜靜的一彎月。

又過了六日，楚懷川才乘船趕到小島。

他到時，正值下半夜，夜幕繁星點綴，海浪輕拍海岸，楚雅和在他懷裡睡得正香。

聽到腳步聲，秦錦峰立時從床上爬起來，來不及披上衣服就趕出去。

楚懷川踹了踹大門。「嘖，這門真是又高又結實。」

瞧見是楚懷川，秦錦峰鬆了口氣，把他們迎進來。

楚雅和被吵醒，睡眼矇矓地問楚懷川。「父皇，您不是說要帶我去天宮？到了嗎？」

「嗯，快了。妳再睡一會兒，醒了就到。」楚懷川把楚雅和的小腦袋摁進懷裡。

楚雅和打個哈欠，竟然又歪著頭睡著了。

楚懷川抱著楚雅和走進庭院，在房門前停下。他有四個多月沒見到陸佳蒲了。

他在門前佇立一會兒，才伸出手去推門。

推不動。

楚懷川黑了臉。原本還想給她一個驚喜，怎麼連門都進不去？

「什麼東西在外面！」屋裡響起陸佳蒲的聲音，細細小小，帶著點顫抖。

楚懷川挑眉。她在害怕？

等等，什麼叫做「什麼東西在外面」？能是什麼東西？

楚懷川想再次推門的手慢慢彎成爪型，在厚重木門撓了一下，然後迅速閃身躲到旁邊。

屋裡響起披衣站起的動靜，緊接著，是細微的腳步聲。

陸佳蒲走到門前，卻沒開門，耳朵貼在門上聽了一會兒。

楚懷川以為她打算開門了，沒想到她竟折回屋中，推了張桌子將門頂上。然後，又是一陣聲響，像是把椅子也挪過來抵著門。

楚懷川差點笑出聲，忽然想逗逗陸佳蒲。

他輕手輕腳地走到窗前，想翻窗進去，嚇唬她一下。然而，他推推窗戶，才發現窗戶已從裡面鎖上。

楚懷川的臉更黑了。

「父皇，您在做什麼呀？」楚雅和不知何時又醒了，正眨巴著一雙大眼，好奇地望著楚懷川。

楚懷川頓時有了主意。「雅和，咱們來玩個遊戲吧。」

楚雅和點頭，眼中流露出濃濃的興致。

楚懷川垂首，在楚雅和耳邊小聲說了幾句話，聽得楚雅和越發興奮了。

「記住了？」楚懷川壓低聲音問。

楚雅和連連點頭。

楚懷川揉揉她的小腦袋，把她從懷裡放下來。

楚雅和衝楚懷川甜甜一笑，露出一對漂亮的小虎牙，轉身跑向房門。

砰砰砰——

楚雅和揮舞著一雙小拳頭使勁砸門，哭著喊：「母妃！開門吶！母妃！」

「雅和？」陸佳蒲怔怔地聽著外面的哭聲，呆了一會兒，才慌忙將抵著門的木椅、鼓凳還有方桌移開。

厚重的木門上還有兩道鎖，她焦急地開鎖推門。

楚雅和站在門口，咧著嘴哭。

「雅和！」陸佳蒲一驚，忙衝出屋子，蹲在楚雅和面前，將她小小的身子摟在懷裡。

人。

「別哭，母妃在這兒。妳怎麼自己在這裡？」陸佳蒲舉目四望，楚雅和身邊並沒有別人。

楚雅和一頭栽進陸佳蒲懷裡，一個勁兒的哭。

起先，楚雅和是因為按照楚懷川說的話來演戲，但是一看見陸佳蒲，心裡的委屈便湧上來。她已經好久好久沒見到陸佳蒲，以為再也見不到疼愛她的母妃，直到楚懷川告訴她，要帶她去找母妃和弟弟。

她好想好想母妃啊！這一路，楚懷川總是捉弄她，讓她更想著陸佳蒲的好了。

陸佳蒲的眼眶也濕了。楚雅和自小養在她身邊，雖然不是親生的，可她早把楚雅和當成親生女兒，這麼久不見，又知她跟著楚懷川奔波，楚懷川向來不會照顧人，想想就心疼。

小姑娘埋在她懷裡哭得傷心，她抱著哄，才發現孩子瘦一圈，忍不住跟著落淚。

「好了、好了，雅和不哭，咱們回去。」陸佳蒲揉揉她的頭，抱起楚雅和，轉身進屋。

楚雅和的臉上還掛著淚珠，但一看見小床裡的楚享樂，立刻忘了哭泣，瞪大的眼睛裡全是驚喜。

「弟弟！」

她掙扎著從陸佳蒲的懷裡跳下來，踢掉鞋子爬上小床，望著酣睡的楚享樂，立刻噤聲，以免吵了他。

陸佳蒲望著一雙兒女的目光溫柔一片，這才轉身關門，又仔細上鎖，才回屋子。

「雅和，今天陪弟弟一起睡好不好？」陸佳蒲揉揉楚雅和的頭，朝床榻走去，想把床上的被子抱下來給她用。

她掀開青色床幔，頓時僵在那裡。

「陛……」

楚懷川的臉黑到底了，伸手使勁戳陸佳蒲的頭，沒好氣地說：「陸佳蒲，妳簡直沒良心！妳眼裡、心裡是不是只有楚雅和那個小東西啊？連問朕一句都沒有！」

陸佳蒲慢慢咬唇，眼淚一滴一滴從眼眶裡湧出來。

楚享樂被吵醒，不安分地哼唧兩聲。

楚雅和伸長脖子，瞧瞧楚懷川的臉色，立刻在楚享樂身邊乖乖躺下，拍他的身子，壓低了聲音哄他。「快睡覺、快睡覺……」

楚享樂眨眼，望著楚雅和，格格笑出聲。

楚雅和趕緊伸手對他做個噤聲的動作，小聲說：「別吵啦，父皇又要發脾氣……」

楚雅和雖然壓低聲音，但屋裡寂靜，仍清晰地落入楚懷川和陸佳蒲耳中。

陸佳蒲抿著唇，忽然笑了。

楚懷川瞪她一眼，自己也笑出來，起身走到小床邊，探手把楚雅和拎起來。

楚雅和睜大了眼睛，可憐巴巴地望著他，又求助似的看向陸佳蒲。

楚懷川抱著她，上床躺下。

「睡覺！」

楚雅和眨巴眼睛，明白了，咧嘴笑起來，摟住楚懷川的脖子，在他下巴上親了一口。

楚懷川有些嫌惡地看她一眼。
陸佳蒲立在床邊，溫柔看著父女倆，然後將含著小拳頭的楚享樂抱出來，也放上床。
床幔放下，隔絕外面的塵世。
一雙兒女很快睡熟了，傳來淺淺的鼾聲。
隔著酣睡的兒女，楚懷川和陸佳蒲靜靜望著對方，伸出手，輕輕放在孩子們身上，然後慢慢相握。

第八十三章

方瑾枝已經有了快八個月的身孕，寬鬆襦裙再也遮掩不了她高聳的小腹。

這日，她帶著夭夭和灼灼在垂鞘院前的花圃裡散步。

正值盛夏，花圃裡各種名貴花兒開得正盛。

方瑾枝沒走幾步，就覺得有些累，額頭和脊背沁出一層薄薄的汗。

夭夭急忙將藤椅擺好，道：「走了這麼久，是該歇一會兒啦。」

灼灼又問：「三少奶奶想吃些什麼點心？奴婢去廚房拿。」

「冰瓜、冰棗、冰梨、冰桃、冰荔枝！」方瑾枝在灼灼的攙扶下坐好，慢悠悠地說。

「三少奶奶，您要不要換兩樣？這些東西太涼了，您碰不得啊。」灼灼苦了臉。

夭夭笑嘻嘻地說：「要不然，奴婢給您拿些糕點或小吃食吧？有蓮花餡餅、玲瓏牡丹鮓、單籠金乳酥、水晶龍鳳糕、花折鵝糕……」

「這是報菜名嗎？」方瑾枝笑著打斷夭夭的話。

夭夭不好意思地撓撓頭。「奴婢是為了讓三少奶奶吃上想吃的東西呀！」

方瑾枝也明白夭夭是故意逗她的，笑著搖搖頭。「不用了，這些東西我都不想吃，端杯溫水過來就好。」

「奴婢這就去。」夭夭笑著應下，匆匆去端水。

方瑾枝望著四周的奼紫嫣紅，若有所思。

拖了這麼久，明日劉明恕就要動刀，分開方瑾平和方瑾安。

她想著，眼前浮現顧希和顧望的樣子，不能不為兩個妹妹擔心。如今顧希徹底痊癒，跟著宋辭學了不少本事，但陰雨時，右臂還是會隱隱發疼；而顧望，已經去世很久了。

方瑾枝嘆氣，很怕方瑾平和方瑾安會落得與顧希、顧望一樣的結局。

日前，她已從劉明恕口裡得知，兩個妹妹共用的那條胳膊，更適合留給方瑾平。

方瑾枝不由想起方瑾安來。

兩個妹妹因從小的生活環境與常人不同，性格十分內向，雖然這兩年已經開朗不少，但細膩敏感的本質還是改不掉；而方瑾安比方瑾平更要安靜、內向一些。

想到方瑾安怯生生的小模樣，方瑾枝又是一陣心疼。明日最好的結果，也不可能讓方瑾安成為健全的人，以後失了一條胳膊，該怎麼辦呢？

但想到去世的顧望，方瑾枝又覺得，就算方瑾安是獨臂，也總好過死去。她根本不敢想，若方瑾安意外去了，該怎麼辦？

「三少奶奶，您的水。」夭夭把溫水端過來。

方瑾枝只抿了一小口，就把杯子放下。

「回去吧。」她慢慢站起來，往回走。想到兩個妹妹，心煩得很，哪裡還有心情賞花？

夭夭和灼灼都明白方瑾枝心煩，對視一眼，也不吵她，安靜地扶她回去。

上樓梯時，方瑾枝忽然哎呀一聲，有些驚訝地低頭，望向自己的小腹。

剛剛，肚子裡那個小傢伙好像踢了她一腳！

方瑾枝小心翼翼地伸手，摸上小傢伙剛剛踢的地方。小傢伙好像感覺到她的撫觸，竟然又踢一腳。

方瑾枝覺得自己好像摸到了他的小腳丫，心裡頓時爬上絲絲縷縷的喜悅。這種喜悅是新奇的，也是甜蜜的。

她回到屋子裡後，一直沈浸在這種喜悅裡，坐在妝檯前的鼓凳上，仔仔細細摸上自己的肚子，想再抓住小傢伙的小腳丫。

然而，肚裡那個小傢伙好像睡著了一樣，再不肯踢她了。

方瑾枝輕拍肚子。「哼，等你出來了，我還不是想怎麼抓你的腳，就怎麼抓！」

她拉開抽屜，將裡面的錦盒拿出來。

打開錦盒，裡面是幾件小東西。一道祈求平安的小桃木符，一個不及核桃大的木雕小馬。桃木符是當初靜憶繫在菩提樹上的，方瑾枝悄悄收起來，打算等肚子裡的小傢伙出生後，讓他隨身戴著。

小木馬則是方瑾平和方瑾安親手雕的，雕工雖然不甚精湛，卻也十分精緻。兩個小姑娘為了雕這個，學了好久，不知道刻壞多少個，才雕出這個像模像樣的來。

傍晚時，陸無硯回來，手裡提著一盞雙魚戲蓮花燈。

「怎麼拿了這個？」方瑾枝接過花燈，迎著燭光瞧燈上的紋路。

「今天是七夕啊。」陸無硯從方瑾枝身後抱住她，下巴抵在她的肩窩上。
方瑾枝有些恍然。
「那咱們去……」
她想出去玩，想逛燈會、猜燈謎，在熱鬧的夜市裡吃好多好多的小吃！
可是……方瑾枝低著頭，有些沮喪地拍拍自己的肚子。現在她只要走得久一點，雙腳就會腫起來，還疲憊得很，只得把後半句話吞回去。
她不能去熱鬧的地方，以防被推擠，也不能吃夜市裡那些誘人的小食。
方瑾枝重重嘆口氣，微微用力拍拍自己的肚子，賭氣地說：「小東西，娘親為你犧牲可大啦！等你長大，得好好寵我！」
陸無硯聞言，笑著把方瑾枝的手握進寬大的掌心。
「人家都是父母疼愛子女，哪有妳這樣要孩子反過來疼的？若說孝敬，倒勉強可以，但寵妳這個說法，可不大對。」
「怎麼不對了？」方瑾枝轉過身望著陸無硯。「我就要他寵著我。到時候一個大的你，一個小的他，一起寵著我！」說著笑起來，唇畔梨渦深陷，臉頰上洋溢著任性的幸福。
「好好好。」陸無硯認真點頭。「我和他一起寵著妳，若他不寵妳，我便連著他那一份，雙倍寵妳。」
方瑾枝笑得偎在陸無硯懷裡。

隨著懷孕的月份漸大，如今方瑾枝行走時，低下頭已看不見自己的腳，也不能彎腰，日常起居，多由陸無硯親手照顧。

本來伺候方瑾枝的事，應該由方瑾枝身邊的丫鬟來做。方瑾枝對那些丫鬟倒是放心，但陸無硯對誰都不放心，唯有自己親手來做，才能安心。

夜裡，陸無硯扶著方瑾枝，小心翼翼地走進溫泉池裡，為了不讓她摔著，扶著她的手一直沒鬆開。

他掬起溫水，輕輕為方瑾枝擦洗身子。「等會兒想吃什麼消夜？」

方瑾枝想了好一會兒，才道：「玉尖麵、糖蒸酥酪和茭瓜餡小餃兒。」

「好。妳扶著高腳桌不要亂動，我去拿衣服。」陸無硯仔細吩咐。

方瑾枝擰著眉頭失笑。「摔不了的。」

「這裡濕。」陸無硯不由分說，將她的手按在高腳桌上，要她扶好。

方瑾枝看著陸無硯走向一旁的衣櫥幫她拿衣服，雖然小聲埋怨他的過分緊張，凝視他的目光卻帶著溫柔甜蜜。

陸無硯把衣服抱來放在高腳桌上，拿起水色抹胸替方瑾枝穿上。繫帶時，陸無硯的動作一頓。

「怎麼了？」方瑾枝轉過頭望著他。

「衣服小了。」陸無硯隨即改口。「不，是變大了。」

他將穿了一半的抹胸拿下來，目光落在方瑾枝雪白飽滿的胸口上。

那一對小桃子，不知不覺中，竟然變成了一對柚子。

瞧出陸無硯黑眸中的異樣，方瑾枝立刻抬起雙臂抱住胸口，警惕地盯著他。「不許打壞主意！」

陸無硯的目光已經下移，落在方瑾枝的肚子上，臉上逐漸浮現出一抹不悅。

方瑾枝詫異地瞧著他的變化，猜不透他又在打什麼主意。

陸無硯抬起頭，嚴肅地看著方瑾枝，十分認真地說：「我改主意了，必須請奶娘。」

「為什麼？不是說好不請奶娘了嗎？我們親自照顧他！」方瑾枝睜大眼睛。

陸無硯一字一頓地說：「只有我能吃！」不管核桃還是桃子，抑或柚子，只有他能吃！

方瑾枝愣愣望著陸無硯，好半天才反應過來這話是什麼意思，臉上頓時飄起一抹緋紅，結結巴巴地說：「你……你簡直無理取鬧嘛！」

陸無硯凝視方瑾枝，眸中異色越來越濃。

方瑾枝頓覺不好，急忙轉過身，也不管抹胸了，拿起中衣就把身子裹起來。

「咳。」陸無硯輕咳一聲，從方瑾枝手中搶過繫帶，幫她繫好，再輕刮她的鼻尖。「別這麼防著我，我知道妳現在辛苦。」又瞪著她的肚子。「生完這個就打住，不許再生了！」

生個孩子，竟然近一年不能碰她，這種美人在懷卻吃不得、碰不得的感覺，實在不好受。更何況還是等了兩輩子、喜歡到骨子裡的妻子。

陸無硯下定決心，等方瑾枝肚裡的小傢伙出生後，再不許她生第二個、第三個！

方瑾枝忍著笑，故意說：「我偏要生，還要再生第二個、第三個、第四個呢！」揚起小下巴，得意洋洋地說：「我就喜歡看見某人半夜獨跑淨室的樣子。」

看著方瑾枝這個小樣子，陸無硯恨得牙癢癢，抓起方瑾枝的一雙手，捧在掌心裡。她的小手絲毫沒被懷孕影響，還是宛如少女時一樣，白皙滑嫩。

陸無硯慢慢握緊這雙手，意味不明地說：「夫人這雙手，好像已經閒了很久……」

方瑾枝微怔，隨即明白陸無硯的意思，抽出自己的手，羞道：「我要回去吃消夜了！」

她轉身往外走，陸無硯急忙含笑追上去，牽起她的手，把她護在臂彎裡。

如今方瑾枝已經過了吃東西或聞到食物味道就會想吐的時期，變成容易疲憊和嗜睡。為此，陸無硯交代過，早上丫鬟們不許喊她起來，要讓她睡足。

但隔天一早，方瑾枝卻在天還沒有亮時，就睜開了眼睛。

方瑾枝大著肚子，翻身不易，慢慢地一點一點轉，轉向身後的陸無硯。

自從方瑾枝有孕後，陸無硯夜裡變得更加警醒。方瑾枝一翻身，他便醒過來，還沒睜開眼睛，便扶著她，幫她翻身。

陸無硯合著眼，吻吻方瑾枝的額頭。「怎麼醒了？擔心她們兩個？」

方瑾枝低低嗯了聲。她不願做最壞的打算，但昨夜總是夢見兩個妹妹，夢見她們的過去，從藏在房裡開始，一直到現在暫居入樓的樣子。

方瑾枝覺得，她就快要夢到兩個妹妹的未來，不敢再看，這才匆匆醒來。

陸無硯睜開眼睛。「現在還有些早，妳想去入樓看她們嗎？」

方瑾枝雖然記掛著兩個妹妹，還是說：「等天亮了再去。」

她把身子往前挪了挪，更靠近陸無硯些，像小時候那樣拽著他的衣襟，有些無助地說：「無硯，她們會平平安安的，對不對？」

「當然。」陸無硯安慰著方瑾枝：「我知道妳是因為顧望的事情擔心，但過去這麼久，劉明恕定已找到更好的方法。妳應該相信他的醫術，更應該相信妹妹們有福氣。」

聽著陸無硯的話，方瑾枝心裡稍微安穩些，慢慢閉上眼睛，又小睡一會兒，等到天光大亮，才和陸無硯起床梳洗。

方瑾枝不是衝動莽撞的人，縱使巴不得立刻出門，也明白如今有孕，不能傷了肚裡的小傢伙，不能讓陸無硯為她擔心，乖乖用完早膳，才和陸無硯乘車去入樓。

入樓裡，方瑾平和方瑾安早就起來了。

昨晚方瑾枝沒睡好，她們也一樣，對於未來有欣然嚮往，也有說不出的恐懼。

兩個小姑娘坐在臺階上，望著剛剛升起的朝陽，誰都沒有開口。

臺階周圍長著茂盛的野薔薇，清風吹過，帶來一陣淡淡芳香。

「姊姊。」方瑾安轉過頭，看向旁邊的方瑾平。「如果，我再也不能醒來，妳一定要替我照顧好我們的姊姊。」

方瑾平低頭咬唇，任由眼淚一顆一顆落下。

方瑾安抬起自己的右手，小心翼翼地幫方瑾平擦眼淚。

「瑾安！」方瑾平抓住方瑾安的手。「我好怕！我不敢想像身邊沒有妳，會是什麼樣的日子？要不然……」

方瑾平傷心欲絕的眸中，閃過一抹動搖。「不然，我們永遠都不分開了好不好？不再管別人的眼光、看法，我們回姊姊準備的花莊去！」

方瑾安笑著搖搖頭，看向庭院遠處的小月門。

方瑾平順著方瑾安的目光望去，瞧見立在葳蕤草木後的顧希。

「姊姊，他在等妳呢。」

一滴又一滴的淚珠又從方瑾平的眼眶滾落。她什麼都說不出來，只是一個勁兒搖頭。

方瑾安歪著頭，把腦袋抵在方瑾平的腦袋上，淺淺笑起來。她們不僅是連體人，也是雙生子，有著心有靈犀的默契，兩人之間根本用不著言語，便能知曉對方的心意。

方瑾安知道，方瑾平喜歡顧希。

她仰起頭，望著湛藍色的天空，眼中流露出嚮往的神色。

「姊姊，我們是一體的呀。縱使咱們分開，也和沒有分開一樣。妳見到的風景，就是我見到的風景；妳過得開心，便也是我的開心。」

她甜甜地笑起來。「姊姊，妳可以代替我好好去看外面的世界，妳還會嫁人生子，以後經歷的，可不僅代表妳自己，也代表了我呀。」

方瑾安很少說話，很多時候，她們心有靈犀，喜好、想法都不謀而合。與方瑾枝在一起時，多半是方瑾平說得多些，方瑾安則在一旁點頭。

今天，是方瑾安頭一次說這麼多話，但聲音還是小小的，需要仔細聽才能聽清。小時候的習慣，姊妹倆還是沒能改過來。

但方瑾平的眼淚根本止不住，聽著方瑾安絮絮說了這些恍若交代遺言的話，心裡更難受。想到過了今天，可能再也看不見和她相連這麼多年的妹妹，就感覺濃濃恐懼深深包裹著她，讓她的身子一陣陣地發抖。

方瑾安能感受到方瑾平的恐懼，奮力握緊她的手，露出十分燦爛的笑容。「別哭啦！我福大命大，不會有事的！」

另一邊，劉明恕立在小閣樓二樓的窗前挑揀長木桌上的藥材，窗戶半開，兩個小姑娘的對話因此一字不漏地送進他耳中。

他將最後一小撮碾好的藥粉裝進木盒，輕輕搖了搖，讓幾種藥粉混雜，放在一旁。

他在原地立了一會兒，側耳去聽院子裡的動靜，發現方瑾平和方瑾安已經不哭了，甚至聽見姊妹倆的笑聲。

劉明恕有些意外，她們居然還能笑出來。

他想了一會兒，轉身走向占據整面牆壁的架子，踩著木梯，摸索抽屜找藥材。

「劉先生，您要找什麼？我們幫您。」

方瑾平和方瑾安進了小閣樓，站在門口，見劉明恕在翻找藥材，忙小跑過去要幫忙。

「不用。」劉明恕數到第九個格子，拉出抽屜，取出裡面的藥材，又繼續往下一行數。

他一直都是獨自做這些事，從不需要別人幫忙，恍若沒有眼疾一般。

方瑾平和方瑾安便安靜地立在一旁看他忙碌。

劉明恕將要找的藥材翻出來，知道姊妹倆還留在屋子裡，便道：「若是想幫忙，就把這些拿到院子裡重新晾曬，再碾成粉末。」

「好，我們這就去！」方瑾平與方瑾安巴不得能幫劉明恕做些事情，忙將劉明恕手中的藥材接過來，蹬蹬蹬跑下樓，按照他的吩咐去做。

將藥草全部碾碎後，朝陽已高升成烈日，兩個小姑娘的額角也沁出一層薄薄的汗珠。

方瑾平望著大門口的方向，道：「姊姊快過來了吧？」

方瑾安點點頭。「如今姊姊有孕，還總是讓她為我們操心……」

兩人臉上隨即泛起淺淺歉意，但又笑起來。她們說好，今日是緊密相貼的最後一天，一整天都要開開心心。

「去切些瓜果吧。等會兒姊姊到了，一定覺得熱。」

「好！」

兩個小姑娘收好藥材，便鑽進廚房裡，去準備方瑾枝愛吃的瓜果，與降暑的綠豆粥了。

第八十四章

綠豆粥熬好時，方瑾枝剛好從馬車上下來。

陸無硯道：「妳和她們說說話，我去劉先生那兒問問情況。」

方瑾枝點點頭。

方瑾平和方瑾安急忙迎上前，扶著方瑾枝回屋，免得烈日烤著她，又把特地準備的瓜果和綠豆粥放到她身前。

方瑾枝望著兩個妹妹平靜而淺淺的笑靨，便把滿肚的千言萬語嚥下去。這是兩個妹妹的選擇，她知道她們已經準備好了，唯有祝福和等待。

她端起面前的綠豆粥，小口小口吃著，絲絲縷縷的甜意逐漸在口中漾開。

「姊姊，他現在會動嗎？」方瑾安望著方瑾枝的肚子，小心翼翼地伸手撫摸，又有些畏懼地縮回手。

「會呢，以前還很安分，最近經常會踢我一腳，或握著小拳頭給我一拳。」提到肚裡的小傢伙，方瑾枝臉上的笑意變得暖暖，拉著方瑾安的手放在自己的腹上。

方瑾安好奇地又摸了摸，心裡暗暗晃過一個念頭——不知道能不能看見他出生？

這般想著，她眼中不由流露出幾分遺憾，但很快便掩藏起來，笑著說：「姊姊的孩子，一定很可愛、很乖巧。」

方瑾枝卻笑著搖搖頭，有些無奈地說：「我瞧著別人懷孕時也沒那麼折騰，倒覺得這小傢伙以後會是個調皮搗蛋的。」

說話間，陸無硯已從劉明恕那裡回來，走到門口。

見他過來，方瑾枝心裡不由緊張，急忙起身，沒等方瑾平和方瑾安攙扶，匆匆走向他。

陸無硯探手扶住方瑾枝。「劉先生說，下午開始。」

方瑾枝點點頭，心裡有些悶。

方瑾平與方瑾安沈默一會兒，才甜甜笑起來。「姊姊，今天的午膳由我們親自來做，讓姊姊瞧瞧我們的手藝有沒有變好？」

「好。」方瑾枝回望她們，思緒複雜。

兩個小姑娘立刻跑去廚房，悉心準備午膳了。

待她們走後，方瑾枝才急急問陸無硯。「劉先生到底怎麼說的？有幾分把握？」抓著陸無硯的手，緊張不已。

陸無硯無奈地搖搖頭。「劉瞎子還是和當初一樣，只說盡力，其他的，什麼都沒說。」

方瑾枝的眉頭不由揪起來。

「事已至此，別擔心了。」陸無硯拍拍方瑾枝的肩。

「我知道。」方瑾枝垂首。「但我好擔心再也見不到安安，甚至想阻止她們分開……」

陸無硯輕聲安慰她。「瑾枝，每個人都有自己的命數、自己的選擇。即使身為她們的家人，也不能因擔心和不捨去左右。」
方瑾枝長長地嘆口氣。「我曉得，只是有些難過……」
「好了，別擔心。」陸無硯把方瑾枝攬在懷裡，讓她靠在自己的肩上。
這件事，風險自不必說，如果失敗，方瑾安就會落得和顧望一樣的結果。若真是那樣，今日便是方瑾安的最後一日。
知道至親之人很有可能馬上死去，實在萬分煎熬。
這段時日，方瑾枝無數次想阻止這場分離，想著讓兩個妹妹永遠相連也好，至少可以保住兩人性命。
然而，分開是她們的選擇。
聽了陸無硯的話，方瑾枝慢慢冷靜下來。
方瑾枝心裡很清楚，兩個妹妹一旦下定決心就不會後悔，哪怕方瑾安真有三長兩短，她也不悔。
如此想著，方瑾枝便稍稍釋懷了。
方瑾平和方瑾安很用心地做了一大桌菜，都是平日方瑾枝喜歡吃的。
姊妹三個坐下，說說笑笑地吃飯，好像只是平常的一頓飯而已。
用過午膳，她們又依偎著說話，屋裡洋溢著她們的笑聲，直到劉明恕出現在門口。
笑聲瞬間凝滯。

方瑾平和方瑾安有些不安地站起身，隨即換上笑臉，甜甜地對方瑾枝說：「姊姊，等著我們出來。」

方瑾枝握住她們的手逐漸收緊，不願鬆開。

方瑾平和方瑾安只是安靜地望著方瑾枝，淺淺笑著。

最終，方瑾枝還是一點一點鬆開手，看著兩個妹妹跟劉明恕離開。

等到她們的身影在門口消失，再也看不見，連上樓的聲音都消散，方瑾枝才慌慌張張地轉過身，死死握著陸無硯的手。

「無硯，我想上去陪著她們，好不好？」方瑾枝紅著眼睛，差點忍不住眼眶裡的淚水。

這次陸無硯沒有依她，很堅決地搖頭。「那種場合不適合妳，妳不能去，而且也幫不上什麼忙。聽話，我們在這裡等她們。」

方瑾枝咬唇，有些沮喪地垂下頭。

不過，她不再鬧著要上樓陪著方瑾平和方瑾安。她明白陸無硯說的話都對，她如今有著八個月的身孕，的確不適合過去。

她抬起頭，望向屋頂，兩個妹妹現在就躺在樓上的房間裡，她們會不會害怕？

方瑾枝的心緊緊地揪著。

此時，方瑾平和方瑾安躺在一張簡單的平板床上，有些畏懼地望著桌上大小不一的刀。入毒把碗遞給她們。「把這個喝了，能止疼。」

兩個小姑娘捧著藥碗的手在發抖，等她們把藥碗放下時，身上還因此濺到一些湯藥。

入醫望著坐在桌旁檢查刀子的劉明恕，猶豫著開口。「劉先生，您要親自動手嗎？不然您吩咐我和入毒怎麼做，我們來下刀？」他畢竟是個瞎子啊！

「藥量不夠，再餵她們喝小半碗。」劉明恕淡淡道。

入毒看看方瑾平和方瑾安灑在身上的藥汁，又看看劉明恕的眼睛。

劉明恕偏過頭，虛無目光落在入毒身上。

這個瞎子敏銳到可怕！入毒一凜，急忙去端藥。

方瑾平和方瑾安又喝了小半碗藥，把碗交給入毒，慢慢躺下。不知是不是因為湯藥的緣故，躺下來時，睏意猛地席捲而來，眼皮竟是很快合上，徹底睡去，什麼都不知道了。

劉明恕側耳，聽兩人的呼吸聲漸穩，才起身走到床邊，準備動刀……

方瑾枝等到天色轉黑，原以為會聽見兩個妹妹的哭聲，但樓上卻一點聲音也沒有。

這份安靜，越發加重她心裡的不安。

陸無硯一直陪著她，注意她的變化，甚至悄悄請好大夫，若方瑾枝感覺不舒服，就立刻過來。他擔憂方瑾枝心緒不穩，會動了胎氣。

戌時，兩個小侍女端著晚膳進屋。

方瑾枝坐在窗邊，實在沒心情吃東西。

陸無硯見狀，便小心翼翼地把她抱到膝上，拿起勺子，親自餵她，溫柔地說：「好像已經很久沒這樣抱著妳吃東西了。來，張嘴。」
方瑾枝勉強笑笑，有些歉疚。「我現在重著呢。」
「我還抱得動。」陸無硯掃過桌上的幾道菜餚，問：「想吃什麼？糖醋荷藕怎麼樣？」
「我自己來。」方瑾枝執意從陸無硯的膝上下來，坐到一旁，規規矩矩地吃飯。
桌上的每道菜，她都嚐了些。不一會兒，一小碗米飯就被她吃光。
她明白，無論如何，縱使心裡再著急，也不能不吃飯，不能餓著肚子裡的小傢伙。
直到深夜，樓上仍一點消息都沒有。
眼看要到子時，陸無硯微微蹙眉。若這時勸方瑾枝去睡覺，她一定不答應，也睡不著。
他想了想，扶方瑾枝到長榻上坐下。「靠著我。如果睏了，就瞇一會兒。」
「好。」方瑾枝把頭搭在陸無硯肩上，試著閉上眼睛。
屋裡本來就安靜，她閉上眼睛後，更覺死寂一片。
方瑾枝不喜歡這種感覺，捧著陸無硯的手，道：「無硯，和我說說話吧。」
「瑾枝，妳有沒有什麼遺憾？有沒有想去的地方？或者想吃的東西、想見的人？」
陸無硯和她說話，分散她的思緒。
「有啊，有天大的遺憾呢。」
陸無硯有些驚訝，凝視著她，等她說出口。
方瑾枝卻忽然笑了下。「算了，還是別說。」
陸無硯蹙眉。「有什麼不能說的？把妳的遺憾說出來，我幫妳完成。」

方瑾枝搖搖頭，岔開話。「無硯，你還是先想想咱們孩子的名字吧。這幾日我想了好久，都沒想出好名字來。」

「早就想好了。」

「啊？」方瑾枝驚訝。「你什麼時候想好的？是兒子還是女兒都還不知道呢，你就把名字想好啦？」

「陸鍾瑾。」陸無硯輕柔地理順方瑾枝的長髮。「不管兒子還是女兒，都叫這個名字。」

方瑾枝唸了一遍，依偎在陸無硯的肩頭，眉眼和唇畔逐漸漾出淺淺笑意，越來越濃。

忽然，樓梯口傳來腳步聲，方瑾枝一驚，忙拉著陸無硯起身，衝出屋子，站在門口，死死盯著樓梯的方向。

劉明恕一步一步走下來，身上沾了許多血跡，眉宇間有一層淺淺的疲態。

「劉先生！」方瑾枝急忙迎上去，滿懷期待又帶著畏懼地問：「我妹妹怎麼樣了？」

「不知道。」劉明恕的聲音還是如往常一樣平淡。

方瑾枝立刻惱了。

「什麼叫不知道？你是大夫，那是人命！人家都說醫者仁心，我看你哪有半分仁心！」

劉明恕愣住，他還是頭一遭被人當面這麼毫不留情地指責，一時竟是沒反應過來。

「對不起……我說得太過分了。」方瑾枝抿唇，不再問劉明恕，越過他，直接上樓。

「我真的不知道……」劉明恕輕咳，尷尬地抬頭，虛無目光轉向方瑾枝離開的背影。

「她們已經被分開，還沒醒過來，只能說暫時還活著。醒來以後，還要再觀察。」

「謝謝。」方瑾枝道謝，拉著陸無硯匆匆上樓。

樓上的房間裡，滿是濃重的血腥味。入醫和入毒正在收拾屋裡的東西，被染紅的血水、大堆大堆被鮮血浸濕的紗布，還有那些刀子、藥材。

「平平！安安！」方瑾枝鬆開陸無硯的手，撲向床邊。因為方瑾平身上只穿著抹胸，而方瑾安更是整個身子被紗布包裹，陸無硯不方便進來，只在門外等著。

兩人臉色煞白，安安靜靜躺在床上，自出生就相連的身體終於被分開。方瑾枝小心翼翼地掀開被子，看見那條同用的胳膊被白色紗布纏了一層又一層，尤其是肩膀的位置，包裹得更厚。

這條胳膊，以後只屬於方瑾平一個人了。

方瑾安的情況比方瑾平更嚴重，上半身幾乎被白色紗布層層包裹，鮮血從左肩溢出來，染紅紗布，也染紅她身下的床榻。即使昏迷，她的眉頭也緊緊皺著。

方瑾枝見狀，眼淚一顆一顆落下，小心翼翼地分別握住兩個妹妹的手。她們的手很涼很涼，不像往昔那樣，溫暖著她的掌心。

「瑾平？瑾安？」方瑾枝小聲喚著她們的名字。

「三少奶奶別擔心，劉先生說過，給她們服用的藥，會讓她們一直睡著，至少要到明天中午才能醒來。」入醫在一旁解釋。

方瑾枝點點頭，微微用力地握握兩個妹妹的手，重新替她們把被子蓋好。

入醫道：「您放心吧，有我和入毒守著她們，您現在的身子實在不適合折騰，還是快回去休息。等她們醒過來，奴婢一定立刻去稟報。」

方瑾枝又在床邊待了小半個時辰，才不捨起身，一步三回頭地離開。

這日，方瑾枝實在被折騰得太凶，一回寢屋，竟然吐出來，驚得陸無硯又是拍她的背，又是吩咐侍女喊大夫、端溫水。

大夫幫方瑾枝診脈，只說她心中抑鬱，略微動到胎氣，開了安胎的方子。

那湯藥的味道著實不大好，本來就犯噁心的方瑾枝聞著，胸腹又是一陣翻湧。

「算了，不想喝就不喝。」陸無硯心疼地把湯藥拿遠，扶著她在床榻前坐下。

「有沒有想吃的東西？還是先好好睡一覺，那湯藥不想喝就不喝。」陸無硯知道方瑾枝這般反應全是因為記掛兩個妹妹，而且又累了一天，湯藥不過治標不治本。

方瑾枝臉色煞白，疲憊地靠著陸無硯，虛弱地說：「把湯藥端來吧，我喝。」兩個妹妹已夠讓她擔心記掛，她不想再讓肚裡的孩子出事。

陸無硯把藥端來，看她皺眉，一口一口將苦澀湯藥喝下，心疼得不得了，恨不得把她肚裡的小東西拽出來，狠狠打一頓。

「辛苦你了……」方瑾枝有些歉疚。

陸無硯放下湯碗的手一頓，從旁邊小桌上取過小碟，裡面擺著紅彤彤的紅豆糖。

「嘴裡苦，吃一顆再睡。」

「你居然還買了這個。」方瑾枝伸手拿一粒紅豆糖含在嘴裡，熟悉的甜味讓她慢慢露出一點笑意。

陸無硯彎腰脫下方瑾枝的鞋襪，把她的雙腿抬上床，小心翼翼地扶她躺下，才擁著她。

「嗯，還是在那個小姑娘的鋪子買的。如今她已經不擺攤，租個不小的鋪子，賣的糖果也多了不少，生意不錯。」

陸無硯溫聲說著，想分散方瑾枝的注意，不讓她再去想方瑾平和方瑾安的事。

天快亮時，方瑾枝才睡著，沒多久又醒來，問道：「平平和安安醒過來沒有？」

「沒有。安心再睡一會兒，等她們醒了，我會叫妳。」陸無硯把她擁在懷裡，悄悄嘆息。

方瑾枝點點頭，又沈沈睡去，如是數回。因為腹中胎兒月份大了，如今她的體力明顯不支，直到巳時一刻，身上的疲憊才徹底散去。

陸無硯讓她再睡一會兒，她卻不肯，匆匆起床去看方瑾平和方瑾安。

兩個小姑娘還是沒有醒來。

方瑾枝進去時，入醫正在重新包紮方瑾安的傷口。

「怎麼今天就重新包紮？是因為要換藥嗎？」

說著，方瑾枝走上前，待看清楚時，已經不用入醫再解釋。

方瑾安身上雪白的紗布已經被鮮血染透，濕淋淋的。

方瑾枝咬唇，使勁把眼眶裡的淚憋回去。

「這裡血腥味太濃，您先出去吧。等她們醒了，奴婢再去喊您。」入醫試探著道。

方瑾枝搖搖頭，什麼也沒說，只是立在床邊，望著仍舊昏睡的兩個妹妹。

見方瑾枝不肯走，入醫又勸幾句，她還是不聽，便幫她搬了把椅子，扶著她坐下。

方瑾枝等到午時，見兩個妹妹還是沒醒過來，心裡不由慌起來。

「劉先生不是說過，她們中午就會醒嗎？」方瑾枝握著兩個妹妹的手，轉頭問入醫。

入醫忙道：「劉先生說的是最快中午清醒，再遲些，也是有可能的。」

入毒也過來勸。「三少奶奶，您還是出去等著吧。而且該用午膳了，就算沒胃口，為了孩子，也要吃些東西呀。」

這時，方瑾枝肚裡的小東西踢她一腳，好像是在附和入毒的話。

方瑾枝一愣，目光落在自己的肚子上。入毒說得沒錯，她不能不顧肚裡的孩子。

她深深看兩個妹妹一眼，才不捨地離開。

方瑾枝走到正廳時，陸無硯正端著食托進來。

她有些驚訝，見他將兩碗陽春麵放在桌上。

「我新學會做的，來嚐嚐？」陸無硯含笑望著方瑾枝，把筷子遞給她。

因為他親手做的東西，她總是會吃掉，所以他才會下廚吧？

還好每次難過、無措時，陸無硯一直都在。

方瑾枝笑著接過筷子，大口大口吃起碗裡的麵。

她不知陽春麵是什麼味道，只知道這是陸無硯為了她，皺眉鑽進廚房裡，一邊嫌棄廚房髒亂，一邊做出來的吃食。

方瑾平是在傍晚時醒過來的，醒來的第一個動作，就是偏頭望向身邊的方瑾安。

方瑾安靜靜地睡著。

方瑾平的目光從方瑾安的臉下移，落在方瑾安的左肩上，這才後知後覺，想起她們已經分開，再也不是連體人了。

她的第一個感覺不是喜悅，而是惶恐不安，好像自己的身體被活生生切去一半！

「安……」方瑾平嗓子乾澀，聲音沙啞，想喊妹妹的名字，竟是喊不出來，淚珠在眼眶裡打轉。

見她醒了，入醫一喜，急忙小跑下樓，去告訴方瑾枝。

當她向方瑾枝稟報這個好消息時，方瑾枝正望著方瑾平和方瑾安精心刻的小木馬發呆。

聽說方瑾平終於醒來，方瑾枝呆怔一瞬後，立刻起身，小跑著去樓上。

「慢一點！」陸無硯追上她，卻不阻止，而是扶著她，護著她上樓。

兩人匆匆進門，直接趕到床邊。

「平平！」方瑾枝望向方瑾平的雙眸盈著淚光。

「姊……」方瑾平抬頭，艱難地扯出一抹笑容。

方瑾枝欣喜地把方瑾平摟在懷裡。「醒過來就好，醒過來就好……」

方瑾平抬起左手抱住方瑾枝的腰，輕輕拍她。

方瑾平恢復得很快，至少沒像顧希當初那樣，傷口疼得讓她痛不欲生。

她在床上躺了七、八日便能下床，雖然那條右臂還使不上力氣，卻是有知覺，早晚會徹底康復。

但方瑾安卻昏迷了近一個月，都沒有醒過來。

劉明恕立在床邊聽著方瑾安微弱的呼吸，微微蹙眉。按照計畫，他已經在遼國耽擱太久，不能再留。

可是這個小姑娘……

他微微彎下腰，探手摸上方瑾安左肩的紗布，有點濕，又流血了。她的傷口沒有徹底痊癒，反反覆覆，時常流血。

劉明恕立在床邊，思索好一會兒，才轉身出去。

他走進隔壁的藥室，踩著木梯，摸索著尋找需要的藥材。

他要幫方瑾安重新配一副方子。

陸無硯立在後院的花圃前，一目十行看著宋辭送來的軍報。

大遼與荊國開戰已經半年，兩國實力相當，這場戰事恐怕要拉鋸幾年。

宋辭等陸無硯看完那疊厚厚的軍報，才問：「您真的不打算親自去？」

「不去。」陸無硯把手中的軍報還給宋辭。「國中不乏武將，用不著我親自去。告訴我母親，三年內，我不會離開皇城。」

宋辭撓撓頭，想說什麼，又把話嚥回去。不管怎麼說，他都是陸無硯的屬下，有些話並不是他能勸的。再者，以陸無硯的固執，別人勸他，他根本聽不進去。

宋辭忽然想起另外一件事，忙道：「對了，顧希希望這次可以出征。」

陸無硯點點頭。「帶他去吧。不必因為年紀小，就刻意照顧他，隨他自己闖。」

說著，他把目光落在花圃裡一株剛剛綻放的秋菊，又問：「還沒有他的消息？」

宋辭立刻緊張起來，有些心虛地說：「出樓完全沒有得到消息，好像人真被禹仙宮那場大火燒死一樣……」

陸無硯涼涼地看他一眼。

宋辭心裡一驚，忙接道：「但是眼線在北澄鎮發現了秦錦峰的蹤跡！」

陸無硯這才點點頭。「如果連秦錦峰都找不到，你也該以死謝罪了。」

「是！屬下定將他抓回來！」宋辭應下，匆匆離開入樓，趕往北澄鎮。

陸無硯彎下腰，將兩株剛剛綻放的秋菊摘下來，轉身回到寢屋。

進屋後，陸無硯把兩朵秋菊插在白瓷圓肚瓶裡。一朵淺黃色、一朵純白色，相伴在一起，融出溫暖色澤。

他轉身繞過檀木白梨圍屏，走向床榻。

方瑾枝睡得正香，還沒醒來。她的產期將近，變得越來越嗜睡，每日大半工夫都昏昏沈沈地睡著。

凝視方瑾枝熟睡的眉眼，陸無硯的目光裡溢滿溫柔，褪了鞋子，動作輕柔地上床，在她身邊躺下。

睡夢中的方瑾枝好像感覺到了，眉心微蹙，然後慢吞吞地轉過身，在身側摸了摸，摸到陸無硯的衣襟，便抓在手裡。

自小養成的習慣，過了這麼多年都沒有變，不知抓皺了陸無硯多少件寢衣。

臨近傍晚，方瑾枝才醒過來。

她迷迷糊糊，第一眼看見的就是陸無硯胸前的雪白衣襟，慢慢抬頭，盯著他瞧了很久。

等到方瑾枝移開眼時，陸無硯才睜開眼睛。

「不看了？」

方瑾枝呆愣片刻，才笑著推推陸無硯的胸口，小聲埋怨。「你又裝睡騙人！」

「無硯，我覺得我最近變得又笨又遲鈍。」方瑾枝說得很認真。「現在我要多瞧瞧你，不然我怕等鍾瑾出生後，我就沒興致再看了……」

話未完，陸無硯捏著方瑾枝的下巴，逼她抬頭看向他。

「妳想得美！我已經找好十二個奶娘。這個小東西已夠影響妳我夫妻感情，等他出生後，有多遠扔多遠，我再也不想看見他！」

方瑾枝聞言，噗哧一聲笑了出來。

——未完，待續，請看文創風614《瑾有獨鍾》4（完結篇）

3月 PUPPY 美麗的邂逅

Doghouse X PUPPY

一夜歡

花花世界，霓虹燈下，
男人為歡而愛，女人為愛而歡，
當黎明來臨，激情褪散，
這一夜是偶然擦撞的火花，
抑或將點燃出恆久的光芒？

NO／515

一夜拐到夫 著 宋雨桐

這個行事作風霸氣冷漠的男人，現在是在勾引她沒錯吧？
可，他不是她今晚想色誘的目標耶！他這誘惑她的舉動，
分明是逼她把他當種馬嘛！她絕對不是故意碰他的喔……

NO／516

搞定一夜情夫 著 季葒

發生一夜情，還鬧出「人命」，完全顛覆了她的生活！
但是當雷紹霆突然出現在她面前、不斷糾纏她之後，
她決定主動出擊，搞定這個男人，讓孩子有個爸爸！

NO／517

一夜夫妻 著 左薇

唐海茵很意外，像莫傑這樣的鑽石級單身漢居然會看上她，
還對她展開熱烈的追求，甚至開口要求她嫁給他。
她覺得就像麻雀變鳳凰，卻發現他會娶她並非是因為愛……

NO／518

一夜愛上你 著 梅莉莎

原本以為跟他只是一夜情，從此以後不再有交集，
但她卻情不自禁愛上他，還偷偷生下他的孩子……
沒想到如今再度重逢，他竟然成了她的僱主？!

Hi-Life

3/21 在 **萊爾富** 與妳邂逅　**單本49元**

巾幗本色，萬夫莫敵／鴻映雪

2018年2月出版

卿本娘子漢

身為傭兵界翹楚，穿越來竟然變成一個乾癟的小丫頭?!
既不受寵又軟弱，弄得她只能在遙遠的祖宅裡窩著，但真不甘心，
既然一身絕活還在，不如就來個劫富濟貧，順便賺點錢！

文創風 606 1

想她顏寧堪稱坐擁一手好牌的天之驕女，
怎料，卻敵不過薄情郎和閨密的心機算計，
最終他倆成雙成對，她卻遭廢后棄屍荒野……
憶及前世之荒謬，重生後她可是火眼金睛，
識破三皇子的虛假情意，也看清閨密把她當槍使，
反正他們郎有情、妹有意，
她便耍耍心機佯裝忍痛割愛，博個成人之美的名聲……

文創風 607 2

南州這地方肯定與她天生犯沖：
半路落水遇上刺客也就罷了，
喝個茶水還有丫鬟要投毒，坐個馬車也會失蹄出事……
好在她不是一般養在溫室裡的黃花大閨女，
這點糟心事於她非但不足懼，反而激起她的雄心鬥志！

文創風 608 3

顏家上有太子和皇后撐腰，儼然是天朝第一家，
表面看似風光，實際上卻讓當今皇帝有諸多猜忌，
如今太子乃真龍的流言甚囂塵上，
連帶將整個顏家置於風尖浪頭的險境，
顏寧只能劍走偏鋒，以「刺殺太子」的戲碼來化解危機。
古言：「禍福相倚，吉凶同域」，
她深諳任何錦上添花的美事，一不小心就會淪為滅頂之災……

文創風 609 4

為了使未來媳婦能心悅於他，他可是煞費苦心啊，
除了讓她一點一點欠下還不清的人情債，
還為了保住世子妃的位置不被閒雜人等所奪，
他堂堂一個世子爺不惜拋頭露面，以招親選妻作幌子，
文也比、武也比，橫豎這檯面上的輸贏由他來定，
這般費周章繞一大圈，還不就「弱水三千，只取一瓢飲」嘛……

文創風 610 5 完

重來人世一回，她成功翻轉了顏家的命數，
卻萬萬不想認命走妻妾成群的老路。
眼看著嫁娶的良辰吉日越來越近，
要想讓一個世子爺與她一世一雙人，
為今之計就是祭出顏家老祖宗的那套規矩：
「比武勝之，讓他立誓永不納妾！」

果樹出版社 台北市104龍江路71巷15號 郵撥帳號：19341370
電話：(02)2776-5889 傳真：(02)2771-2568 網址：love.doghouse.com.tw

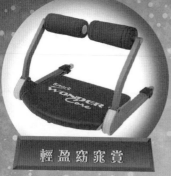

風 文創
613

瑾有獨鍾 3

國家圖書館出版品預行編目資料

瑾有獨鍾 / 半卷青箋著. --
初版. -- 臺北市 : 狗屋, 2018.02-
冊 ; 公分. --（文創風）
ISBN 978-986-328-838-1（第3冊：平裝）. --

857.7 106023734

著作者 半卷青箋
編輯 安愉
校對 黃亭蓁 簡郁珊
發行所 狗屋出版社有限公司
地址 台北市104中山區龍江路71巷15號1樓
電話 02-2776-5889～0
發行字號 局版台業字845號
法律顧問 蕭雄淋律師
總經銷 知遠文化事業有限公司
電話 02-2664-8800
初版 2018年3月
國際書碼 ISBN-13 978-986-328-838-1

本著作物由北京晉江原創網絡科技有限公司授權出版

定價250元
狗屋劃撥帳號：19001626
網址：love.doghouse.com.tw E-mail：love@doghouse.com.tw